白屋余音集

王勤谟　编著

宁波出版社
NINGBO PUBLISHING HOUSE

图书在版编目（CIP）数据

白屋余音集 / 王勤谟编著．— 宁波：宁波出版社，2019.7
ISBN 978-7-5526-3560-7

Ⅰ．①白… Ⅱ．①王… Ⅲ．①回忆录 — 作品集 — 中国 — 当代 Ⅳ．① I251

中国版本图书馆 CIP 数据核字（2019）第 094473 号

白屋余音集

编　　著	王勤谟
责任编辑	杨青青
责任校对	黄　薇　李　强
装帧设计	金字斋
出版发行	宁波出版社
	（宁波市甬江大道1号宁波书城8号楼6楼　邮编　315040）
网　　址	http://www.nbcbs.com
印　　刷	宁波白云印刷有限公司
开　　本	710mm×1000mm　1/16
印　　张	16.5
字　　数	350千
版　　次	2019年7月第1版
印　　次	2019年7月第1次印刷
标准书号	ISBN 978-7-5526-3560-7
定　　价	48.00元

如发现缺页或倒装，影响阅读，请与出版社联系调换　电话：0574-87248279

自 序

文集取名"白屋余音",是晚年怀念故乡也。

我的家乡在浙江省慈溪黄山村(现属江北区慈城镇),白屋是我出生的祖宅。说来也巧,这四个地名,可以分成两对:浙江对慈溪、黄山对白屋。前者是江对溪;后者是山对屋,黄对白。如将"浙江慈溪""黄山白屋",分列左右两边,则横匾可取为"人文之地",也就是这四个地方的共同特点。

白屋占地一万平方米,古朴而又巍峨,虽历经一百多年,但保存依然完好。后被人为地拆去,现已不复存在。我是这个家族中,出生在白屋里的唯一一个男孩,而且年已九十岁。出此文集,也就是白屋的余音了。

文集中,"家乡忆旧",写的是黄山和白屋的人和事。在我以前出版过的几本书:《往事随记》《近代中日文化交流先行者王惕斋》《中日文化交流先行者王惕斋及嫡孙文集》中,也写过黄山和白屋的事,这次,更为系统一些,也加入一些新发现的资料。"王氏兄弟书画作品"为族人王建勇所编。"个人经历散记"反映了我经历中一些特点,在《往事随记》中,按时间写过一些,这次补充了几篇近来写的内容。"社会经济发展思考"收录了已出版的《依靠科技发展经济论文集》《论增强企业竞争力:国防工业经济新视角论文集》和《中日文化交流先行者王惕斋及嫡孙文集》中没有收录的一些文章。这些文章主要是近几年写的,虽然已写得不多了,表示我虽老但还在思考,还有一些余音。"亲历抗美援朝"是我老伴潘淑英所写的她的亲身经历。刊登在兵器工业出版社 2017 年出版的《兵工人老照片故事》一书中。其主要内容也曾在家乡的《新江北》报上以连载的形式发表过。1949 年 9 月,14 岁的她参加了六十五军,1950 年 10 月自宁夏开赴朝鲜,1951 年 2 月入朝,1953

年9月回国，在参加朝鲜战争中立过两次三等功。1954年7月转业到大同坦克发动机厂，我们在那里相识，在1956年调到北京坦克工业局后结婚。录入她的经历，白屋的余音也就完整了。虽然她随我回黄山村时，看到的已不是白屋，而是在白屋原址上盖的粮仓。

"人事有代谢，往来成古今"，现在是过去的延续，将来是现在的延续。存此余音，作为历史长河中的一点涟漪。

是为序。

目 录

自 序

第一编 家乡忆旧

忆故乡 —— 宁波慈城黄山古村 ································· 003
五次接待日本友人的黄山古村的旧貌新颜 ······················ 065
梦回家乡 ··· 070
崇本学校创办和停办资料辑录 ··································· 072

第二编 王氏兄弟书画作品

王治本 ··· 083
王藩清 ··· 095
王汝修 ··· 109

第三编 王氏兄弟文献辑录

王惕斋《独臂翁闻见随录》刍议 ················ 王宝平 117
中国与日本北海道关系史话 ······················· 陈 抗 124
漫步览胜蓬莱岛 ··································· 王晓秋 127

试论清末中日诗文往来（摘录）……………………………… 王宝平　133
旅行诗人王治本…………………………………… 宁波通史·清代卷　137
明治时期赴日文人王治本之基础研究……………………… 王宝平　140

第四编　个人经历散记

忆幼少年时期……………………………………………………… 161
九十岁怀念祖母…………………………………………………… 184

第五编　社会经济发展思考

试论知识经济在工业经济中产生的因素………………………… 189
汽车工业对发展生产方式的贡献………………………………… 200
资本主义生产、资本、分配社会化发展轨迹初探………………… 205
科学发现、技术发明、竞争力创新之路的几点看法……………… 214
试析社会现代化与保障个人权利………………………………… 228
GDP 增速下降是经济发展的必然，是好事……………………… 233

第六编　亲历抗美援朝

亲历抗美援朝……………………………………………… 潘淑英　243

第一编 家乡忆旧

我的家乡在宁波市江北区慈城镇黄山村。在农业经济时代，自明朝至民国，历经五百多年，逐渐形成一个颇具特色的"士村"。随着我国工业化进程的发展，这个"士村"已逐渐失去其原来的面貌。因此，我想把我所经历的短暂的一段，和了解到的一些情况，写下来，作为历史的一个片段的记忆。

忆故乡 —— 宁波慈城黄山古村

引　言

　　中央电视台从 2015 年 1 月开始播出的百集大型纪录片《记住乡愁》，再次引起了我对故乡 —— 宁波市江北区慈城镇黄山古村的思念。

　　古村是传统文化的载体。现在我国的古村正在急剧的衰败之中。有些还可抢救，也正在抢救；有些则难以抢救，黄山村即是其中之一。但它们还可以通过保存下来的文物资料和记忆，进行整理、挖掘。

　　黄山作为一个古村，有它值得怀念之处。[1] 因此，为此文。

一、历史久远　环境优美

　　王氏一族自王钰（仝十八先生，讳钰。1418—1503）在明朝由慈溪县治（今慈城镇）迁居黄山村以来，至我在 1929 年出生时，已定居黄山五百年左右。相传，黄山原为应氏所居，自王氏居此后，应氏逐渐式微，故有"凰来鹰去"之谚。

　　我小时，黄山地貌和民国十年（1921）编纂的《慈溪王氏宗谱》所载的《黄山地图》一样：村南北各为一座孤山 —— 前黄山和后黄山，相距三四华里；东西为两条可以行舟的小河 —— 东浦河和西浦河，相距也为三四华里。黄山村南面六七华里有一条大江 —— 姚江（也称前江），北面一两华里有一条较小的江 —— 后江，东西

---

[1]《古镇慈城》曾出过两期《慈城黄山古村专辑》，即 2009 年 3 月总第 37 期、2010 年 12 月总第 46 期。

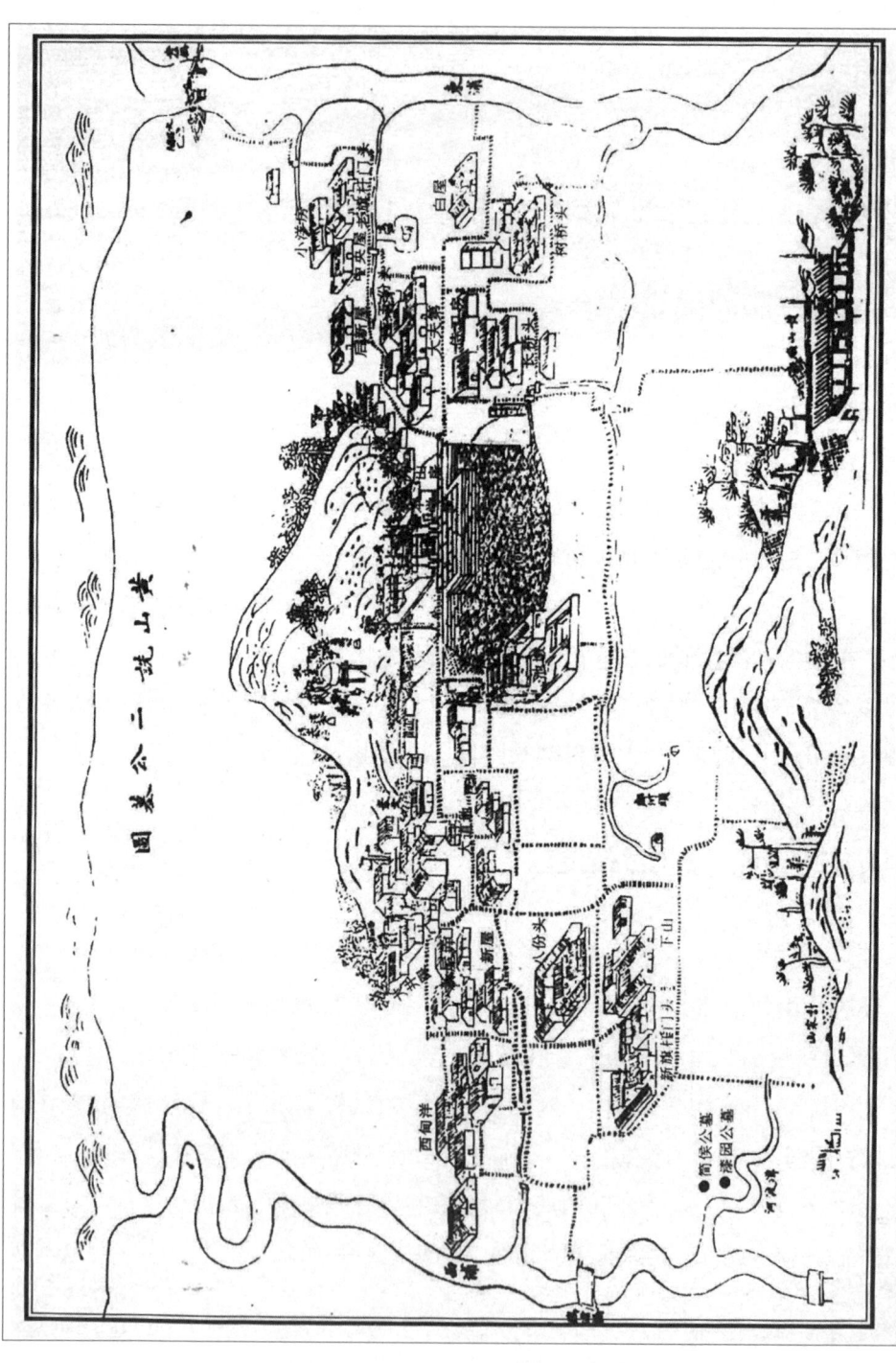

清末民初《黄山地图》

浦河即为后江的支流。后江在黄山村西面稍远的丈亭镇流入姚江。姚江向东，在宁波市三江口与奉化江汇合成甬江，东流入海。

1860年，清钱塘蒋坦在黄山避难时，写的《黄山小志》说：（南北）"山多丛筱乔松，苍翠若滴。两峰相对，形似覆盂。"（东西两河之间）"相距数里，而万亩千畦，鳞次若罫。春秧插齐，一碧如毯；鸥鹭飞来，如凝烟积雪。唐人所谓'漠漠水田飞白鹭'此境仿佛似之。"

物理学家、北京大学原常务副校长王义遒[1]在《古镇慈城》(2009年3月总第37期）发表《忆慈城黄山》一文说："黄山景色秀丽，四季宜人。春天里空气清新，秧田如镜，满目青山翠竹，片片映山红。……在后黄山顶的大松树底下，前后江一览无遗，令人心旷神怡。我曾祖父王慈有《清明日登黄山》诗云：'偶逐东风蜡屐游，分明胜景艳如流。不知底事看花眼，万紫千红总是秋。'"

二、聚族而居的屋宇建筑

从《黄山地图》上可以看到：南面的前黄山脚下有王氏家庙——黄山庙，内有戏台，我小时，还去那里看过戏。北面的后黄山脚下有王氏祠堂。南北之间有一条东西向的东浦河支流。王氏族人的住宅就分布在这条小河支流以北、王氏祠堂的东西两侧。和清朝时北京的房子不能高过皇宫一样，黄山村的房子也不能高过祠堂。这些住宅基本上都是占地面积很大的各支系聚居在一起的大宅院。这些大宅院都有名称，如大夫第、侍卫房、旗杆门头、白屋、西甸洋、池墩等。大宅院内分户而居，但户与户之间又有弄堂互相连通。

---

[1] 王义遒（1932—），1944年毕业于崇本小学。物理学家、北京大学教授、博士生导师。1985—1999年任北京大学教务长、常务副校长、教育部科学技术委员会副主任。他在波谱学和时间频率计量领域取得重大成果，发现氟化物晶体中核磁共振化学位移规律及其与溶液中位移值的关系，主持研制成功我国第一代原子钟，在激光冷却和囚禁原子方面取得许多国内领先成果。

1884年，日本维新人士、汉学家冈千仞[1]访华期间，应王惕斋的邀请，在其家里住了半个月。在冈氏的《观光纪游》中有两处简略地提到王惕斋住处"白屋"的情况，并明确地提到："族人同居三世""屋内分六七区，族人各占一区"。新中国成立后，为建粮仓，白屋已被完全拆掉，因此这些记载成为弥足珍贵的资料。现录于下：

　　七月十八日。芦苇弥岸，时见村落。是为慈溪北郊（注：应为西南郊）。小沟左折，直至王君门前。珠垣（景星）、再培（迪中）、并卿（景威）、致和（仁中）、砚云（仁厚）出接，皆惕斋族兄弟。王氏，慈溪大族，分宗以来，族人同居三世，广厦连宇，画为十数区，分灶同产，男女婢仆六七十名。

　　七月廿日。此间士大夫屋宅，四周垣壁，高二三丈，重门严锁。填石若砖

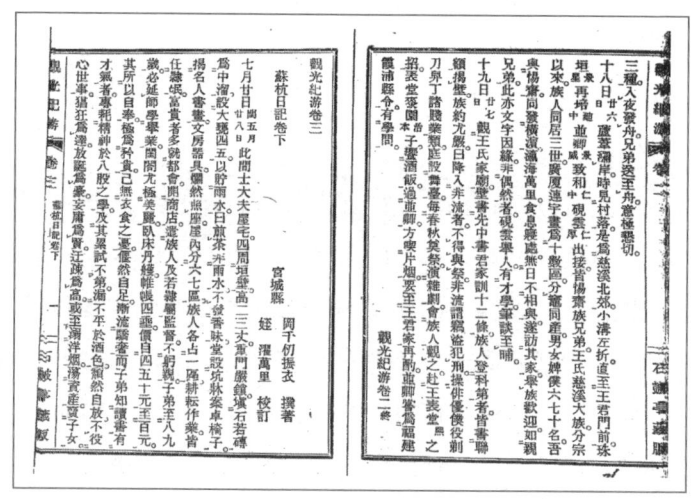

冈千仞《观光纪游》

---

[1] 冈千仞（1833—1914），号鹿门，仙台藩士、汉学家、诗人、作家、旅行家，是日本维新人士。历任文部省出仕、教职及修史馆编修官、东京府书籍馆干事等职。48岁辞官后，专心于教育、游历、著作。前后有弟子3000余人，著述达300余卷。为褒奖他在维新时期的胆识和功绩，时为皇太子的大正天皇召见过他。临终前被授予从五位的叙位。冈千仞于1884年5月29日从横滨乘船来中国。6月15日上海《申报》以"文士来游"为题报道冈千仞"前日至沪。行箧中有书数百卷、诸友荐引笔札数十函，此固日本名流中之佼佼者也"。冈千仞在中国访问行程近万里，历时320日，会见中国官员、文人近200名。见过李鸿章、盛宣怀等达官贵人，俞樾、李慈铭、文廷式、王韬等名流学者。交往时大多用笔谈，有时亦由陪同的王惕斋口译。交流内容涉及政治、经济、文化、学术等各个方面。冈千仞在访问期间，"有所闻见，必手记。"这些日记总题名为《观光纪游》。

为中溜,设大瓮四五,以贮雨水,曰煎茶非雨水,不发香味。堂设坑床、案桌、椅子,揭名人书画,文房器具,烂然照座。屋内分六七区,族人各占一区,耕耘作业,皆任隶氓。

我在白屋出生时(1929)离冈氏居住时已有45年,但基本情况未变。因此,先将我小时所见情况略述一下：

白屋位于东浦河西十几米处,有可以上下船的埠头。东西长约120米,南北长80多米,占地面积约1万平方米,在黄山村来说,是比较小的。围墙之内,由下列三部分组成：

第一部分：楼房区。

楼房区位于中央位置。楼房呈"H"形,中间一排五间[1]为正房,其中中间的一间为两层楼高的大厅,约100平方米,人称"落帽厅",即抬头看房顶时,帽子会掉下来。东西两侧为厢房,各六间。我家在西边厢房的南侧,占四间。正房和厢房的房间都比较大。在抗战期间,一些空房曾作为慈湖中学开设的补习班的课堂。楼梯上面有盖板,放下来就盖住楼梯,楼下就不能上楼了。

楼梯盖板,放下盖住楼梯

---

[1] 这里的"间"是名义上的"间",如"五间""七间""九间",用来间接表示宅院大小。如楼房说"一间"实际上就是上下共两间。常按功能或需要,在"一间"里还可分隔为若干间,如卧室、书房、会客室、起居室、楼梯间、储藏室等。

东西厢房之间为空地,由于中间是一排正房,因此形成南北两个面积各约500平方米左右用石条铺成的庭院。

楼房区,有围墙,而且是高大的山墙(即"四周垣壁,高二三丈",用于防盗贼、防外面着火蔓延至楼房等)。其南面正门的东西有两堵一字排开的高十多米的五马头山墙。两堵五马头山墙之间为大门。大门有三个门,即在正门两边还各有一个较小的门。正门两侧有一对狮子。大门上有精美砖雕的门楼,门楼四角挂有砖雕的花篮。

第二部分:平房区。

平房区位于山墙和外层围墙之间(外层围墙比山墙低),东西各一排。

平房区是生活设施。如我家在白屋中的平房,就有灶间、吃饭间、洗脸间、洗脚间、仆人卧房、厅、粮仓、农具室等。

灶间用墙隔成前后两间,都很大。前间垒有三眼的大灶,也就是前面有三个固定的大锅,两个大锅中间,靠后些各有一个小眼,附带烧水。相应地,后面是三个烧火孔。烧火的地方,实际上也是一个小房间,可放几天用的燃料。后间是烧水间,烧水间中除放有咸菜缸、自制黄酒的酒坛等外,就是一口盛满稻草灰的大缸,烧水用。烧水的方法:做一个稻草圈,圈中放水罐,均埋在灰中,点燃稻草圈后,稻草圈就慢慢地燃烧,既烧开水,又可保温。

楼房区和平房区的墙与房之间都是大小天井,天井地面都用石条铺成(即"填石若砖为中溜"),并放有大口径水缸(即"大瓮")。我家所在的区内,有大小七个天井,小的天井放两三口缸,大的放七八口缸。水缸用来盛雨水。屋顶上的雨水流到屋檐末处的凹槽中,在一处顺管流下,下面再经半边毛竹做成的管道分流至各缸。雨水还要用竹筒做的吸管吸出沉在缸底的脏物。天旱时,则盛河水。河水要用明矾澄清。它们是生活用水,也是消防用水。

第三部分:园区。

园区大都为泥地,南北各一。

南面的园子,中间铺有石板路。我小时,秋收后用来晒稻子。晒稻子的席子用竹子皮编成,3米多宽、5米多长。石板路的南北都可以宽松地各铺上16张席子。园子东西两侧各有一个平房区。我家的这个平房区,一边是草房和臼房,草房放稻草。另一边是柴房和磨房,柴房放柴,柴是买的。稻草和柴都用作燃料。中间天井,种一些葱、蒜,还有一棵桃树。

北面的园子东边有平房区,西边没有,因此比南面的园子大。内有自然存在的水稻田、旱地和一间牛棚。

南方雨多,所以房间旁边都是有屋檐的走廊。有的走廊很宽,可以放八人坐的桌子就餐。走廊与房间在一个平面上,庭院和天井比走廊低一或两个台阶。

宅院里多处设有花坛,供房主人种植花木。绣球花、凤仙花等,虽无人照料,但年年开花,十分秀丽。宅院内还零零星星地生长着梅、桂、桃、香椿等树木。

大宅院中既聚族而居,又分区居住。所谓"一区"也就是"楼房+平房"。一区内自由通行,区与区之间有弄堂连接。我家住的一个区内,实际上也可以划分为两区,即弄堂北边两间是我伯父的,南边的两间是我父亲的,都有楼梯间,但共用一套平房区。

白屋内"门"很多(即"重门严锁")。门分两类,一类是区间的门,一类是区内房间之间的门。区间的门,包括从园区到平房区、平房区到楼房区的门,由两扇门组成,旁边下面墙基的石条上都有一个小洞,叫猫洞,让猫狗通行。区内房间之间的门,是单扇门,没有猫洞。

白屋的建造质量堪称一流,石条铺的庭院、天井、走廊,在我小时还非常平整,屋顶上的瓦片排得非常紧密,据说拿下一块后就很难再排上。

之所以称为"白屋",是因为所有墙体内外都涂了石灰。一则用来加固墙体,二则使整个宅院呈现白色调。从远处即可见宽阔洁白的一片墙面,显得别有风格。当然,还含有"白屋出公卿"的寓意。

综上所述,白屋是一所庄重、高大、宽敞、精美、幽雅的大宅院,被一些人视为民宅中的奇葩。2002年11月,我儿时朋友王瑄珑给我来信说:"像当时的白屋、大夫第等辉煌民居,如果存之现在,一定会引起领导的重视,妥为保护。……我们上了年纪,又亲身看到这些难得的民居,自然会特别依恋,但这也无可奈何了。只好如你来信所说:'童年的记忆,只好留给童年了。'"

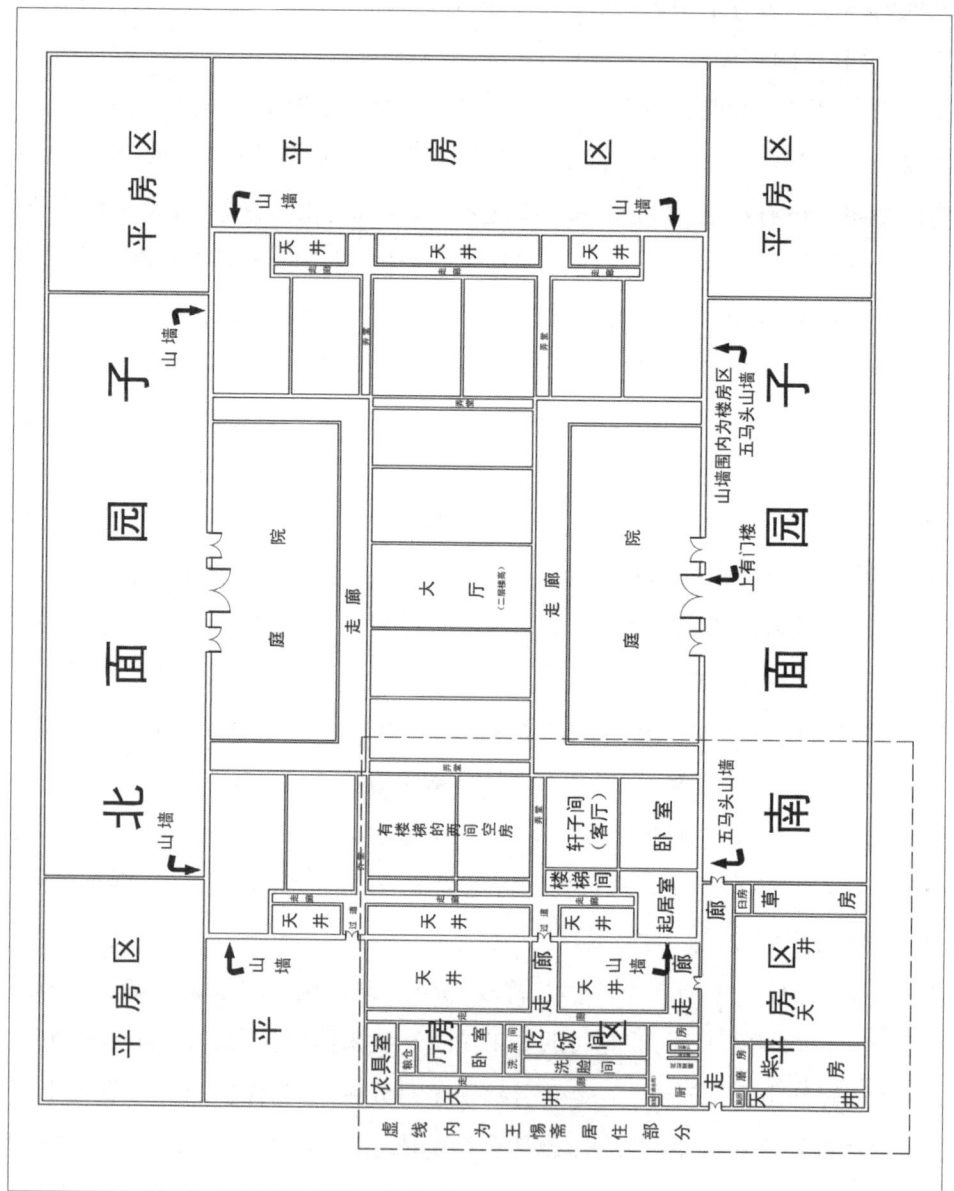

白屋平面图（东西约 120 米，南北约 85 米）

三、人文彰显的建筑风格

《黄山小志》和《续黄山小志》中，记录了当时黄山村各具特色且富有人文气息的屋宇建筑。如王氏宗祠、黄山庙、独乐园、立修斋、欧渚桥、安仁桥等。今将其中所写的"万绿轩"录于下，以见一斑：

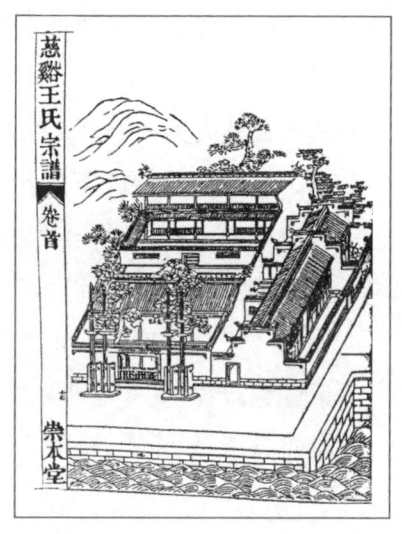

黄山王氏宗祠——崇本堂

> 万绿轩，王简侯书屋也。插架千卷，直省志乘为多。轩后凿小池，覆以双桐（其一今已枯，元识[1]），令池水作澄碧之色。轩之前隙地数弓，杂蓻花木，其侧别筑小舍两楹，曰"止止室"。窗面荷池，夏夜纳凉，时有清气袭人衣襟。室后有修竹数十竿，摇曳于淡月清风之际，颇见韵致。室之南有桂树十余本，故又名桂子厅（今此室，予尝拟制联语云："依宅修篁能免俗，隔墙丛桂好留人。"至轩内予曾嘱族兄砚云孝廉迪中为撰一联，并有跋语。其联曰："藏府厅州县多书不让卷蒒千经插架开高阁；植兰桂芝荷数种景行谢墅万绿成图面小轩。"纪实迹也。而轩两旁舍近复别拓一窗，以其面池，颜之曰临池小室。予亦制一联云："孤桐百尺挺而秀，活水一渠清且涟。"元识)。

建筑内的装饰也处处洋溢着人文内涵。现以陈列在全国重点文物保护单位——宁波保国寺的黄山村大夫第砖雕为例说明之。

大夫第建成于嘉庆元年（1796），占地数万平方米，前后五进二弄，另有前后花园及数幢附属用房。2001年文物出版社出版的由余如龙主编的《保国寺砖雕与石刻》中对大夫第的砖雕作了详细的研究和介绍。

---

[1] "元识"的"元"为王仁元（1856—1920），王氏族人，字千善，改字体君，号晓堤，晚号清溪居士，邑廪贡生，著有《留集诗文稿》。《续黄山小志》作者为王仁元，《黄山小志》作者蒋坦。

在"东南形胜　甬上奇葩"一节中记载：

宁波市江北区乍山乡黄山村（归属慈溪县西南区黄思乡）有一座落成于嘉庆元年（1796）的大夫第古建筑，大厅两次间北墙外向配置仿木制格扇门形式的砖雕人文画屏十六幅，总面积达十九平方米，堪称大型砖雕，制作极为讲究，画面丰富多彩，不落俗套，具有新意，寓教化于艺术鉴赏之中，是宅第主人与书画家、雕塑家共同协力的精心之作。两百年风云变幻，荣光显赫的大夫第已破败荒芜，原设的保护砖屏的檐廊和矮垣亦荡然无存。为抢救这整套砖屏，保国寺文物保护管理所经向当时该处房主价购该套蛛结尘封、污秽厚积、且已有损缺的砖屏，于1981年、1982年分两次拆迁至保国寺，经除垢整新，分别加木框架、玻璃罩，妥善保护，予以展出，并进行了初步的探索性研究。

在"技艺精湛　巧夺天工"一节中记载：

大夫第人文画砖屏，是清朝盛世乾嘉时期的作品。……这堂大型砖屏展示了超群轶众的砖雕工艺。其砖质，观之如青玉，叩之似金属。坯土之细、焙烧之巧，不由使人联想到上林湖古越窑的制品，它们应该是一脉相承的。其镂刻，手法繁复与简洁共备，内容典雅与富丽兼具，脱胎于绘画而超胜于绘画。其版面，由十六长幅联袂并列成整体，高2.33米，总宽8.16米（0.51米×16）；每单幅由三十三个标准组件拼镶合成，俾便于烧制与添补。其工期，始自乾隆六十年，迄至嘉庆元年，经达两年。

在"匠心独运　鬼斧神工"一节中记载：

大夫第人文画砖屏大型砖雕，系仿木制格扇门形式，由十六幅组成整堂。
整体自上而下被横头料划分成五个局部：上端的横块面称上夹堂（顶栏）；其下最大的竖块面称内心仔（胸栏），亦即采光的花格；再下为横块面，称中夹堂（腰栏）；中夹堂下为挡风雨的竖块面，称裙板（腹栏）；最下方为横块面的下夹堂（底栏）。

为了清晰地显示这十六幅砖屏乃一整堂，每幅的裙板（0.6米×0.42米）在凸起的矩形框面上一律浮雕一个简单的大型层叠式双如意头。这些双如意头，外形轮廓并无差异，可以认定出于印模，但细辨如意头当中加饰的一枚金钱和一个吉祥文字，则有了差异，是特意为之。

各砖屏的襟带状中夹堂（0.18米×0.42米），在凸起的矩形框面上统一雕《博古图》。图中器物多种多样，如：鼎、鬲、觚、樽、爵、钟、磬、炉、壶、瓶、罐、盂、书箱、画筒、油盏、烛台、檠灯、案几、悬架、花瓶、盆景等等，还有别处《博古图》中罕见之器物觥与筹及祥瑞动物的模型，林林总总，不胜枚举。即是同一类器物，造型各异、绝无雷同。每幅图中，陈列的器物少则四件，多至九件，各物都有附属饰物映衬。虽概系静物，但琳琅满目，画面热闹非凡。……雕刻技师用工不厌其细、不厌其精。凡器物，通体遍布纹饰，一一细琢精雕。竹编花篮、藤制箱笼，编痕概不省略。集藕花、荷叶、莲实于方寸之间，花之瓣脉、叶之筋络、实之颗粒，悉皆纤微毕呈。如此精细程度，叹为砖雕观止！木雕瞠乎其后，止有极品玉雕可与媲美！

上夹堂（0.13米×0.42米）较中夹堂矮0.05米，处于砖屏最高位置，……在凸起的矩形框面上统一雕《珍果图》，……珍果图中的果品有：水蜜桃、柿子、樱桃、石榴、杨梅、佛手、百合等等，十六幅十六个品种。每幅图中果子的数目按果子的体量而定，如樱桃一丛五枚，石榴两只并置。

下夹堂（0.18米×0.42米）面积同中夹堂，为砖屏画面最低一栏，……在凸起的矩形框面上统一浅浮雕《双虬舞阳图》。各屏之中，太阳处于中轴线上，这是一致的，但太阳在中轴线上所处的位置高低不一，一幅贴靠框底边，大都游移于中间部位，也有一幅贴靠框顶边。如果把十六幅砖屏按太阳位置高下顺序排次，可以欣赏到连贯的《旭日东升图》，动态毕现，可谓匠心别具。双虬蟠舞于天的形象，仿商代礼器上的纹饰，以块面来表现，富古朴、斑驳、苍劲、矫健之美。

仿木制格扇门砖屏，五栏画面中面积最大、雕工最精细、最能显示文化底蕴的是以书画代替花格的内心仔，它的画面内容含义与工艺技能显示了道德规范、文史常识、书画造诣、雕刻技法的综合水平,是整套砖屏表现力的核心与精神所寄,特别富具研究价值。相比之下,其他四栏都只是为之陪衬、作为花边与配角而存在。因之,对于本砖屏内心仔的研讨,……特另立一章,专文阐述于后。

在"稀世遗雕 罕见珍品"一节中对内心仔作了详细介绍。

此砖屏突破一般大宅的四幅,大跨度地提升至十六幅。从质量上考虑,除特聘徽州砖雕名师外,着重在内心仔书画内容的倡新。……以"君子之德,君子之才,君子之风"为总纲,人物画为形式,古贤德行、文学典故、名人逸事为依据,选定了内心仔十六幅画面的内容。

各图上一般都未写有画题名称,根据其所绘与款识,我们代拟了四字句的题旨,并按图中各典故的时代先后,编写了十六幅砖屏的排列次序:贤母教勤、伯牙操琴、圯桥授书、商山四皓、博士传经、北海牧羊、竹林七贤、写经换鹅、东篱采菊、冒雪寻梅、神童特慧、孤山放鹤、东坡读砚、君子慕莲、倪迂洗桐、候涛题壁。

第一幅是"贤母教勤",敬姜以德治家、教子以德治国,连同"圯桥授书""北海牧羊""君子慕莲"等幅都属于"景德"范畴。"博士传经""神童特慧""竹林七贤"等幅则为"仰才"范畴。"写经换鹅""东篱采菊""冒雪寻梅"等幅系"慕风"范畴。尤其突出的是押末一幅"候涛题壁",融乡土史地与海防思想于一屏,这是我们在装饰性"三雕"图中及任何人物画轴中见所未见的。

无论山水、竹木、殿宇、人物,一概工笔精细,层次深远,各图的人像一般也不少于三个,画面绚丽、强烈、充实、少有空白。有一首诗词或短文数十字者,个别亦有仅五字作图题者。字乃行草,字体秀美。空白处,留作题写款识之用。所题款识,用表画意,一般是题诗飘逸,酷似书圣笔法。草书"爱""常""喜""盘旋"等写法,悉依右军书体。作书画者,董姓,字口涧,又署竹溪,号云壑居士,当系乾嘉时期高手。

四、一个"士村"

中国的传统乡村中有着从事各种各样工作的人,农耕、手工业、商业、运输、宗教、文艺、武人、士人等等。"士村"是我的杜撰。我把大多数人从事农业的乡村称为农村,把基本上培养士人的乡村称为"士村"。黄山村的子弟,自幼读书,他们的前途,或出仕,或为儒商,因此,我称之为"士村"。

为了说明这一点,先将1884年在白屋住了半个月的日本维新人士、汉学家冈千仞对当时黄山村的感知录于下:

> 观王氏家庙。壁书先中书君家训十二条。族人登科第者,皆书联额揭壁。族约尤严,曰降入非流者,不得与祭。非流谓窃盗犯刑,操俳优、仆役、剃刀、舁丁诸贱业类。

> 堂设坑床、案桌、椅子,揭名人书画,文房器具,烂然照座。屋内分六七区,族人各占一区,耕耘作业,皆任隶氓。富贵者多就都会,开商店,遣族人及若隶属监督,不躬亲。子弟至八九岁,必延师学举业。闺阁尤极美丽,卧床丹臒,帷帐四垂,价自四五十元至百元。其所以自奉,极为矜贵。已无衣食之忧,偃然自足,渐流骄奢。

当然,作为一个"士村",还要存在一定数量有功名或有官衔的人才能成立。

以冈千仞《观光纪游》中提到的在日本和在黄山参与接待的王惕斋及其六个族兄弟为例,根据中华民国十年(1921)重纂的《慈溪王氏宗谱》,全是有功名或官衔的人。他们是:

王惕斋(王仁乾):国学生,布政使司经历。

王治本(王仁成):郡增贡生。

王藩清(王仁体):邑庠生。

王汝修(王仁爵):国学生,候选布政使司理

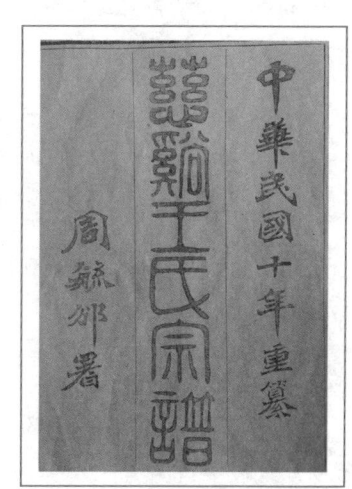

王氏宗谱

问,加二级。

王仁和:国学生。

王致和(王仁中):国学生,四品衔。

王砚云(王仁厚):邑庠生,同治癸酉举于乡考,取咸安宫教习,大挑教谕,后请拣选,以知县用,加五品衔。

以王惕斋(大夫第谱系)和王治本(新旗杆门头谱系)两个支脉为例,看看他们上三代的情况。宗谱记载如下:

大夫第谱系

王严理——国学生,候选布政使司经历,覃恩加一级,选授河南汝宁府粮捕水利通判,诰封朝议大夫,累赠通奉大夫。清乾隆二十一年丙子十月二十九日申时生,道光四年甲申六月二十五日子时卒。子五。(以下不引生卒年份)

长子 潮——即选县丞,赠奉直大夫,晋中议大夫。子四。

庸昭——国学生,军功议叙八品衔,布政使司理问,加二级,改用同知,加三级。

庸时——国学生,封奉直大夫。

庸春——从九品,议叙布政使司理问,五品衔。

庸昉——赠奉直大夫。

二子 沅——国学生,候选按察使司照磨厅,赠宣德郎,晋奉直大夫。子三。

庸曜——国学生,布政使司理问。

庸暄——军功议叙八品衔,封奉直大夫。

庸曾——附贡生,即用儒学训导,赠奉直大夫。

三子 瀛——布政使司理问,加四级。子三。

庸晰——国学生,军功议叙八品衔,候补知府,加一级,纪禄二次。性好吟咏,著有《晚晴楼诗稿》。

庸皓——附贡生,候选儒学训导。

庸晟——廪贡生,即用儒学训导。以被赭寇之难,奉旨入省中忠义祠,并得赐恤云骑尉恩骑尉,世袭罔替。

四子　瀚——附贡生,光禄寺署正,以弟润衔貤赠奉直大夫,诰赠通奉大夫。所著有《亦园诗文稿》《嘤鸣集》等书。子六。

庸昇——军功议叙八品衔。

庸星——邑增贡生,布政使司理问,加二级。著有《东野吟馆诗稿》。

庸昂——从九品,军功议叙五品衔,赠朝议大夫。

庸昌——国学生,议叙福建候补布政使司经历,军功保升同知,加五级,补用通判,摄理霞浦县知县。

庸杲——从九品衔。

庸晏——邑庠生。

五子　润——国学生,布政使司经历,军功议叙加二级,纪禄二次,赠中议大夫,晋通议大夫。著有《枕山吟馆诗稿》。子六。

庸香——以弟庸音衔貤赠奉直大夫。

庸晋——国学生,候选府知事,布政使司理问,加二级。

庸皆——国学生,布政使司理问,加五品,改捐巡道衔,赏戴花翎。

庸智——国学生,五品衔。

庸鲁——国学生,中书科中书,加道衔。

庸音——国学生,布政使司理问,加二级。

新旗杆门头谱系

王朝栋——赠宣德郎,晋朝议大夫。清乾隆十六年辛未正月初四日寅时生,乾隆四十年乙未九月初七日巳时卒。子一肃雍。

王肃雍——国学生,候选州同,赠朝议大夫。子三:庸德、庸义、庸敬。

庸德——恩贡生,温州平阳县教谕。著有《然松阁文稿》。

慈谿王氏宗譜卷之十二

行傳

第二十世

西堂六房少峯公派下

嚴二三 黃山恭萃子諱嚴理字守一號呼嚴國學生候選布政使司經歷䝉恩加一級選授河南汝寧府糧捕水利通判誥封朝議大夫累贈通奉大夫清乾隆二十一年丙子十月二十九日申時生道光四年甲申六月二十五日子時卒壽六十九 縣志有傳 配誥封宜人累贈夫人鄭氏胡氏馮氏合葬虎胛山東面山腰子五潮沅瀛瀚潤

"大夫第"支系始祖王嚴理

慈谿王氏宗譜卷之十三

行傳

第二十二世

西堂六房少峯公派下

庸十三黃山瀛三子諱庸晟庠名渠字芙卿改字輔卿號秋生廩貢生卽用儒學訓導以被赭寇之難奉旨入省中忠義祠並得賜雲騎尉恩騎尉世襲罔替清嘉慶二十年乙亥七月十八日寅時生同治元年壬戌閏八月初一日酉時卒配林氏子三仁堯仁周仁乾

王仁乾(惕斋)父亲王庸晟

庸义——国学生，充玉牒馆供事，分发山西，即补巡检，貤赠奉直大夫。

庸敬——附贡生，同知衔，加一级。著有《王氏通谱》《王氏十一志》等。

上述情况表明：王严理三代二十八人，王朝栋三代五人，共三十三人均有功名或官衔。

黄山村的王氏是明朝时由慈溪县治（今慈城镇）迁居而来。他们的堂名是一致的，都称"崇本堂"。

县城的唐家堰桥崇本堂，当地人称三凤堂。2009年5月4日，叶龙虎在《宁波晚报》上发表《黄山古村》一文，介绍了三凤堂的来历。"说余姚张云航先生有女适慈溪王桓（明太祖呼为老学士，人称明白先生）之子王尹和（字伯燻、金溪县令），出嫁之日对女说，有外孙了马上报我。生第一个儿子去报，云航先生说好，来了就好。于是起名'来'。生第二个儿子去报，云航先生还说好，复来就好。于是起名'复'。等生第三个儿子去报，云航先生连声说好，说是兄弟鼎立。于是起名'鼎'。后王来官至工部尚书，王复进士及第任刑部主事，王鼎也授广东佥事。王来之子王钥中浙江乡试官至监察御史，王鼎之子王锶为成化乙未科进士授大理寺丞。王氏四世为官，可见门第显赫。雍正时《慈溪县志》说'来、复、鼎世称三凤，庆泽深厚，世罕及焉'。"

岑大利著的《中国历代乡绅史话》说："在明清两代都能保持富贵尊荣，或是一度衰落又复兴的，不过占到全部世家的四分之一。"该书也指出，一个宗族要保持兴盛的一个内部因素是："宗族内乡绅的后代要获取功名或出仕为官，并代代相继，才能保证宗族的兴旺发展。尤其是名门望族，更是要由科甲起身的官僚缙绅、乡绅等封建士大夫来支撑。"

黄山王氏家族五百年来久盛不衰，也和它是一个"士村"的特点有关，正所谓"诗书继世长"。

黄山成为"士村"是需要一定的经济支持的。1884年冈千仞在黄山村看到的王惕斋家族是一个豪门富户，他们支持子弟读书自不成问题，所谓"已无衣食之忧，偃然自足"。但是，在黄山村还是有经济条件差的人家；富户也不一定能一直富下去，会由于种种原因，家道中落。为使家族子弟始终朝着士的方向发展，就有必要保证家族成员有一定的经济收入,用我们现在的话来说,也就是要有最低生活保障费用。这就是族田制。

在旧时的农村中,族田制是普遍存在的一种土地占有形式。抗战时期,费孝通在云南实地调查,发现云南族田特别发达。从他们调查的绿村来说,全村所有田亩总数的27%是属于团体地主的。族田一般来自祖先的遗产或族人的捐献。

黄山村的族田一直保存到20世纪30年代抗日战争开始前,也就是我小的时候还存在。我当时只是一个小学生,知道得也不太多。大体有以下几点:

(1)黄山村里的田,一般由王氏族人雇长工耕种,每户数量不大。如我小时,我家屋前屋后共有七八亩田。族田一般在远处并由当地农民耕种交租。

(2)王氏祠堂有族田,其下各支脉,甚至支脉下的支脉也有族田。

(3)不像有些地方的族田,只是某些乡绅的私田,借口供众人使用,挂在祠堂名下,逃避纳税。王氏家族的族田是名副其实的,可以证实这种真实性的是,我小时候还是由各房轮流收租。

(4)轮到收租的户,收一年租可以吃几年。有的人在外就业,轮到他收租时,因为并不在乎这些地租收入,就让他在村里收入低的兄弟房去收了。

王义遒《忆慈城黄山》的文中,对黄山王氏家族的族田制有比较详细的介绍,现录于下:

> 宗法社会特别强调祖宗基业,好多田产是属于祖宗的。制度规定祖宗产业后代不得变卖、分家,只能按年轮流享用,轮值到那家有收取田产租子的权利,也有承担那年祖宗生忌日祭祀和清明扫墓等义务。我们家祖父名下,自己只有三亩半田。但是,每年可以轮到平均收入多于25亩田的租子(隔年起码有50亩),足够全家口粮。我想,这也许是维系子孙"叶落归根"的主要措施,保证他们退休、失业回家总有一口饭吃,不致无依无靠。

这种族田制的彻底崩溃,是在日本侵华战争后。由于日本人的入侵,族人,特别是在村里无正常收入的族人,生活越来越困难,就变卖祖宗田地等资产,用以度日,没有了公共资产,这种在宗法社会遗留下来的族田制也就不复存在了。

五、儒商

黄山村的子弟自幼读书，他们的前途，或出仕，或为儒商。"出仕"已如上述，下面介绍"儒商"情况。举一个典型例子，那就是在宁波闻名遐迩的、已有二百五十多年历史的寿全斋国药号[1]。乾隆二十五年(1760)，黄山王氏一个秀才王立鳌，和宁波城厢一个秀才孙锵赣，因同考举人相识而成为莫逆之交。王氏爱好医学，懂得药理。两人经过酝酿，决定合作经营药业，开店取名寿全斋。十年后，孙氏撤股，归王氏独家经营。

《古镇慈城》有两篇文章谈到寿全斋国药号，即 2009 年 3 月总第 37 期中丁金林和陈燕璋合写的文章《寿全斋国药号》（以下简称丁文）和 2012 年 12 月总第 46 期中王芦奋写的《忆故乡慈城黄山和白屋》（以下简称王文）。下面就两篇文章中有关经营方面的论述作一些介绍。

总的来说，寿全斋以济世救民、货真价实为宗旨。丁文说："寿全斋对'货真价实''尊古炮制'的传统经营方针始终遵循不渝，这是寿全斋盛名不衰的一个最主要原因。这个方针引导下的具体做法，可用'正''证''精''真'四个字来概括。即进料做到药源路正，储运做到质量和品种两个保证，加工做到道道精粹，撮药做到味味认真。"在产品开发上，寿全斋能针对当地老百姓的需要。王文说："店里有一味眼药很有名。由于宁波、舟山沿海各地渔民，终年出海捕鱼，风吹雨打，眼病很多，危害很大，发红眼病的人很多，而寿全斋的中药养正眼药膏疗效明显，因此很受渔民欢迎。而渔民们冬令进补，相信宁波寿全斋出品的货真价实的驴皮膏，招揽了很多舟山客户。"在营销上，根据不同对象寿全斋用各种方法对产品进行推广宣传。丁文说："王氏祖孙几代均俨然以书香门第自居，奔走于大姓望族之间，用以扩大影响，抬高自己的地位。清光绪年间，第四代子孙王仕载当权，他常周旋于当时宁波名门……博得上层社会力量的青睐，寿全斋才得打开局面，顺利吸收外界存款，用高于银行的利率为诱饵，曾获得存款达二三十万两银子之巨。……再则那些上层名流生活享乐腐化，最怕病死。王仕载出入高门，大肆宣传、兜售高档补

---

[1] 寿全斋有一块金字招牌，为慈城杨陈村翰林杨亨泰所写，至今犹存。此外，宁波著名文人、爱国人士毛翼虎出于对寿全斋的厚爱，写了一副含有寿、全两字的对联：杏林济世千秋寿，橘井流芳百草全。

药和补酒。于是产品畅销，不需付费做广告了。他还根据不同对象用各种方法进行产品推广宣传。如对迷信鬼神的人，就利用所谓吕祖菩萨生日（四月十四），请一班唱书艺人，在店内搭台说唱，吸引人进店听书取乐，免不了有人买些成药带回家去。另外店里建有一处'纯阳殿'，供人上香祈祷，香火终日不绝。每逢'关帝菩萨''都神菩萨'生日，又在店内搞供奉仪式，为菩萨换上新袍，祝愿保境安民。这样，寿全斋这块招牌更广为人们传扬了。他的招揽方法五花八门。如每当九月间菊花盛开之际，在店堂内外举行菊花展览会，陈列几百盆不同品种的菊花，供人欣赏。或组织音乐会，凡爱好丝竹管弦的，不论店内或店外的人，听任自由参加，奉茶招待。就这样，不花大钱，却能收到推销药品的实效。每逢过年过节，总要挂画，让人观摩礼拜，甚至有自温州、台州等地远道前来专程鉴赏的。当然，参加音乐会、展览会的人，总多少买些滋补膏和药酒类回去。所以寿全斋的名声就越来越大。"

丁文还介绍："寿全斋在20世纪初成立了股东会，把利润规定作16股分红，其中股东占10股，'五公座'（经理、副理、监理、会计、进货）占2股，职工占2股，公积金占2股。"

丁文也介绍了寿全斋人事组织和待遇方面的一些情况。如：旧寿全斋"根据不同职掌划分成各个小组。大权由'五公座'掌握。小权下放到各组负责人，业务通过他们贯彻到每一个店员、职工，并按时考核上报。小组负责人待遇高于一般职工，是'五公座'的依靠力量。"

"为了使职工安于其位，工资待遇比一般定得高，还给予其他各种好处。如各月初一月半，是药店最忙的日子，来自农村各地顾客，买药都要在店堂排队。柜台上职工，一边撮药，一边招待，确实忙得连吃饭工夫也没有，所以栈房里的职工都要到柜台上帮忙。这天除了备有包子、馒头等各种点心，让职工尽量吃外，还发给每个职工双工资；第二天即初二和十六，又请职工吃肉吃酒，算是犒赏。……对待各小组负责人，暗底下又另有额外奖励。"

从寿全斋经营的介绍来看，很有创新精神，而且有些做法还开现代企业经营之道，如职工占股、企业社会责任等。

寿全斋还有一个特点，就是惠及王氏家族。以我在20世纪30年代的亲身感受来说，至少有两点：一是在寿全斋工作的职工，往往会中医。回乡休假，或退下来回到家乡,为族人看病。我小时生了病,就请这样一位老前辈(我称他为绣文太公,寿全斋账房)看病。二是我家也有寿全斋的"股份",但因为不是一个支系,因此没有股金,而是给一根长长的竹签,竹签上有一定的标志。给每家的竹签数量不等,我家是两根。一根竹签,每年可以去寿全斋拿一份自产的丸药。我记得,小时拉肚子时吃其中一种丸药——避瘟散,很快就可止泻。

王氏族人出外经商,赚了钱回报族里,是一种常态。我知道的,除了寿全斋,还有在天津的富商王品南和在上海的富商王志湘等,他们经常捐资给族办的崇本小学。

王氏族人中著名的儒商,还有我的祖父王惕斋,日本明治年间在日本从事贸易,2009年出版的《宁波通史·清代卷》称其为"著名的慈溪商人"。

六、深沉的传统思想

中国自1840年鸦片战争以来,正值所谓"三千年未有之大变局",传统与维新纷呈。黄山村也不例外,黄山村士大夫中传统思想的表现主要有以下两个方面。

一是,对待太平天国的态度。

太平军自1861年10月26日占领诸暨至1863年3月20日自萧山撤退,有十万军队在宁(波)绍(兴)地区活动,历时一年又五个月。其间曾两次占领慈溪县城:第一次是1861年11月28日,为时五个半月;第二次是1862年9月18日,只有三天。王惕斋之父王庸晟当时患痢甚剧在家(白屋),太平军要他投降,他不从而被杀。后,王庸晟奉旨入省中忠义祠,并得赐恤云骑尉恩骑尉,世袭罔替。其间,慈溪太平桥、黄山、杨陈等村都有团练对抗太平军。黄山村组织团练的就是王治本。日本学者实藤惠秀,从原高崎藩藩主大河内辉声与中国文人笔谈的"笔话遗稿",选出一小部分用日语译出的《大河内文书——明治日中文化人的交游》一书的第二章"中国公使一行访日"记录了此事:

辉声:你的脸上有刀疤,是因为洪秀全之乱才受的伤……那时你是什么官职?

桼园:长毛贼骚乱的时候,我组建了乡团,没有编制,由于用兵不得力,失败了。这个伤疤就是那时留下的。那时省总督说要向朝廷作奏报表彰我,我谢绝了。与其论功论罪,不如谢绝了事。

辉声:那是什么时候的事情?

黍园:壬戌年(1862年)八月的事情。

二是,传统思想的另一种表现是趋于守旧。

这可以从日本维新人士冈千仞的观察中看到。冈千仞在黄山村半个月期间,在与王氏士大夫广泛接触后"略得中土之病源",并写入他的《观光纪游》中。现在看来,这是一份弥足珍贵的历史资料。今将相关部分录于下:

> 余来此累月,略得中土之病源,附记于此。
>
> ……　……
>
> 廿二日。朝雨。赴王仁和之邀。仁和兄䕩侯(仁爵)以善书,游我国,现同黍园客于新潟。族人会集,表卿曰:"曾制军(国荃)赴上海接法使,论安南之事,和战决此一举。今日之事,不战则无以树国威。唯我朝尚文不尚武,其主绥抚,固非畏彼,不忍残害无辜生灵,以伤天地之和气也。"余曰:"宋一代贿契丹以立其国,此事非无例,唯非盛德之事而已。"众论和战利害,满座嚣然。顾彼以大舰大炮劫中土,开埠口二十所,此不特中土古来所无,实为五洲之变局。而士人瞠焉如无见,漠焉如无闻,犹以绥抚为辞柄,以姑息为得策,上下蒙蔽,偷安旦夕,余不知此事何所归着。饮至夜。
>
> ……　……
>
> 廿四日。栗厂(义宽)设飨。中土飨客,八人一案,陈果实肉脯,或六种或八种,终饮不撤,人具一盏,无献酬之烦。肴馔多皆膏炒,吃了更进,至十数种若二十种。最后进杏仁羹、八宝饭。饭毕,温巾热汤,拭面擦手,踞床吃茶。更设烟具别室,二人对卧。且吃且话,此为常法。余痛驳烟毒缩人命、耗国力,苟有人心者,所不忍为。砚云不悦,曰:"洋烟行于中土,一般为俗,虽圣人再生,不可复救。"此虽非由衷之言,亦可以知其成弊害,一至此极。魏源尝论烟害曰:"耗中土之精英,岁千万计。此漏不塞,虽万物为金,阴阳为炭,不能供尾闾之壑。"又曰:"日本水战火攻,不如中土,止以陆战之悍,守岸之严,刑罚之断,号

命之专，能禁邪教，断烟害，使彼不得轻犯。谓我水战火攻，不如洋人，犹可；谓守岸禁邪不如日本，可乎？不可乎？号令之不行海外，犹可；今并不行于海内贩烟、吸烟之莠民，可乎？不可乎？"此实沉痛之言。而中人不猛省于此，何也？

廿五日。砚云见余数举洋事，痛论烟毒，遂曰："李中堂开招商、机器二局，经费百万，蠹国财，耗国力，无一所成，大失民心。"余曰："洋人制机器，驶舟车，资纺织，尽力农桑国本，凡百工业，其日致富饶，趋强盛，雄视宇内，实机器之由。而今中堂开二局，用力于此，将收彼长为我用，此真尽力国本者。"砚云愤然，曰："机器岂圣人之所言乎？此徒率国人，去质实趋机巧尔。"余曰："唐虞璇玑玉衡，周公指南车，孔明木牛流马，无一非机器。圣人制耒耜，垦田亩；制机杼，织布帛；制锯斧，营宫室。其开物成务，无一不由机器。今也，洋人讲工艺，开机器，殆集中土圣人所制作而大成者。尧舜与人为善，而子摈为去质实趋机巧，何也？"砚云变色，曰："英法豺狼，岂可以人理论乎？"余曰："中土以豺狼待彼，彼故以豺狼报中土。中土若以尧舜心事待彼，彼岂有不以诚接中土之理乎？林文忠不能谕愚民止吃烟，卒然以兵戈逼英人，略夺烟膏，逞一时之愤。尧舜内修文教，外奋武卫，岂为此粗暴无名之举乎？"论累数十纸，言颇切至，砚云竟不服。砚云有奇气，文笔纵横，实为难得之才，而言及外事，顽然执迷，一至此极，殆不可解者。是事不止砚云为独然。

八月一日。拟待夜潮辞发，濯与静庵治行。竹孙为余作书画数纸，砚云赋赠五律四首，有"五方异其俗，安得互相强"句，盖指前论洋烟机器，意见不合也。方今风气一变，万国交通，此五洲一大变局，而拘儒迂生，辄引经史，主张陋见，不知宇内大势所以至此。此殆巢幕之燕，不知及堂之火者。余私谓，非一洗烟毒与六经毒，中土之事不可下手。六经有可信者，有不可信者，苟信不可信者，流毒无所不至。黄公度在东，悦余好论洋事，常曰："形而上，孔孟之论至矣；形而下，欧米之学尽矣。"论当今之事者，不可无此见解也。

以下是冈千仞到上海后的日记：

廿二日。雨。诣公署，安藤领事病辞，见太田书记，纳护照公文。吟香来过，余曰:"目下中土非一扫烟毒与六经毒,则不可为也。六经岂有毒乎?唯中人拘泥末义,墨守陈言,不复知西人研究实学,发明实理,非烂熟六经所能悉。孟子不言乎?尽信书,不如无书。六经有可信者,有不可信者。若不信其可信者,而信其不可信者,则六经之流毒,何异老庄之毒晋宋乎?"吟香击案为名言。

廿五日。王紫诠[1]来访,余以一扫烟毒与六经毒,振起中土元气为说。紫诠笑曰:"更有一毒,并贪毒为三毒。中土大小政事,成于贿赂。"……

冈千仞的日记《观光纪游》,已于2009年5月由中华书局出版。上述引文就摘自该书。整理者张明杰在正文前的《冈千仞游华及其所作游记》一文中说:"冈千仞始终以严厉的目光来审视当时的中国,对晚清社会的种种弊端痛加抨击。他把中国社会与经济落后的原因归结为'烟毒'和'经毒',认为'目前中土非一扫烟毒与六经毒则不可为也'。同时批判官绅及知识阶层守旧自封,不达外情,敦促士人讲格致实学,用心外事,变法自强。平心而论,他的这些批评或主张在当时是很对症的,也很有积极意义。"张文所引冈千仞的看法,主要就来自他和王氏族人中的官绅人士的接触和思想交流之中。

黄山族人这种传统思想,也表现在生活小事上。例如,我小时(已是20世纪30年代),家里人对我说:老夫子们在村里行走时,下起雨来不顾雨淋,仍然踱着方步回家,保持读书人的尊严。

如果把黄山村和王氏家族看作当时中国社会的一个缩影,于此可以从一个日本维新人士眼中,看到晚清时期中国兴衰的部分缘由。当然,也有另一面,那就是冈千仞提到的,当时黄山村有正在日本从事文化交流的四个族兄弟,在他们身上开始有了一些维新的思想。

七、晚清时期的中日文化交流

晚清时期,在黄山村士大夫恪守传统思想的同时,却从这个村里走出去四位仁

---

[1] 王韬(1828—1897),字紫诠,清末杰出的思想家、政治家。

字辈的族兄弟。他们长时间生活在日本,与当时中国一些著名学者,如黄遵宪、王韬等人,一起从事中日文化交流活动,并向国内传播维新思想。

这四位族兄弟,按年龄大小排序,分别是王治本(1835—1908)、王惕斋(1839—1911)、王汝修(1843—1895)、王藩清(1847—1898)。宗谱记录:王治本的父亲,是温州平阳县学教谕,对引导当地民众学风有贡献,因目疾还乡,为后辈解释经义,与人共同开办慈溪县有名的慈善机构"华云堂"。王惕斋的父亲,是"廪贡生,即用儒学训导。以被赭寇之难,奉旨入省中忠义祠,并得赐云骑尉恩骑尉,世袭罔替"。王汝修的父亲,军功议叙八品衔,封奉直大夫。王藩清的父亲,国学生,议叙布政使司理问衔。他们本人也都有功名,均受过良好的中国传统文化教育,在诗文书画上具有很高的素养。

王氏四个族兄弟中,王惕斋最先去日本,儒商身份,1870年明治维新初期到日本,1910年回国,在日本四十年。其他三个略晚几年,均为文人身份,其中王治本于1877年东渡日本,1907年底或1908年初回国。王藩清东渡日本的时间,也是1877年。王汝修的确切东渡日本时间还未查证,估计和王治本同时。

(一)王惕斋

王惕斋,讳仁乾,字健君,号惕斋,晚号独臂翁[1]。国学生,布政使司经历。

浙江大学日本文化研究所教授吕顺长在《慈溪王氏兄弟与日本文人》(以下简称吕文)一文中提及王惕斋"明治十年末,已在浅草黑船町拥有自己经营的商店'凌云阁',翌年初商店迁往筑地入船町。主要经营书店,专售汉籍和文具。""江户时代乃至明治初期,日本规定外国人只能居住于其划定的外国人居住地内,未经特别许可不得越界居住。明治四年至明治九年,经特别许可获得居留地外居住权者有五百余人,他们多为公使馆员、学校教员或有一技之长而被日人聘用者,其中又以欧美各国人居多,中国人仅13名。"王惕斋便是其中之一。《郑孝胥日记》(中华书局1993

---

[1] 1892年5月4日,王惕斋在东京乘人力车外出时,被日本与官场广为结交的富商滨野茂马车撞倒,碾伤左臂,导致断臂重伤。在清朝驻日使馆日本多方人士的支持和声援下,历经曲折,获得胜诉。上海《申报》在该年5月21日作了首次报道后,至12月8日,7个月内共作了9次报道。

年出版）中，1891年7月7日记："秋樵等邀同出，至筑地，晤王惕斋、王棻园，宁波人，而惕斋乃筑地董事也。"说明王惕斋在当时日本东京华侨中有一定名望。

吕文中还说：王惕斋"虽以商人的身份旅居日本，但他出身于富户，自幼受到良好的教育，于诗文书画具有一定的素养，加之他在日本的商业内容是经营汉籍，从而决定了他势必与日本的文人学者尤其是汉学家产生交往。""1877年至1881年间，与原高崎藩藩主、酷爱诗文者大河内辉声交往甚密，曾作书赠予大河内悬于其书斋。"

王惕斋（1839—1911）及其长子王祖耕

王惕斋在日本进行的中日交流活动，主要有：

1. 协助解决清朝驻日使馆官邸问题

1877年（光绪三年）12月，首任驻日公使何如璋抵日赴任。副公使张斯桂和王氏兄弟是同乡，一个县的，并且是距黄山村很近的庄桥马径村人，原来就是熟人。使馆人员初来乍到日本，需要早来日本的华侨帮忙，王氏兄弟积极协助使馆开展工作。1878至1879年期间，王治本和王藩清还被聘为使馆临时随员。王氏兄弟首先协助解决官邸和家属居住房子问题。这在实藤惠秀的《大河内文书》中有所记载，录于下：

来到横滨以后，常常派人去东京寻找合适的房子，以便用作公使馆的家属居住。可是，不是太偏东，就是太偏西；不是太宽敞，就是太狭窄；不是太远，就是太湿，总是定不下来。而且房租又很贵，想要很快定下来，很难。在横滨已经待了十多日了，应酬很多，需要答礼，不胜其烦，实在感到很不方便。

然而，大河内辉声却很期盼着与公使馆一行人员的会面，对房屋的寻找，也能帮上些忙。

惕斋：想要一个大宅邸，因为公使想租借使用。你的众位朋友那里没有这个？想要门和门厅很大的那种。

辉声：我陪着一起找找看吧，可是……有门道的那种地方，可能是最好的吧。

辉声：官邸设在哪儿，确定了吗？
琴仙：今天去看看，还没定下来。
辉声：他们去哪里看？
琴仙：去哪儿我也不知道，昨天是惕斋带着去的。
如此看来，公使馆的寻址，真是非常地花时间和精力。

2. 发挥民间外交作用，沟通中日两国政府

王惕斋不但在日本经商时间长，而且结交了清朝和日本很多朝野人士。过往较密的高层人士，有文字可查的，在清朝，有曾任民政部尚书肃亲王善耆、湖广总督张之洞、两江总督刘坤一等；在日本，有贵族院议长近卫公爵、外务大臣加藤高明等。因此，王惕斋也以他在清朝和日本朝野中的名望，在两国政府间或民间人士间，发挥他力所能及的于国家有利的民间外交的作用。已知的有以下几件较为主要的事。

（1）庚子之乱时，东南自保事。王惕斋在其《独臂翁闻见随录》中的"庚子年之

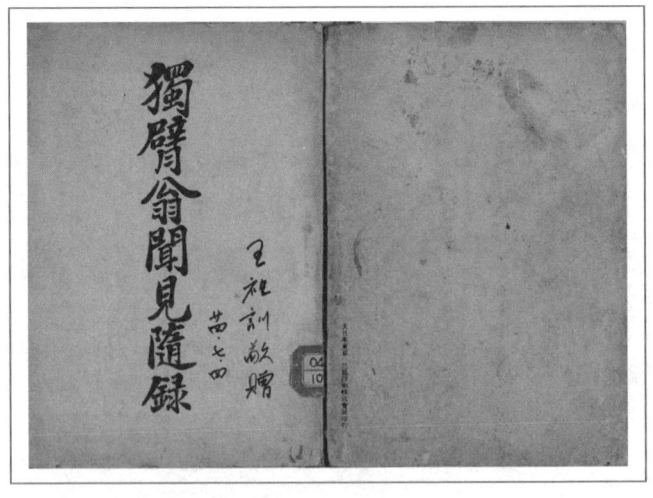

王惕斋《独臂翁闻见随录》浙江图书馆藏本

我公使"一节中说：

> 庚子之夏，两宫蒙尘。各省发表排外上谕后，洋人具有戒心。外务大臣加藤高明氏开导驻东我国公使。公使闻北京枪伤德使臣及杀害驻北京日使馆之书记生，因此胆怯不敢赴外务省。外务省遣头等译官小林光太郎连邀我公使商议。我公使善于辞令。答曰，我邦作此野蛮之事，实无颜见贵国大臣，可否请贵大臣临敝署面谈。加藤大臣亦不愿来。后因有他国大臣暗托作和事人，不得不强装胆大。小林译员于一日之间往来使馆四五次传言，皆不能尽吐真意。一日，在途中晤予，详道其故。因伊昔年为学生时，屡以言语文字问道于予，确如师生。故此时道左相遇，倍觉殷勤，公使之事为予言之独详。予曰，今事所最重者在乎互相保护耳，公使既胆怯，何妨邀监督钱恂君调停之。小林曰，钱乃张香帅（注：即时任湖广总督张之洞，号香涛）所属，位在公使之下，使彼出面或恐不能见重于外务省也。予曰，子言诚是，然当国步艰难之日，万不可以资格论人，但得能者从中调和，使我国官长转念排外之非，不致轻举妄动，则各国在华官商仍得安居乐业，相安无事。岂不善哉？小林曰，钱某出自张香帅之门，求其运动，张香帅固无不可，而于南洋刘岘帅（注：即时任两江总督刘坤一，字岘庄）处或恐无能为役矣。予曰，刘岘帅近所最信用者为陶渠林观察（时任两江总理营务处）。陶与钱皆与予相友善，平日指心相誓。如有用我，当同为竭力，以救祖国之危者也，汝可试为之。小林即以予言详告外务大臣。既而果邀钱恂到外署共议电稿。电达祖国，张、刘两总制颇佳纳之，即改排外之令而为保护也。惟刘岘帅当时曾嘱幕友起稿，该幕友畏之，曰，上喻以排外为目的，岂可反对之哉？刘帅怒曰，稿虽出诸汝手，而一切关系皆我自当之。汝既以此为难，吾当嘱别人为之。于是该幕友知刘公意决，不敢违，唯唯起稿。

过去知道的是，两江总督刘坤一、湖广总督张之洞，联合各省和各领事馆订立保护东南的条约，使东南得以无事。而王惕斋提供了这一史实的细节。一是刘将他的做法上奏了朝廷。二是这一做法还来自日本外务大臣。这一点还需要学者进一步查证，如确有其事，还要进一步研究日本为什么要这样做。

(2)协助政府了解日俄战争前日本的态度。王惕斋在其《独臂翁闻见随录》中"战前之日本"一节中说:

"昔日俄未失和时,不知为何当道派一杭人(汪某)来探战争消息。寓于余寓左近之旅馆。时临余寓,以往谒伊藤侯之事求诸余。余以恐受外人讽刺,乃谓之曰,伊藤侯乃日本第一大员,非见他不可。于是转托友人求森槐南运动之。已而森来言定翌日往谒,惟已不便偕往,故特央汪伯堂总监督之译员玉锦山旗员与偕。入见之间果被诒讥。该探员以无从消差为虑,复商于予。予曰,前外务大臣加藤高明君熟悉外交,能顾大局,胡勿往商之。彼深以予言为然,即托余绍介往谒。予同往焉。语谈之间颇蒙详告。谓天皇及桂总理皆以俄国地大兵众难与为敌,不敢妄开兵端。惟民间各党主战者颇居多数,兹拟谨上条陈。其略曰:俄人兵费较大于我邦十倍,俄兵食必以肉,履必以皮鞋,饲马必以玉蜀黍;吾兵食不过疏食菜羹,履不过布织草鞋,饲马不过稻草而已。然俄之政府大员好货财而不顾国体,俄之士卒多野蛮而不谙战法。我邦虽小,上下一心士卒用命,以此论之,我殆有胜俄之势也。得此一席话,该探员遂得有辞消差矣。当是时也,余又偕汪君同访大隈伯爵,复以此事以言话之。其所论与加藤君无异,且谓俄日将来必有一番战争。后数月果有旅顺之战。

(3)吕顺长的《慈溪王氏兄弟与日本文人》一书中提到:"1898年,湖北留学生监督张听帆等赴日,贵族院议长近卫公爵等设宴欢迎,请王代为邀请。除考察团主要成员外,驻日公使李盛铎、日本外务省和陆海军两省官员等数十人出席,王仁乾也列其中。"张听帆是清朝第一任驻日公使的副使张斯桂的弟弟。曾随其兄到过日本。之后二十年间,他随郭嵩焘、曾纪泽、薛福成在英、德、美、西班牙、秘鲁等国任翻译,受到驻外大臣的"争夺",许多重要文稿出自他手,为国内驻外时间最长、到达国家最多的外交人员。回国后,任张之洞办的"自强学堂"总办。1898年任驻日湖北留学生监督。第一批进入成城学校实施陆军教育的30名学生,就是由他护送到日。张听帆等赴日,贵族院议长近卫公爵等设宴欢迎,请王惕斋代为邀请,原因就是张斯桂是王惕斋的同乡和老朋友,而张听帆则是王惕斋看着成长起来的。

3. 给清朝当局提出改良时政建议

王惕斋向清朝当局提改良时政建议一事，现知有三人提到此事。一是我父亲。1989年2月20日，我父亲给我来信说："你祖父死于1911年。家里原有《独臂翁闻见随录》许多本，以及他撰写的日语学习小册子和改良时政书等。现在一本也不剩了。……盛宣怀做邮电大臣时，你祖父一再上条陈，怎样办邮局。"二是盛宣怀日记中所载："渠言，到日本时，尚在明治初年。已阅四十载。维新一切情形均其目睹。……惕斋虽久居海外，不忘祖国，曾有条陈当道改良时政书及时弊琐言。余赠以联句云：君老游踪观变政；天留右手写新书。颇觉切合。"三是吴荫培。1890年吴荫培探花及第，授职翰林院编修。光绪三十二年（1906）"自备资斧，观政日本"。吴荫培在其《岳云庵扶桑游记》1906年阴历八月二十七日日记中说："顺道至京桥区西绀屋町王惕斋家清谈。惕斋遨游东国已数十年，熟悉商情，洞达时务，入都会有建白，为当轴所知，其言可采用也。"另外，1902年11月30日至12月2日，上海《申报》连续三天刊登《王惕斋上舍上陆天池观察书》和《王惕斋上舍上陆天池观察条陈》[1]。其中一些建议，在百年后的今日来看，仍能发人深思。主要内容有：

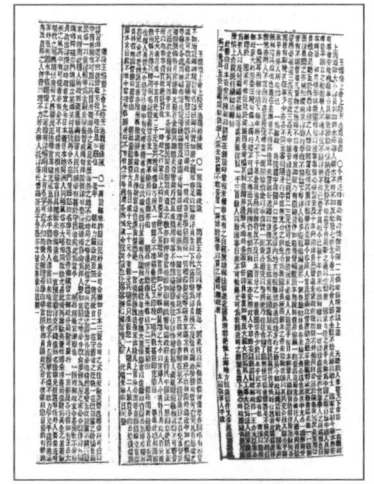

《申报》王惕斋上陆天池书

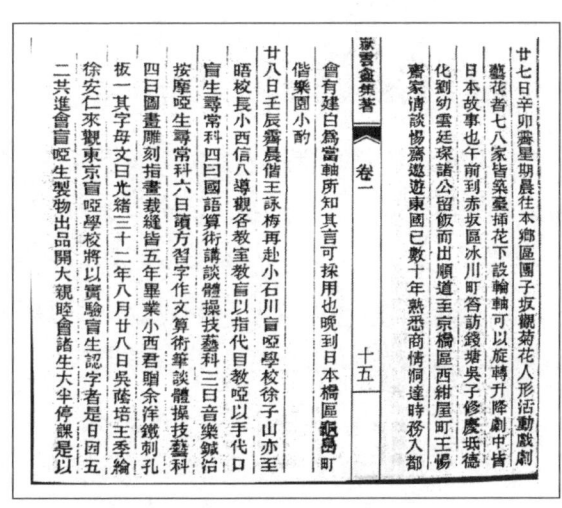

《岳云庵扶桑游记》记王惕斋

---

[1] "上舍"为监生的别称。王惕斋为国学生，即监生。陆天池，时任清政府前门征税局局长。王惕斋的条陈是陆天池去日本时交给他的。"观察"，对道员的尊称。

（1）深入考察国外新政，宜先至日本。

近年，朝廷力图新政，百无一效。其故有二：一在守旧者之迂执，一在改新党之纷扰。吾谓守旧者固有可原，以其目未睹海外之风，足未历海外之地，不知时局之变迁，民情之趋向，若使之游历外国，必能幡然思变。至改新党，不谙国体民俗，一以重洋轻华为主，割去辫发，习成几句洋话，披洋服、登洋靴，扬扬自命为洋人。譬如宜稻之地，必令改食麦饼；瓦屋之家，必令改作洋房。国家或谬用此种人柄政，则紊乱朝纲，贻害人民，其祸必有甚于守旧者矣。此为当今朝廷所最宜深查也。

京都及各行省，如有王公大员欲出洋探访时政者，宜先至日本。盖日本地同洲，人同种，风俗亦大略相同，取效尤易。此后再游欧美，兼收博采，择善而从，斯为万全之策。盖欧美之风，其中有可从者，亦有必不可从者，或损或益，当自权衡，未容偏重也。

（2）尽快收回海关权利。

夫关为中国之关，自应中国人员办理。昔年创立之初，因华人不通洋文、不谙洋例，不得已借才异域。今已数十年，仍未收回权利，以致一切洋务处处受亏，实我华人之所痛恨也。日本维新，初其情况，与我国相似。以后事事留心学习，未及十年，所用洋员悉皆退去，使政由我出，财不外输，所以日进于强也。我国反是，重用洋员，惟命是听。至于熟悉洋务之人类，投闲置散，何其重洋轻华若是耶？

（3）振兴实业，务求实效。

财政首在振兴商务。一切机器制造等厂，亟宜讲求兴办，庶不致利源外溢。近年如皖、鄂、闽、粤、苏、杭各处开办织布厂、轧花厂、缫丝厂及银圆等局，归商经理未始无利，一归官办势必耗本，其故何也？盖弊在素不谙习商务之员充当督办、总办。无论每月官俸动支数百金,即其跟随夫役皆给月费,且或荐用司事,不特无益厂务,往往自恃总办,私人紊乱厂规。种种流弊不可胜言。此而欲求获利,其可得乎?日本各厂多归民间自办,设或资本不敷,亦许押借官项。即如印刷纸币局,归政府主持,其中办法一照商章,绝无官派,所以能事事从实,杜绝耗费也。

(4)革除冗员,汰除官场馈送陋习。

时政之行,宜自上始。首要革除冗官,增加官俸。如各州县酌量地之大小,以定禄入。小者每员月或八百元或千元,大者月或一千五百元或二千元。至其税契粮余等所入,一切归公,不准丝毫肥己。又印税一项,其数甚巨,印花颁自朝廷,此项利源,即敷州县月俸。其聘用刑名、钱谷、书启等友,一例革除,易以佐杂,亦由朝廷按月给俸。凡州县以下二三要缺,由朝廷简放,余准各官奏调。佐杂人员,皆先令学习法律,中有文理未精者,或量改武职,或即行革退。有熟识刑名、钱谷者,准督抚大宪保举,官以佐杂,以资办公。至库房粮房书吏,必择老练廉正者,亦准州县檄调办事,给以月俸。斯宦途自清,贪婪悉绝。

官场供应馈送,亟宜汰除。凡上官奉公出巡,京师无论堂官部员,外省无论督抚司道,皆由朝廷量给旅费。大员每日或十元、二十元,小者数元。其随从只准书记一人、随员一二人,旅费各由公给。仆从则归本官自给。不准令当地州县办差,并不准收受分毫馈赠。各县城镇令民间设立上等客栈,以备官场宵宿。

4. 热情接待访日的朝野人士

王惕斋不但提议对国外的考察宜先至日本,而且身体力行,对朝野来日访问人士热情接待,尽力协助。

王宝平在其《明治前期赴日浙商王惕斋之研究》一文中说:"王惕斋在东京定居较早,稔熟日本的情况,并拥有广泛的交际圈,加之精通日语,古道心肠,接待了为数可观的清政府访日官员。如李筱圃(1880)、汪康年(1898)、罗振玉(1901)、缪荃孙（1903）、张謇（1903）、胡景桂（1903）、吴荫培（1906）等，在日期间均与王惕斋有过接触，并得到他的照顾。尤其是首届驻日公使团赴日后，王惕斋与公使何如璋、副使张斯桂、参赞黄遵宪、随员沈文荧等过从甚密，除介绍大河内辉声等日本友人与中国外交官相识外，在选定使馆建在芝增上寺山内月界院问题上，王惕斋与王治本等各处奔波，出力不少。可以认为，何如璋一行赴日后得以早日安定，王氏兄弟提供了不少实际的帮助。"

我的表兄冯少甫[1]在2004年初来信中也告诉我，"那时在上海的实业家，去过日本的都和惕斋先生有来往，像创办大丰公司的林涤庵，大中华火柴厂的刘鸿生，天原、天厨、天利的吴蕴初等。"

这种接待和帮助，可举两个典型例子：

一是汪康年。吕顺长的《慈溪王氏兄弟与日本文人》文中记载："1898年1月，汪康年赴日考察报务。王得知后，通过蒋黼建议汪康年：'岸田吟香，前在沪开药善堂者，居东京银座二丁目，如暇，可访之，文雅之士；文人龟谷省轩、岛田重礼、重野安绎皆有名人，亦可访之，其所居可询之岸田氏。'同时推荐'公使馆译官罗宝森、卢子铭二人甚正派，可托为舌人。'"

二是张謇。张謇日记记载与王惕斋接触频繁，如："（1903年5月）24日甬人张伯岩、黄桂芬以王惕斋所属来为照料。""（闰五月）20日惕斋同往访长冈子爵、岸田吟香、永坂周二，三君皆喜接待华人。""24日诣惕斋考制盐事。"7月11日返沪后，"13日复惕斋，归其垫款。"

王惕斋一生慷慨，交友广泛。他以一个久居日本的中国人，对待来日的乡谊竭尽"地主"之谊，甚至垫款，促进他们访日的成功，古道热肠，难能可贵。同时，我国不同地区的朝野访日人士到日本拜会王惕斋并请他给予不同程度的帮助，也说明王惕斋在当时中日两国的社会上有一定的名望，是当时名副其实的民间外交家。

5. 接待日本友人访问黄山村王氏家族

根据现有资料，有两位日本友人访问过黄山村，均住在王惕斋家，即白屋大宅院中。其中冈千仞已作介绍，不再赘述。下面介绍另一日本友人有马虔堂。

---

[1] 冯少甫的祖母是我祖母的二姐。在其丈夫去世后，携二子一女去日本，协助王惕斋管理家务，接待来访宾客。回国后，三代同居上海，并经常为他们讲述王惕斋家的情况。

2013 年 7 月，族人王义逎给我寄来一本他的曾祖王慈（1835—1913，谱名肃教，字学洙，别号棠斋，贡生，台州府学训导）诗集的复印本。诗集共三卷，在第一卷《养拙山房诗稿》中，有两首诗，记述了有马虔堂访问黄山村的事。诗如下：

赠日本上大夫有马虔堂

闻到遐邦客，行游来我乡[1]。

正思亲一面，谁意屈轩裳。

容止钦都雅，笑谈挹古香。

何当重聚首，樽酒话沧桑。

再赠虔堂

为喜观光出故关，此身何日赋云还。

凭君传语君家主，中国从来正朔颁。

诗集中没有标明这两首诗写作的时间。但从这本诗集中其他标明作诗时间的诗来看，收录的诗是按作诗时间排列的。这两首诗之前一首标明为丙子年（1876），之后一首标明为庚寅年（1890），这样可以推算出有马虔堂访问黄山村的时间，在 1876 至 1890 年期间，也住在王惕斋家。

有马虔堂为何人？浙江工商大学日本语言文化学院院长王宝平教授说：有马为姓，虔堂为号（字）。有马虔堂为日本丸冈藩家老（大管家）。上大夫为中国古代的官阶之一。周王室及各诸侯国的官阶分为卿、大夫、士三等，每等中又各分为上、中、下三级。即卿之下为大夫。在日本，有马为家老（大管家），位在藩主（卿）之下，因此在中国被敬称为上大夫。有马虔堂的生平事迹以及为何来华，待考。

6. 撰写、出版学习日语书籍

一是，撰写《东语录》（又名《无师自通东语录》和《中东通语捷径》）。在《东语录》的自序中，王惕斋说明了撰写该书的原因。

---

[1] 时寓族孙惕斋家。

  余于庚午初客扶桑,旅居横滨。凡我乡人屡谈日语,意殊简略,询之,学习甚易。后旅寓东京,与宝森罗君、砚池杨君同居。昕夕盘桓,始知,横埠之语,伪杂卑陋,不足与仕宦巨商细谈衷曲,如上海洋泾浜英语一般,杜撰相半。始有望洋之叹。余久居东都,与仕宦巨贾往来,又承旧诸侯下交,执经问难,不得不重加温习文雅日语,随时将在横所学之言改之。一不谨慎,尚有撄入失礼,故辨博底细及声音最为要着。余今将雅俗通用之语,分门别类撰成一书,名《中东通语捷径》。

二是,1902年出版王鸿年著《日本语言文字指南》。王惕斋在为该书写的序言中,说明在出版该书的过程中,他自己尽了不少力。出版的目的很明确,即在于通过日文,准确地学习新学。序言的主要内容如下:

  近来中东文士,日趋新学,译书纷出,洵足为启发文明之助。其中能审音酌义,不失本旨者,固属译家高手。然亦有一知半解,或言之而未答,或释之而转讹,其贻患后学,害亦非浅。余深忧之。因与王茂才伟璠博搜东书,揽各原委,究古今,辨雅俗,正讹匡谬,为《日本语言文字指南》一书。书成,复就东邦文士较正得失。则佥曰,字适义当,译学之善本也。乃付手民,排印成册。

7. 在日本出版中文书籍

王惕斋在东京经营汉文书籍,也出版、发行汉文书籍,但发行汉文书籍的详细情况已难以全面了解。目前看到的是王宝平和吕顺长两位学者相关文章的介绍。现录于下。

王宝平的文章中说:

  据考,王惕斋先后捐资出版了以下7种图书,其中,2种古籍珍本,5种新学著作。

  缩刻铜版《千百年眼》十二卷,明张燧著,光绪十四年(1888)王惕斋在东京刊。为晚明一部重要的历史学术随笔集。该书有万历四十二年(1614)刻本,但流播不广,明代《千顷堂书目》未见;清代以降,则成为禁书,在《明史艺文志》《四库全书总目》中,更不见著录,几近湮没。……三百年后,王惕斋在日本旧侯公家获得初印善本,铜版缩刻,使之又重新盛行于学界,广为流播。

《汉译诊病奇侅》,(日)多纪元坚撰,(日)松井操译,光绪十四年(1888)王惕斋东京刊,系日本古来腹诊学说集大成之作。原书大部分用日语写成,江户时代天保十四年(1843)成书后,一直以写本形式流传。沈文荧、傅云龙、孙点等人获知后,认为中国无腹诊之说,可补中医问诊之缺,冀望介绍到中国。元坚哲嗣云从的弟子松井操费时十年,克服种种困难,译成汉语,王惕斋予以出版。

除古籍外,王惕斋还为王鸿年出版《日本陆军军制提要》(不分卷,1901)、《宪法法理要义》(二卷附日本宪法一卷,1902)、《日本语言文字指南》(二卷,1902)等,为李宗棠和王宰善出版了《日本小学校新令》(不分卷,1902)、《学校管理法问答》(不分卷,1902)等著作,皆为介绍日本新政的图书。

上述书籍,据我现在了解的情况是:国家图书馆藏有《千百年眼》王惕斋刻本,标明"光绪戊子(1888)夏日四明王氏刻于日东江户客次";国家图书馆还藏有《日本陆军军制提要》;天津图书馆藏有《日本语言文字指南》;浙江图书馆藏有王惕斋刻本《诊病奇侅》。《诊病奇侅》一书,已于1986年由山西科学教育出版社出版。校点者王毓在"校点后记"中说:"慈溪王仁乾氏在江户经营中国文房四宝及中药,知有此书,乃请松井操氏译为汉文,于光绪戊子即公元一八八八年束装归国之前,铅印于日本。本年夏间王氏又用铜版缩刻明张燧《千百年眼》一书。王氏实有功于中日文化交流,亦有心人也。"

此外,吕顺长的文章中说:

1899年,友人松本正纯、吾妻兵治二人译成中文书籍《大日本维新史》《日本警察新法》《战法学》《国家学》诸书,王介绍他们携带前往上海销售,并请汪康年协助。

1899年,介绍朝日新闻社某记者为罗振玉所编的《农学丛书》提供译稿,并在回上海时将译稿带给罗振玉。

8. 余音——"东洋婆婆"

我的祖母朱氏(1870—1947),村里人称她为"东洋婆婆"。为啥有这么一个称呼?

1942年,祖母72岁时,一天日本兵来到黄山村,村里便推她出来和日本人办"外交"。当时,我在上海读中学。后来,我母亲对我讲,那天,祖母穿着整齐,见了日本兵不慌不忙,态度从容自如,行日本礼后,开始交谈。以后,日本兵就再也没有来过黄山村。王义遒在《忆慈城黄山》一文中说:"'东洋婆婆'是……王勤谟的祖母,曾长期随夫寓居日本,与日本文化人多有来往,日军占领慈城后,村里人托她与日本人交涉,使日本人不大到黄山来骚扰。"其他村里来日本人时,也请她去。

1982年,我和我爱人潘淑英去黄山,年纪大一点的人,还对"东洋婆婆"给村里办的这一件好事,念念不忘。2004年,我和我爱人再去黄山,这时,离我祖母去世已近60年了,但见到的人仍记得"东洋婆婆"。遇到不认识我的人,别人就会介绍说,这是"东洋婆婆"的孙子,有一种亲近感。不但年老的知道"东洋婆婆",年轻的也知道。问是如何知道的,都是听老人说的。这对我来说,也是游子回乡得到的一个极大安慰。

(二)王治本　王汝修　王藩清

王治本,讳仁成,改名治本,字维能,号黍园,晚号改园。

王汝修,讳仁爵,字汝修,号罢侯。

王藩清,讳仁体,字藩清,又字体芳,号琴仙。

我搜集到的资料,王治本的最多,王汝修和王藩清的很少,因此下面主要介绍王治本,相应介绍其他两人。

1."田园寥落干戈后",东渡日本

王治本在《黍园笔谈》中说:"仆在二十年前,家计虽非巨富,亦有田百余亩,有两替(钱庄)等店数

王治本(1835—1908)

家。自西匪扰后，荡无存者。现在因谋食殊难，故作远游……"张如安在《天涯随处著游鞭——宁波近代诗人旅行家王治本事迹初探》一文中说："王治本原先家道殷实，拥有田百余亩、钱庄等店数家。咸丰十一年（1861）十一月二十八日，太平军黄呈忠、何文庆与新加入的范维邦率部攻克慈溪县城。王治本的家产因此而荡然无存，家道遂中落。"由此可见，太平天国战争和英法第二次鸦片战争，使王治本家道中落。

张文说："王治本从小受到过良好的教育，在具有浓郁文化氛围的家族中长大，因而精通诗文，尤其擅长骈文，并工于书画，具有出色的文艺素养。他最初走的是传统知识分子应举出仕的道路，可惜怀才不遇，科场的经历不尽如人意。他参加了咸丰七年丁巳（1857）科考试，学宪周玉麒取入府学。同治七年（1868）岁试，学宪徐树铭以王治本考取一等补增广生。为了生计，他曾长期在杭州教授生徒。"

"王治本性好漫游，自称'天涯随处著游鞭'，这也许是他用以消解科场和仕途困境的一种方式。他到过湖北襄阳，登上了昭明台（又称文选楼），目睹'楼吞襄水碧，帘卷岘山苍'的山水形胜，不禁缅怀起了昭明太子的文才伟业，感慨万端。他也曾客游京山三月，在亲见亲遇了官场的腐败丑恶现象之后，终于打消了搏击科场的念头，长吟而归，写下了《广陵赋别》诗：'旅居笔墨偏多感，宦海舟航少万全。此去家园聊息迹，一帆重拟渡长川。'大概在那时，王治本已经有了东渡扶桑的打算。"

王治本赴日时间，据王治本本人的说法为光绪二年农历十二月末（公元1877年）。旅日初期情况，王宝平在《明治时期赴日文人王治本之基础研究》中有较详细的介绍，摘录于下：

赴日未几，就被日清社聘为汉语教师。日清社为广部精（1854—1909）于1877年创办，是日本民间创办的最早一批汉语培训机构，旨在培育精通汉语，具有振兴亚洲远大抱负的人才。广部曾写道："余曾设日清社，自清国招王桼园翁等为教师，授诸生汉学、汉话，兼刊行《寰海新报》，以求教于方家。"根据当时的条件，广部直接从中国招聘王治本的几率不高，六角恒广推测，王治本东渡后，寄宿王惕斋家中，日清社创办人广部精通过王惕斋认识王治本，从而聘为日清社教师。

日清社当时学生15人,其中走读生11人,住校生4人,年龄在15至25岁不等,学费分语学(口语)和汉学两项,前者50钱,后者35钱,王治本教语学。有日本外交史料馆档案为证,王治本受聘时间为1877年3月10日至8月11日。……广部精,作为日清社汉学教师雇用王治本,月薪50元。当年东京一石(142.25公斤)精米的平均市价为5元46钱4厘,庆应义塾大学一年的学费为18元。可见王治本的50元月俸是不菲的收入。王受聘后不久,日本国内爆发西南战争,学生纷纷赴外地避难,《寰海新报》的读者锐减,日清社难以为继,于是被并入同人社。王于1877年8月11日被解雇,实际只履行5个月的合同。8月1日,他开始任教同人社,月薪减为22元。

同人社……与庆应义塾和攻玉塾并称为三大义塾,创始人为与福泽谕吉齐名的著名学者中村敬宇(1832—1891)。王治本合同至1878年1月31日,但档案备注:雇佣至3月13日。他被解雇后,生活无着,托日本友人宫岛诚一郎及大河内辉声(1848—1882)为其斡旋,曰:"同人社聘约已解,现闲居,未得其所,乞诸先生周旋焉。"

为解决严峻的生机问题,扩大交际圈,并在精神上有所寄托,王治本于同年6月6日在比邻的端茅町十九番地,成立闻香社。闻香社每月两次,他教授作诗,其族弟王琴仙传授汉语,会员中有森春涛、永坂石埭等著名汉诗人,并积极争取副岛种臣等政治家的支持。这段时期不稳定的生活,对王的心绪产生负面影响。

厄运并未困扰他太久。1877年10月,以何如璋为首的中国首届驻日使节抵日,王治本于1878年8月15日至1879年12月29日成为使团一员,月俸库平银30两,正式身份是学习翻译生。这时王治本赴日才一年半,并不熟稔日语,并且与何如璋素不相识。首届公使馆百废待兴,需王治本这样熟悉日本的人。副使张斯桂是其同乡,从中斡旋也起到一定的作用。

1880年初,王治本受人事关系困扰,一度被遣往神户领事署。未几回国。……1880年5月,在大河内的热情邀请下,王治本再度返回日本。……寓居大河内家,成为大河内之师,每日教授诗文作法。王治本的《大河内文书》即为这时期笔谈的产物。大河内自1881年7月起开始在修史馆工作,于是王治本不得不另谋生路。他与大河内的笔谈至是年9月戛然而止,此后离开大河内家,开始赴全国各地漫游。

和王治本同时受聘于中国首届驻日使馆的还有王藩清。

这三个族兄弟东渡日本,还有一个"谋食"的问题。这在吕顺长文中有较为详细的介绍。吕文说:

> 王治本漫游日本,其主要目的不是观光游览,而是应各地文人雅士之邀请,前去为他们题书作画、润笔诗文。这是明治初期旅日文人与日本人进行文化交流的一种重要手段,同时也是他们在日本谋生的一种方式,否则他们在日本的生活将难以为继。那么,他们的收入大致又怎样呢?《大河内文书·戊寅笔话》第七卷内附有王治本和王琴仙(藩清)二人共同制定的"润笔仿单",即为日本人题书作画之大致价格表。
>
> 不陋居主人王黍园先生、问梅居主人王琴仙先生诗文书画润笔格:撰序跋论记,每篇两圆;题画题扇,每章五十钱;酌裁稿本,另议;从学诗文,每月壹圆;书大幅堂画,每幅壹圆;书屏幅,每贰分;书对联,每贰分;书扇面册帙,每贰拾钱;书匾额(字在尺外大者),每四字贰圆(如小匾,照屏幅式);画大幅堂画,每贰圆;画屏幅,每贰分(如画四幅,壹圆贰分);画帐额,每贰分;画扇面册帙(小件),每壹分;篆刻图章,每字贰拾钱(如图章过小、字画过多者不刻)。光绪三年丁丑十月吉旦,明治十年十一月。得所老人酌定。

2. 和日本文人诗文唱和

甲午战争前,日本文人中有一部分已转向西学,但是汉学家或喜欢汉学的人仍很多,因此清朝官方和民间对日外交有一个特殊形式,就是和日本文人的诗文唱和。

王宝平主编的《晚清东游日记汇编·中日诗文交流集》(上海古籍出版社2004年出版)的《前言:试论清末中日诗文往来》一文对此作了系统的介绍。

王文认为:"中日两国诗文的交流史不绝书,构成了汉字文化圈内文人交往的一大特色。但是，真正使诗文往来达到高潮则是近代以后之事。如果以参加交流的中方人员为基准的话，可以把它分为文人和外交官这两个诗文交流期。"

前者，"光绪初期，在日本寓居着一批中国文人。他们在国内虽未必有名，但在东瀛却出入上流社会，或侍宴酬和，或作序评诗，或题字绘画，海天鸿爪，比比皆是。其中，举其荦荦大者有叶炜、陈鸿诰、王治本、卫铸生、王藩清等人。"

后者，"首届公使驻日时期（光绪三年十一月至光绪七年十二月），……中日之间的唱和多属个人性质，规模也不大。例如，《大河内文书》载，一八七八年四月十六日，高崎藩主大河内辉声邀请何如璋、张斯桂、黄遵宪等外交官，以及汉文学家加藤樱老在东京名胜墨水（隅田川）赏花吟诗。这是中国使节驻日后第一次欣赏心仪已久的樱花，兴致格外高涨。席间，中日双方即兴吟诗十几首，直至晚九点才意兴阑珊。"

"到了黎庶昌驻日期间，中日汉诗唱酬活动达到了高潮。……黎庶昌将它视为一项重要的外交活动，……参加人数日益增多，……作为外交官，他们的这些活动自当无条件地服从国家利益的需要。沙俄南扩、法军侵越、日本窥朝、英帝犯藏，国力衰竭的清国面对此起彼伏的危机，被迫推行以夷制夷、保持均势的外交路线。对日本表现出来的咄咄逼人的态势，清廷意识到'日本近在肘腋，永为中土之患'，但也抱有与之友好相处，共御外侮的良好愿望。……为了实现中日两国睦邻友好的外交目标，黎庶昌利用自己的优势，将政治借助于文化活动，将外交寓于诗文唱和之中，……但都改变不了日本政府对外扩张的既定国策。甲午战争的炮声，不仅重创了李鸿章惨淡经营的北洋舰队，也轰然摧毁了黎庶昌等外交官与日本有识之士苦心培育起来的友谊之花，使得中日唱和活动骤然跌至低谷。"

当时，王治本（黍园）、王藩清（琴仙）被聘为使馆临时随员，也参加了首届公使和日本文人的诗文唱和活动。在向岛赏樱的即兴吟诗中，黍园诗是：

千红万紫一齐开，艳似云蒸又雪堆。
墨水江边无限好，游人尽是看花来。

琴仙诗是：

樱开时节赋夭桃,一曲春风快意遭。

沈醉旗亭天欲晓,推窗遥接月轮高。

3. 王治本四次漫游日本

王治本在日本进行文化交流最突出的一点,就是四次漫游日本。《宁波通史》介绍王治本一节,用的标题就是《旅行诗人王治本》,认为王治本的文学成就主要是旅行诗。

王治本1882年离开源辉声家,至1907年回国,这期间游览了本州、四国、九州、北海道四大岛,足迹几乎遍及全日本。王治本所到之处,受到热情的接待和欢迎,写了不少诗篇。

实藤惠秀氏曾对王的漫游时间和线路进行整理,大致如下:

1882年,甲府(5月)、骏河、远江、尾张、名古屋(中秋)、福井(7月)、金泽(8月)、福光、高冈、富山。

1883年,高田、放生津、冰见、七尾、金泽(3月)、大圣寺、函馆、新潟(冬)、五泉、新潟。

1884年,佐渡(春)、越后与板町(秋)。

1885年,尾道(中秋)、竹原(冬)。

1886年,高知(春)、防府(秋)、山口(冬)。

1887年,下关(1月)、熊本(3月)。

1888—1890年,居东京。

1891年,佐渡(冬)。

1892年,秋天从东京出发。

1893年,仙台、气仙沼(1月)、登米町(春)、一关(夏)、水泽町。

1894年以后,因甲午战争一度回国,战后又回到日本。有1899年与森槐南等唱和诗歌,和1903年为川田瑞穗修改诗句的记载。

1905年,重游福井、金泽、富山。

1906年,津(3月)、爱知县弥富町(5月)、桑名、福井。

1907年,自长崎因病回国,次年于家乡去世。

王治本的日本漫游，大致可以分为四次：第一次，1882—1884年，主要漫游日本本州中部地区；第二次，1885—1887年，主要漫游本州西部、四国和九州；第三次，1892—1893年，主要漫游日本的东北地区；第四次，1905—1907年，重游福井等地。

4."清客之中屈指可数者"

王氏兄弟访问日本期间，正是日本开始维新时期。其中一个重要标志，就是日本开始接受西学，而汉学仍有重要影响。其中有一个代表性人物——源辉声。

源辉声（1848—1882），初名辉照，号桂阁，祖居大河内，故又称大河内辉声或源桂阁。世袭高崎藩藩主，食禄八万二千石。明治维新后的1869年，政府下令各藩奉还版籍，辉声被任命为知事，改封华族；1871年废藩置县，高崎被并入群马县，辉声卸官归乡，以广交文士、吟诗作文自娱。他把西洋人和清国人、西学和汉学进行比较，定其所好。

源辉声在为石川鸿斋（1833—1918）所编的《芝山一笑》（1878年出版）一书的序言中说："庆应年间，余结交于西洋人，讲习其艺术，窥其所为，无事不穷其精妙者，大喜其学之穷物理，以能开人智。明治初，余解组挂冠，占栖墨江。自是后，以无用于世，乃改辙，结交清人。相识日深，情谊月厚，而其交游之妙，胜于西洋人远矣。盖西洋人神气颖敏，行事活泼，孜孜汲汲，覃思于百工器用制造也。至清国人则不然，百官有司，庙谟之暇，皆以诗赋文章，行乐雅会，善养精神，故性不甚急也。今兹余又缔交于钦差大使何子峨、张鲁生，暨随员黄公度、廖枢仙、沈梅史等，陶然心醉，于是来往无虚日，谈笑戏谑，以至彼我相忘，所谓倾盖如故者非耶？又屡与友人石川君华到芝山，与钦差大使等诸客笔谈终日不知倦，纸叠作丘，奇论成篇。"

王氏三兄弟，就是在这种背景下，进行中日文化交流，并在日本汉学界享有很高声誉。1883年，王治本与旅居日本的族兄弟王汝修、王琴仙一起漫游北海道函馆，停留半个月。当时的《函馆新闻》在一篇题为《清客漫游》的报道中对此有这样的记载："在东京以诗文书画著名的清客王棪园、王粤侯（汝修）、王琴仙三氏昨乘'丰岛丸'来函。三氏于东京常与文墨诸大家共游，诗文书画均称绝妙，为清客之中屈指可数者。本港文雅之士亦多乞请挥毫。"

其中，王治本更受推崇。仙台文士今泉篁洲编的《仙台人名辞书》中对王治本的介绍是:"清国浙东学士,以博学能文闻名国中。明治十年(1877)顷东游,遂住东京,当时的文人儒士,仰之如泰斗。"

有几件典型事例,可以说明这一点:

一是源辉声拜王治本为师。王治本自 1877 年来日后,不久就与源辉声有所交往。当源辉声发现王治本的诗文书画均远远胜过自己时,不禁十分钦佩,决定拜其为师,教自己汉文汉诗。1880 年,源辉声为进一步与王治本切磋诗文,干脆将他请到自己家居住。此后约一年半时间,两人朝夕相处,时时挑灯笔谈,留下笔谈记录达 17 卷之多。笔谈中常常探讨中日两国的文化艺术,交流心得,唱和诗文。笔谈内容还涉及时事、社会、风俗,以及生活、饮食、中药等,简直无话不谈。源辉声向王治本诉说肺腑之言:"交友贵心心相印,仆蒙阁下不弃,相交三四年,不以仆疏狂为极,仆取出肺腑以告。"并表达仰慕之意,"仆忖君之达事物、亮世情,则颖慧罕有矣!"

中国社会科学院哲学研究所王维在《寻根》(2008 年第 3 期)发表的《"笔谈遗稿"[1] 的发现与研究价值》一文中说:"整个'笔谈'内容五花八门,上至天文地理、人文历史、博物医学、古典章句,下至两国间的名山大川、风情民物、民间习俗、贩夫走卒用语、扇页的题字和漫画等几乎无所不包。实藤惠秀先生在《黄遵宪与大河内辉声等笔谈》一文的'序'中说:笔谈的内容,'其中有关于这个时代(明治时代)日中两国的政治、风俗、学问文艺、语学以及其他种种的谈论,是明治史和日中关系史有价值的研究资料,同时也是很有趣的文艺作品,因为笔谈诸君的文才和诗才都是了不起的'。如当日本友人询问:'支那之字起原因何?'中国学者立马回答:'出于天竺国上表于中华皇帝,称支那皇帝云云,此其时乃中华李唐时也。'两国学者的引经据典,基本上都用不着去查阅任何资料,就能信手拈来作出回答,这也足见他们知识的渊博。"

---

[1] 源辉声在与中国文人交往时,即使对方会日文或带有翻译,也自称"口讷不喜口谈,唯以一支笔换千万无量语言",而宁愿进行笔谈,以留下墨迹作为纪念。这些笔谈记录,被整理成册,统称《大河内文书》,包括《罗源帖》18 卷,主要记载 1875—1876 年与中国旅日文人画家罗雪谷的笔谈;《丁丑笔话》7 卷、《戊寅笔话》26 卷、《己卯笔话》16 卷、《庚辰笔话》10 卷,分别记载了 1877—1880 年与公使馆成员以及其他访日中国文人的近 500 次笔谈;《黍园笔话》17 卷,记载了 1880—1881 年与王治本的 141 次笔谈。此外,还有《韩人笔话》1 卷,为与访日朝鲜人之笔谈;《书画筵》1 卷,为与中国书画家谈书法、绘画时的记录,共 96 卷,现存 79 卷。

参与笔谈的王氏兄弟,除王治本外,还有王惕斋、王藩清。王维在该文中补述:"1990年,当笔者在日本早稻田大学社会科学所与日本学者合作研究时,恰逢作为师长辈的汪向荣先生,也在日本庆应义塾大学做客座教授,曾专门将我叫去,跟我谈《大河内文书》一事,我才初知'笔谈遗稿'的情况。……为能复印这一中日友好交往历史的宝贵文献,前些年,他曾向时任中国社会科学院院长的胡乔木提出过,胡乔木院长也曾拨出专款,让社科院的某研究所设法能复印全部'笔谈遗稿'资料,但无功而果。他希望我……设法筹措到一笔款子复印这些资料。我旋即与早大社会科学研究所所长峄岛旭雄教授磋商……向福田财团申请到了一笔研究经费,终于得以全部复印了保存于早大的这部分'笔谈遗稿'资料。回国后,我也曾多方联络,但均无功而退,举步维艰,至今这批复印资料仍'束之高阁',将近20年了,一直希望能有研究单位或出版社能以影印件的形式出版这些资料,以供研究用。"令人欣慰的是,这些资料最终列入"'十二五'国家重点图书出版规划项目",并于2016年12月,由浙江工商大学日本语言文化学院院长、教授王宝平主编,浙江古籍出版社影印出版《日本藏晚清中日朝笔谈资料:大河内文书》,共78卷。其中,《黍园笔话》17卷、与王氏三兄弟(王黍园、王琴仙、王惕斋)等笔谈的《丁丑笔话》7卷、《戊寅笔话》25卷。

二是深受日本汉学界文人的钦佩和推崇。例如,冈千仞在为王治本撰写的《新潟新繁昌记》一书的序言中说:"戊子(1888年)春游新潟,见黍园所撰《新繁昌记》,……取而阅之。其书分地理、风俗、水利、学校、病院等十五门,说而能尽,简而能括,使人一览,领全港之梗概矣。夫新潟为北陆大港,而其地产名人,片山北海、卷菱湖、吴俊明皆名当时,而未闻有一书记此地者。如鹏斋父子、贯名海屋、鸭崖兄弟皆游此地,又皆无一著。唯寺门静轩,有富史,记酒肆妓馆之盛,此徒败风俗者。其能记全港梗概,以供世征新潟沿革之用者,独有黍园此著而已。黍园以海外游客,能记全港梗概,以供后征沿革者,此在黍园,大为可夸;而在邦人,未为得也。"视其撰写的《新潟新繁昌记》,高于日人自己,夸赞有加。

又如,日本大槃东阳在其《笺注欧苏手简》一书的《绪言》中说:"此编注解既成,窃恐挂一漏万,疏陋未详,幸有大清钦差大臣官属黍园王治本先生在,就是正焉。先生博雅,以诗文名,襟韵潇洒,以雄鬐之学而其材力之放纵,不可极矣。考核务精,删繁补略,以归简便,庶几无讹谬耶。……惟此编为稀世之宝,人皆争睹,私有之,恐为世所诽谤也。因示诸同人,请其说。同人曰王治本先生者,现今高流,既已经其删定,何有忌惮乎?"

在日本,被誉为"易圣"的高岛吞象,也请王治本将其所著《易断》译成中文。2008年4月,陕西师范大学出版社出版了日本高岛吞象著、王治本译的《高岛易断》一书。编者序中说:"本书是以我国清代浙东学者王治本先生所译的汉文版本为基础进行精心点校。"

《仙台人名辞书》中也说:"王治本,清国儒者,……明治二十六年来仙台,……仙台文坛大得裨益。"在《高城唱玉集》中,多人赋诗,称王治本为"词宗"。如:

王黍园词宗过访喜赋
一竿三浦渔　一号竹庄

山绕栏杆水绕门,一乡风景小桃源。
落花满地无人访,独有海西王黍园。

另外,王治本在日本有很多仰慕者。1883年8月,王治本访问函馆时,有一个日本加州金泽人,年龄二十七八岁的玉纤女士,听说清朝王黍园先生二十一日到达本港,现在在龟田漫游,就想趁他在该地游历的机会,以学习书画为缘由,与之结交,立即赴龟田。这位玉纤女士在画和诗上,或许受到王治本的指点,也有一定水平。如在一次聚会上有人咏:

赠黍园游伴画家玉纤女史二首
璞堂

浦门潮信夜来传,直送米家书画船。
玉样纤纤精妙手,南州描取好山川。

藉藉芳名早已传,春风稳渡海南船。
无声诗里有画声,即是王家小辋川。

玉纤女士也在聚会上作诗,赢得嘉许,如:

璞堂先生招饮席间作
玉纤女士野田隆

春雨初晴镜水清,柳原树碧听啼莺。
阿侬乍到南州地,无限烟波画里情。

璞堂曰:才藻流丽,似读随园女弟子诗。

王治本在日本有名,但在国内却声微。2008年10月14日,《宁波日报》刊登了一条信息:"日前,日本宫城县日中友好协会会长江幡武一行10余人来到江北慈城镇,他们此行旨在寻找100多年前在日本传播汉文化,并曾被日本文坛视作'泰斗'的王治本的故居,缅怀这位曾经为中日文化交流做出突出贡献的近代旅日华人……由于其长期在日本游历、讲学,故在我市的有关史志中很难找到他的事迹。然而在日本,他却是很多日本学者的研究对象。"现在,这种情况正在改变。

王藩清、王汝修,目前发现资料较少。

在田宫觉的文中,对王藩清的特长的介绍只有一句:"据介绍王琴仙善于书法和篆刻,兼而赋诗。"在王浩平《清客中一屈指可数者——王藩清》一文中,有介绍:"四兄弟中以王藩清的书画最为突出。""王藩清,除了书画外,还擅长篆刻和乐器,为日本友人用尺八表演了'倚栏杆''九连环'等曲目,并对中国古代的乐器发表了自己的意见。此外,秀才出身的他还经常与日本汉学家开展诗文交流活动。如关义臣编辑的《日本名家经史论存》一书,达15卷之多,几乎汇集了所有日本汉学名家的代表性经史文章。中国驻日使团对此书非常重视,公使何如璋、副使张斯桂、参赞黄遵宪、随员沈文荧、王韬等人或作序题词,或圈点品评,出版后影响广泛。在该书中,王藩清除了发挥他的书法才能——题写书名和跋文外,还对其中的8卷作了评点,这说明他的文学水平也得到了大家的公认。"

田宫觉文中有关于王汝修的介绍包括:"王汝修也是王氏一族的,号称鄣侯,明治十三年八月因以书法谋生来到日本。""在新闻记事中……对王鄣侯的介绍是善于赋诗和书法。""来本地的手扶拐杖的清朝书法家王鄣侯氏近日在佐州游历,由山形县下酒田的有志者聘请去该地,为送别由本地的富所苇洲氏主持会议于后天七日上午十一时在西堀通五番町善导寺举行盛大的书画会,尤其是同日席上郢侯氏当场挥毫并且还展出古书画。"

5. 著作和作品

王治本的著作目前发现的比较多,而且还在陆续发现中,简略综述如下:

据民国十年(1921)重修的王氏宗谱中记载:王治本著有《食研斋文稿》2卷、《栖栖行馆诗稿》8卷、《梦余随笔》(亡)、《春萍秋蒂轩随笔》(亡)。现在宁波天一阁藏有前两种著作。《食研斋文稿》主要是王治本在日本的游记和对日本地方志的记述。

宁波大学张如安教授发现的《历代黄山王氏家族诗歌汇辑本》(稿本)中的王慈稿本《传芳录二编重辑本》中辑录有《黍园府君诗三十三首》。

笔谈录:源辉声在与中国文人交往时的笔谈遗稿(统称《大河内文书》)中有《黍园笔话》17卷,记载了1880—1881年与王治本的141次笔谈。中国社会科学院已全部复印了保存于早稻田大学的这部分"笔谈遗稿"资料。日本学者实藤惠秀为促进中日两国的文化交流,从大河内辉声的"笔谈遗稿"选出有趣而重要的一小部分,用日语译成《大河内文书——明治日中文化人的交游》,编入平凡社(东京)的东洋文库,并于1964年5月刊行于世。此外,金泽学者山岸共尚珍藏有与王治本的五册笔谈录。

出版的《新潟新繁昌记》是一本日本的地方志。《舟江杂诗》是明治十六年游历新潟时所写的诗集,正文收诗28首,附录6首,多为吟颂当地人文、自然景色的诗,1883年在日本出版。2014年2月,王宝平在《古镇慈城》(总第57期)发表的《明治时期赴日文人王治本之基础研究》一文中说:"明治时期著名汉学家中村敬宇的《敬宇文集》(卷四,东京:吉川宏文馆,明治三十六年,页6)载有中村为王治本撰写的《旬六游篇豆州纪游诗序》,知王治本还著有《旬六游篇豆州纪游诗》一书。豆州,即著名的伊豆半岛,疑为王治本游该岛时吟咏的诗集。"

含王治本诗的诗集有《高城唱玉集》《芝山一笑》,诗集中还含有王藩清的诗作。田宫觉文中列出了明治十六年至十七年,报纸上29次刊载含王治本诗的清单。最近还发现日本一家报纸上在明治二十六年(1893)3次刊载含王治本的诗。

序跋和评点文：王宝平编著的《日本典籍清人序跋集》中收有王治本所作序跋20篇，王藩清1篇，并有王治本和王藩清为这些序跋手写的图版。王宝平在《明治时期赴日文人王治本之基础研究》一文中，列举了王治本为29种日人著作（含杂志）所写的评点，以及题签、题词等。王治本所写的序跋最近陆续又有发现，如为其族祖王慈诗集《留霞集》、日人《煎茶诀》所作的序。

翻译：《增补高岛易断》4卷。

删定、校阅：《欧苏手简注解》4卷、《周清外史》22卷、《日本警察新法》1卷、《战法学》2卷。

吕顺长文中说："王治本漫游日本二十余年，所作诗文书画作品不计其数，这些作品有许多至今尚为日本各地的收藏者所保存。据实藤惠秀氏1965年通过《朝日新闻》征集统计，日本国内至少有38人收藏有王治本的各类作品和资料，实为研究明治初期在日中国文人与日本之交往的弥足珍贵的史料。"

关于王藩清的著作和作品。王浩平作了初步综述，录于下：

据浙江省博物馆魏丽莎《晚清赴日书画家初探》一文所述，他在日期间有下列作品集问世：《三崎新道碑》《翰墨遗余香》《清国王琴仙书画状》《桃园结义三杰帖》等。

《三崎新道碑》立于日本山形县的三崎岭关，该处为交通要道，山势险峻，以至于"马行踯躅不敢前"。1876年，新县令上任后，用工上万人，耗金七千圆，削山拓路，使天堑变为通途。《三崎新道碑》记载了这段历史，碑文由肝付兼武撰，王藩清书，除了勒碑于路旁以志纪念外，还整理出版《三崎新道碑》一卷（1879年山形县松井秀房出版）。

《翰墨遗余香》一卷，明治十三年（1880）伊藤兼道编辑出版。收有王藩清"孤芳自赏""王者之香""鹤梦初醒""拂窗寒影"和"彭泽家风"等兰、梅、菊画作5幅。本书内题由王藩清书写，落款为光绪六年（明治十三年，1880），疑为在日时所绘。

《清国王琴仙书画状》一卷，明治十五年（1882）山内六助编辑出版。收有王藩清光绪六年（明治十三年，1880）创作的以兰、梅、菊、竹为主题的墨色花卉画 6 幅，每幅画配有自题诗一首。融诗书画于一体，颇具有欣赏性。本书与《翰墨遗余香》一样，似在日时的作品。

《桃园结义三杰帖》一卷，明治十九年（1886）山形县小侣太郎编辑出版。收有王藩清的《海棠图》和栗山仙史绘的《桃园三结义图》，彩色印刷。正文载蒲汀《咏刘先主》、王藩清《咏关圣帝君》、凤蝶（关本寅）《咏张桓侯》，吟咏刘邦、关羽、张飞的七绝诗各一首。王藩清在光绪十年（1884）书于"霞城客次"的《咏关圣帝君》诗云：

读书大义在春秋，忠勇堂堂万世留。

伐魏拒吴扶汉室，名垂青史寿亭侯。

该书附录还收有沟口恒、加藤宽、牧赖元、日向良俊、和田彻、佐佐木纲领、武田玄玄、武田健雄、狩野德藏、关本寅、小侣太郎等日人吟咏刘备、张飞、诸葛亮的律诗15首。卷末刻有三行介绍："本帖笔者清国王藩清，先生字体芳，号琴仙，浙江省宁波府慈溪县人。丁丑以来游于日本者既再矣。"丁丑，光绪三年（明治十年，1877），说明王藩清是年赴日后，频繁来往于中日之间。

八、1904年建立崇本学校

王慈[1]在其《流霞集》（诗集）中有一首纪念王藩清的诗：

梦琴仙族孙（藩清）作

有诏停科举，泉台岂未闻。（琴仙下世已十年矣）

如何连夜梦，犹与话时文。

守旧吾原笃，维新世孔殷。

不须矜独绝，鬼亦要同群。

---

[1] 王慈（1836—1913），家谱记载：讳肃教，官名慈，字学洙，号杏村，又号棠斋，晚号养拙老人，辛亥以后又号多寿子。岁贡生。端方严重，简默寡言。乡里公益，无不竭力怂恿为之。重修家乘，力求其是。付梓后，又随时增删，谆谆嘱付续纂。笃志于学，至老犹铅椠不辍。著述二十种。光绪季年选台州府学训导。宣统元年己酉征举孝廉方正，诏赐六品冠带。

诗集由王治本作序，落款时间为光绪丁未春，也就是1907年。

这首诗的意义何在？如果1884年王氏士大夫在和日本维新人士冈千仞的交谈中表现了严重的守旧思想，那么在二十三年后，从王慈诗的"守旧吾原笃，维新世孔殷"中可以看到，他们的守旧思想正在转变。这种思想转变过程，和王氏四兄弟在日本接受维新思想，并传到黄山不无关系。当然，更和清朝晚年实行一系列维新政策的大气候有关。具体地说，集中反映在崇本学校的建立上。

王氏宗谱上有一篇由王肃教按"宗长恭海命"光绪三十年（1904）八月写的《黄山蒙养书塾记》。该文说："吾王氏一族，所谓义塾者缺如。族孙惠君欲举行其事而志未遂。"此时，族中有人"助田于宗祠""不下三十亩"，拟作为"义塾资斧，据是产以始基之是亦可为矣。商之惠君之子登如、采如兄弟。二子曰：'然斯事也，吾父固欲举行之而未果也。吾兄弟今析产，愿出洋三千元，以承先志。私名之曰蒙养书塾。'""俾一族无力读书者教之，以粗通文义而已。若欲为国家广储才俊，如近时所称学堂者，则请俟诸异日再图斯可焉。族之人，佥以为然。"于是，聘请族中有学问的人执教，如王义观。

大夫第王义观住宅檐廊上部

1902年，清廷颁布了《钦定学堂章程》。1904年，王氏族人就按这个章程，在原"王氏蒙养书塾"的原址上，建立了"黄山国民学校"，把王氏宗祠田划归学校作校产,由王登如之子王德馨[1]为名誉校长,王义观为监堂,实际主持学校工作。

王义观(1877—1929),邑庠生(秀才),比王惕斋、王汝修低一辈,但在五服之内。在崇本学校百年校庆纪念册上,其次子王幼于[2]写了《关于黄山国民学校和崇本小学的校史资料》一文。文中说:"先君早年虽应科举考试,但受变法维新思想的影响,向往新学。自学清末江南制造局翻译出版之《化学鉴原》《化学鉴原续编》《化学鉴原外编》《化学考质》《化学求数》等书,并托在日本经商之族人购来一套化学仪器,自己进行化学试验,对数学、物理学、动植矿物学也有钻研。黄山国民学校一开始就是按照新学的要求安排课程的,而不是如过去私塾只读'四书''五经'。"

这所学校有一个曲折的办学过程,但在王氏族人共同努力下,不但坚持下来了,而且成为一所有名气的学校。

根据《宁波市江北区崇本学校百年简史(1904—2004)》介绍:

> 1922年,黄山国民学校因经费匮乏,无奈停办。当时校长王义观和教师王尔康为了不使嗷嗷学子失哺,各自筹资在家设私塾,使学生能继续求知读书。黄山望族中有识之士,遂有复校之议,董事王祖光先后派人赴上海、天津等地,向王氏的富商募捐兴学。天津富商王品南和上海富商王志湘等出资助学,崇本国民学校又有了办学经费。
>
> 1923年春,即行复校。以王氏宗祠"崇本堂"之名命名为"私立崇本学校"。时亦不久,经当时慈溪县同意确定为"私立崇本完全小学校",成为慈溪县西南方较早的一所完全小学。王义观继续任校长。学校以"诚、恒、勤、朴"为校

---

[1] 王德馨在外经商,但热心地往来于天津、上海、宁波等地,主要在王氏富商中募集大量办学经费。

[2] 王幼于(1914—2010),名王勤增,字幼于。王义观次子。崇本学校高小第一届毕业生。抗战期间又在该校任教一年。编审、科普作家。中国首届科普创作协会常务理事。历任工程师、中学教员、大学讲师、中国青年出版社副总编辑。责编《天体是怎样演化的》和《地球是怎样演变的》分别获第一届新长征优秀科普作品一等奖和首次全国地理科普读物优秀奖。还责编《中国古代科技成就》(修订版)和《简明中国科学技术史话》,前者选入"百种爱国主义教育图书",后者获1996年全国优秀科普作品一等奖,并与该书四位作者同获1996年国家科技进步奖三等奖。编审书稿近200部。科普作品有《什么是力气》《原子能问答》等;译有《星空的巡礼》《奇妙的原子》《什么是相对论》等;合著有《懂一点电子计算机》等。

训，采用商务印书馆出版的"复兴版统一教科书"为教材。王义观校长是一位博学多才之士，他不但自身学识渊博，而且善于接受新思想，敢为人先，钻研新学，学识颇丰，在"五四"新思潮的影响下，坚持课内外结合，注重学生品、行、德、能教育。在教师周渭渔、王尔康、王望卿、沈慎之等人的严谨教育下，成为当时一所令人瞩目的有名气的学校。

1925年学校开设了英文教育，以中华书局出版的《英文模范读本》为教材，在当时小学开设英文课是绝无仅有的。

1929年王义观校长病逝，由王尔康接任校长，他遵循老校长的办学思想，从严治校，学生的各方面成绩在慈溪县的小学中名列前茅，几乎所有的小学毕业生都考入慈湖中学、效实中学和省立四中读书。1935年，由校董会聘请暨南大学教授王勤堉[1]兼任校长。具体校务由王英年负责。1936年由王英年任校长。王英年毕业于效实中学，多才多能，尤擅长社会活动，他怀着一颗为了后代求知造福的赤诚之心，奔走于津、沪、甬等城市的王氏族人之中，募获了一批资金，为崇本学校的发展奠定了基础，功不可没。

1940年，萧山沦陷，宁绍垂危。我乡自亦凤鹤频惊，惶惶不安。学校董事会成员，校长和教师、学生，临危不惧，排除迁校之议，坚持办学，为支持配合抗战救亡，增加自编的乡土教材，开展爱国主义教育。

1942年为使沦陷区失学青少年尽早复学，教育界爱国人士与敌伪展开针锋相对的斗争，为避开敌伪耳目，崇本小学开办了初中补习班[即慈溪县立中学南区（黄山）分部]招收慈城、宁波、上海等地失学的中学学生。先由王勤堉任分部主任，后由陈士元任分部主任，当时王勤堉、王幼于、陈士元、翁心惠、郑钦达等博学多才教师在崇本任教。

在日伪统治时期，由高小学生王勉锐同学领头，积极投入抗日救国运动，

---

[1] 王勤堉（1902—1951），字鞠侯，为王义观长子。地学学者，先后任东南大学助教，南开大学助教，第四中山大学（后改名为中央大学）讲师，商务印书馆编辑，浙江图书馆阅览组主任，暨南大学副教授、教授、教务长，浙江大学分校教授，宁波安心中学教导主任、校长。翻译国外地理学方面的著作有《从法兰西到斯堪的那维亚》《地球进化的历史》《地质学浅说》《近代地理学》《世界气候志》《苏联国力的基础》等。撰写了多部地理学方面的科普读物、著作和专著，包括《世界一周》《气象学讲话》《地球与地面》等。

成立了"崇本抗日救亡歌咏团"。歌咏团的话剧、歌曲等演出不仅在本乡,还到邻乡半浦、慈东等地演出,深受乡亲们欢迎,更加激发了老百姓同仇敌忾的爱国之情,为崇本的校史添上光辉的一页。在当时敌伪指令学校要开设日语课,师生迫于无奈,就采用两本书上课,当敌伪教育局巡视时,被迫打开日语书,一旦离去,又重新读学校自己的课本。教师向学生灌输抗日救国的思想,始终不渝。在抗战进入高潮时期,家乡抗日高潮汹涌,"三五"支队常在这一带活动,中共庄桥区(抗战期间我乡归属庄桥区)区委书记方平(原亦是小学教师)和副书记叶昌甫同志(原普迪小学教师)经常来崇本小学活动,更增强了学校师生抗日救国的信心和勇气。

王幼于在《古镇慈城》(2009年3月总第37期)撰文介绍:"崇本学校在当时的课程设置上很有特点。除遵照小学课程设置规定外,还照顾到学生毕业后或升学、或从商、或务农的不同需要。如为照顾当时乡间许多学生毕业后从商的需要,设有珠算、尺牍等课程。学校还设有贩卖部,让学生实习做商业工作。学校还成立了学生自治会,让高年级学生轮流担任值岗工作,使学生从小就学习民主生活。"

王义道在《古镇慈城》(2009年3月总第37期)《忆慈城黄山》和(2010年3月总第46期)《崇本学堂图文》两篇文章中,也讲了崇本学校很多特点。现摘录部分于下:

那时候学校要求很严格。我们早上都是八点不到就到校了。到校后,先在东操场开朝会。全体学生按年级面向西站好,先唱"朝会歌"。歌词大体是:
好!好!先生同学都到了。
早上,精神好,锻炼体魄莫把光阴抛!
休担心,国事凋荡;要知道,我们年纪还小。
莫怕,只须身体好!
同学,赶快起来努力体操!
然后就做体操。
下午,三四点钟放学。这时,也要先在东操场开晚会,唱晚会歌,简短的歌词是：

工作完毕，相与言归。

今日事，今日毕，尽我责任不懈怠。

先生再会，朋友再会，大家明天会！

大家一起明天会！

然后是先生讲话，针对一天情况做点表扬批评，接着，大家分成东中西三路列队回家，秩序井然。放学后，每个年级有值日生负责打扫教室卫生：扫地、擦桌、揩黑板、拖地板、倒痰盂、烧字纸等。墩布和痰盂在前面祠堂池清洗，如今看来是不太"环保"的。现代人大概对烧字纸很不了解。那时人们十分尊重文化，把有文字的纸，不管是印刷的，还是手写的，都看成是文化的象征，非常尊重。认为把字纸乱丢是一种罪过，用字纸擦屁股这些事是绝对不许可的。每个教室都放着字纸篓。这是一种竹编的扁篓，外面写着"敬惜字纸"四个大字。值日生就得把字纸篓送到焚纸炉，取出字纸烧掉。值日生的工作由先生检查，做得都很仔细，所以值日生有时放学很晚。

崇本注重算术等理科课程。记得大概是1943年，国民党敌后政府组织小学会考，崇本毕业生方翕之名列第一，成为崇本的骄傲，崇本名声大振。方翕之也为我辈树立了榜样，我一生都记得他。记得他们这个班毕业似乎也特别风光，专门举行了毕业典礼（1944年我们毕业时似乎是无声无息）。毕业同学与在校同学依依惜别，唱着歌互道珍重。歌词片段是，在校同学唱：

诸君此去行程壮，校誉远扬！

勿彷徨，快翱翔，敢鹏抟万里，乘风破浪！

毕业同学回应：

惕励语牢记在心房，形离神合还是在一堂。

朋友们，敦品励学须早偿，休辜负春光！

崇本不仅注重语文算术等"正课"，也注意美育，唱歌、图画、手工、劳作从来不断，也像正课那样重视。手工课上我学会了泥塑、砖雕等本事，既好玩，也实用。每天下午第一节都是写字课，临摹字帖用毛笔写大字。我起初学颜（真卿）体，后来改学"魏碑"。同学们多数学柳体、欧体，大家互相交换字体心得。

先生每天必改[1],好的字打上红圈。同学每天比谁的红圈多,积极性大增。……学校似乎还体现了陶行知先生"生活即教育"的理念,上劳作课不仅受教育,还有实效。如修大操场、后黄山开荒种番薯,种桐子树,都有很好的实际收益。学校还关心锻炼学生社会活动能力,小商店(称"合作社")和图书馆(在文昌阁)都要学生自己管理。我从这里学到了一些图书分类的知识。……这都是很好的儿童能力锤炼。童子军不仅讲些带有政治和道德教训的内容,也学大量日常生活本事,像结绳等。体育锻炼更是不容忽视,每天下午放学前都有课外活动:跑步、跳高、跳远、跳绳、爬山、爬竹竿、滚铁环、打乒乓、踢小足球等应有尽有。每年开运动会,十分热闹,乡民都来观看。童子军活动也有洋鼓、洋号等乐器,不过日寇占领后基本上不再活动了。

崇本学校在农村里大概也算是很先进的,不仅有寄宿生,还有像为珠穆朗玛峰正名的著名地理学家王勤堉(鞠侯)先生那样的大学教授来教书。我听他讲古斯巴达克儿童勇敢、坚强的故事,非常动人。他说,一个小学生抓到一只冻僵了的狐狸,上课时,把它放在上衣里正襟危坐地听讲,狐狸苏醒过来咬他的胸口他也丝毫不动,直到把他咬死倒下,老师才知道。那种纪律性实在令人佩服。崇本学校的前卫性还可从这样一件事上表现出来:1939年,学校别出心裁地举办了一次黄山"婴儿健康比赛",这在当时一般农村是难以想象的。我的1938年下半年出生的堂弟获得了第一名,奖了一块漂亮的"银盾"。

崇本学校由于是王氏家族自办的学校,王氏子弟都是免费上学,当然外村人来上学还是要交学费的。这样,黄山村王氏家族的教育事业,就由1884年冈千仞所说的"延师学举业",也就是各家自己负责,到光绪三十年(1904)设立"蒙养书塾"作为补充,但时间也很短,因为即在该年设立了崇本学校。于是王氏子弟从此普遍入学,也就是说在清朝末年黄山村就实现了小学的义务教育,诚为难能可贵,而且办学思想先进,教育质量也高。学生毕业后,基本上都能考入慈城、宁波的中学。以我自己的体会来看,学校的教育水平也并不低于上海的小学。因为我是在1935

---

[1] 我对王义道提到的这一点,很有体会。有一次我的大字写得潦草一些,被老师叫到台上,当众用"教方"打我的手心,当然也是我被打的唯一一次,直到现在我还记忆犹新。

年,也就是 6 岁时上的学,1940 年下半年随家去上海,也就是只上到五年级,成绩也不是很好,但在 1941 年还是考上了当时上海中学中著名的光华大学附属中学。王氏子弟确实应该感谢族里那样早地办了这样一个好的学校,继承并推进了黄山作为一个"士村"的传统。

九、宗族高度自治

2007 年,《当代世界与社会主义》第二期登了王立胜的文章,说:"学术界对传统中国农村社会的总体认识,可概括为'皇权不下县,县下有宗族,宗族有自治,自治靠伦理,伦理造乡绅'……有学者进一步将其总结为:'三代之始无地方自治之名,然确实有地方自治之实,自隋朝中叶以降,直到清代,国家实行郡县制,政权只延于州县,乡绅阶层成为乡村社会的主导力量。'"

我童年时,也就是直到 20 世纪 30 年代,黄山村还是这样的情况。

那时,管理王姓家族的是祠堂。我在当时没有听说过黄山村有乡长、村长,甚至保长、甲长之类的行政管理人员,即使有,似乎也不起什么作用。那么为什么说是祠堂,不说族长?也可能这个说法不一定恰当。这是基于这样的事实来说的,即管理家族的人是由两部分人组成:一是族长,一是一批执事。族长由辈分最高而又年龄最大的人担任。一般辈分高的人是比较穷的。因为穷,结婚晚,生儿子晚,所以辈分大;而有钱的人结婚早,生儿子早,辈分低。因此,族长在族里名义上是最高管理者,实际上的管理权却在有钱有势但辈分低的执事手中。

族里对族务的管理是以儒家学说作指导思想。我感觉到的有:

1. 对祭祀的管理

孔子说过,孝的内容之一就是"祭之以礼"。对祭祀的管理,不但体现子孙对上代的"孝",也是维系一个家族的根本。具体来说,一是每年春节在祠堂祭祖。我印象深的就是按辈分,即先高后低,有人领叫,一辈一辈地向祖宗叩头。二是在各级祖宗的祭祀日,去他们的坟墓处扫墓。有慈溪县三地王姓的大祖宗,要坐船去。有黄山的王姓始祖。至于黄山始祖下各支脉各级祖宗的扫墓也要进行,但不一定由祠堂来组织了。这些祖宗的墓地,除坟墓外,还有房子,所谓庐墓吧,有看墓人住在那里看管。房子也较大,可以摆开很多张桌子,让去扫墓的众多的子孙们在那里吃一餐。这些活动的经济基础就是各层次的族田,族田由各房子孙轮流收租,并由收租的人从地租收入中拿出一部分办宴席。我每次参加,会碰到吃的中间有人起来和该年收租的人吵架,大声骂他宴席质量办得差了,是对祖宗不孝。宴席质量办得差,就是花在祖宗身上的钱少了,自己落下的钱多了。三是有权决定人死后能否将其神主牌供奉在祠堂里。如执行《宗谱》中《家训》的规定:"苟失身奴隶、沉迷释道,原非人类自甘暴弃,不入宗谱。"

2. 实行德治

乡村自治,并无立法、司法权,只是实行德治。因为黄山村只有王氏一族,治理族务,基本上也就治理了村务。王氏家族是按宗谱上体现儒家思想的十四条《家训》治理族务的,中心内容就是实行德治,让族人要做君子,不做小人。主要是两条:一是讲"礼"。即做到"尊卑秩然,合族雍睦"。"合家大小都用尽礼",做到"父慈则子孝,兄爱则弟敬,夫和则妻柔"。二是讲"教"。"早教子弟。成童即入小学,十五则入大学"。"延师友善,砺以攻苦,不可以难救目前而失彼远大,亦不可以轻废半途而误乃终身。务要才学识兼到而又能谦退雍容,又要时命数相安而绝无怨尤愤恨"。此外,《家训》教导族人要做到:"富贵不必避,只要谦恭好礼,不可放肆骄侈";"贫贱不足羞,只要立志清高,不可谄奉卑污"。"不可受口体之累,故衣食务在适中""无听唆调""不可赌博"等。

治理的绩效如何?

(1)道德理念方面。王惕斋在其《独臂翁闻见随录》的《友于兄弟》中记录了黄山士大夫在死亡面前秉持的道德理念:

> 咸丰年间八月,发匪第三次陷慈城,各乡人心惶惶,皆为避乱计。予家人亦雇小舟逃往他方。惟先王父因患痫甚剧,艰于步武,一时未便举动,意拟稍缓须臾,俟疾略愈再作处置。讵料予等启行方半载,而发逆即临梓乡。贼入余室,财物既皆被掳,且欲强迫我先王父之降,先王父卒不屈,故被害。时方秋暑,殓事刻不容缓,幸有堂兄致和,百计图维贷钱而葬,得免骸骨暴露。其时,大伯父及二伯父同避乱于山乡,途遇贼,贼以白刃刺大伯父左股,势将加害。二伯

父向贼哀求,愿以身代兄为辞,贼感而两释之。

嘻,余思伯氏,余不禁缅怀古人矣。夫赵孝代弟,千古传为美谈,卫寿替兄,其事卒垂歌咏,可见友爱一端,固为名教上之至德,而古今所同钦者也。然则伯氏遇贼之事,较诸赵孝、卫寿二者,其情虽未必尽同,而其为友爱则无不同也。兹特书之,聊以表先人之事迹已耳。

(2)社会治安方面。以我在20世纪30年代在村里的情况来看,没有发生过恶性事件,甚至也没有发生过严重的打架斗殴事件。我亲自看到过的一件事是,一个下辈的人骂了一个上辈的人,那个上辈的人心有不甘,要族里明断是非。族里受理,这叫"开祠堂门",也就是由族长升座,判断是非。族长听完双方诉说后,骂那个下辈是一个犯上的不肖子孙,责令他向被他骂的上辈人跪下叩头赔罪。那个下辈人也就当场执行了族长的判决,这件事就此平息。据说被罚的人不久就抑郁而死,因为这是大丢面子的事。

(3)学识培养方面。王氏家族人才辈出,普遍都有学问的基础。吕顺长文中说:"王仁乾虽以商人的身份旅居日本,但他出身于富户,自幼受到良好的教育,于诗文书画具有一定的素养,与原高崎藩藩主、酷爱诗文者大河内辉声交往甚密,曾作书赠予大河内悬于其书斋。"1890年,还出版了我国最早的学习日语书之一——《无师自通东语录》。

(4)爱国爱乡方面。如王惕斋为国家维新图强,一方面热情接待国内去日本考察的朝野人士,另一方面又向当局有关人士提出自己的建议。盛宣怀在《东游日记》1908年七月初五记:"惕斋虽久居海外,不忘祖国,曾有《条陈当道改良时政书》及《时弊琐言》。余赠以联句云:'君老游踪观变政,天留右手写新书。'颇觉切合。"吴荫培《岳云庵扶桑游记》1906年八月二十七日记:"惕斋邀游东国已数十年,熟悉商情,洞达时务,入都会有建白,为当轴所知,其言可采用也。"王惕斋1899年二月廿三日给《时务报》创办人汪康年的信中也说:"弟本一海外残废商人,本不要预闻国事,因见贵报馆力倡拒俄之约,为国有大益,不胜佩服,故将素所闷郁所见闻之实事详告,以备贵报择登之。"王品南、王志湘、寿全斋等,也都是富而不忘家乡的。

(5)与时俱进方面。王氏族人1884年接待冈千仞时所表现出来的守旧思想,

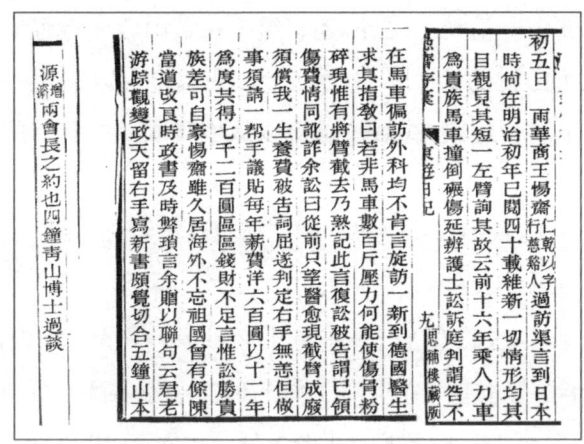

盛宣怀《东游日记》记王惕斋

与 1904 年建立崇本学校时及以后的创新精神,明显可以看到与时俱进的思想面貌。以接待冈千仞时表现最为保守的"以知县用,加五品衔"的王砚云来说,1913 年其被选为屿安乡正议长。

(6)族人亲和关怀方面。以我亲身经历来说。1947 年我考大学,当时被录取的学生,都会登在报纸的广告栏上。族人王鞠侯时在上海,见我考上了四所国立大学(上海交通大学、同济大学、南京中央大学、清华大学),就到我住的地方像老师对学生那样向我祝贺。近几年,族人王幼于看到我写的回忆文章,立刻给我写信指出一些不正确的地方。特别是 2008 年,我给他写信,信封上写了"王幼于堂兄收"。他立即给我回信,指出:"你信封上写'堂兄收'是不合适的。过去没有邮政局时,是家里派佣人送的,信封上的称呼是照送信人的身份叫的,如'某某老爷'。有了邮政局,就照邮递员的称呼,如'某某先生''某某同志'。"这样的兄长对弟辈的教导,能保持七八十年,我感到十分亲切。

3. 对公共事务的管理

据我所知,凡族人遇到婚、丧、祝寿等事时,族里就会派出一整套人员来帮助办理。如管收礼的、管运输的、办酒席的、组织乐队、司仪等等。对送礼的标准,按婚礼或丧礼性质和相互关系的远近等,都有统一规定。一般不让超过标准,以免互相攀比,增加其他人的负担。又如消防,备有一台"救火车",由两人分立左右一上一下地压水。我曾亲眼见过一所住宅起火后,抬出这台"救火车"喷水救火。但是威力太小，住宅还是被烧得精光。另外，还有组织在黄山庙演戏等事务。

综上所述，从黄山村的情况来看，我认为，我国自古以来，乡村自治，是很有成效的。今天，我国正从管理走向治理，是可以从中吸取一些营养的。

尾　音

我在1929年2月25日（己巳年正月十六日）生于黄山村白屋。1941年去上海上中学。1947年祖母去世，在上海工作的伯父一家八人、在南京工作的父亲和在上海念书的我回家奔丧。解放后，我偕老伴潘淑英于1982年、2004年、2009年共回黄山村三次。

由于种种历史原因，白屋被拆盖粮仓、黄山庙烧毁、祠堂拆毁、大夫第等老宅破败、旗杆门头等老宅烧毁，1904年在蒙养私塾基础上建立的崇本学校于2010年并入慈城修人学校，等。昔日古村的面貌正在逐渐消失；在黄山村生活过的人，也正在逐渐消失，但是我觉得黄山村过去一些人文因素是值得留下来的。虽然我在黄山村生活的时间不长，而且当时年龄也小，所知不多，但我还是想留下一份小小的历史素材，供后人参考。因为现在是过去的继续，其中存在一些我们需要继承和发扬的基因。例如，树立正确价值观、形成优良的社会风气等，都需要有传承的平台，其实质是知识的积累和优秀作风的延续。这种平台，在中国的农业社会中是聚集在一个地方的家族、散处各地的书院以及个人拜师学艺形成的门派等，所谓"书香门第""世家子弟"。春秋战国时代诸子百家的产生及其流传是如此；中医、书法、绘画、戏剧、杂技、手工业等行业行家的产生也是如此。进入现代社会后，这种平台就转移到大学、研究单位、企业、社团、民间组织等。如北京大学、清华大学等名校就是如此。西方世界也是如此。如闻名世界的三大实验室：卡文迪什实验室、卢瑟福实验室、贝尔实验室，前两者在大学，后者在企业。卢瑟福实验室就很典型。1908年获诺贝尔奖的卢瑟福居然在学生中培养出14个诺贝尔奖获得者，其中一个学生玻尔竟又培养出7个诺贝尔奖获得者。这些平台都是在历史的长河中慢慢形成起来的，而且，摧毁容易，建立不易。

值得庆幸的是，当下我国大力提倡传承优秀传统文化。愿中华文明万古长流、发扬光大！

五次接待日本友人的黄山古村的旧貌新颜

我离开家乡已七十多年,其间回去过几次,但感到儿时的情景正在逐渐消失。但是我对家乡始终存在浓厚的感情,虽然老了,但还想研究村里的历史。黄山村有以下两方面突出的特点。同时,也将小时白屋的邻居王芦奋,在 2016 年 2 月 14 日给我的来信摘录于后。从来信中可见,黄山村正走在现代化的道路上。

百年来黄山村接待过日本友人五次访问

日本友人五次访问包括:近年来三次,晚清时期两次。

最近一次是 2015 年 3 月 16 日,武库川女子大学文学部日本语日本文学科教授柴田清继及一名翻译,以私人身份专程到黄山村进行考察,并带来最近写的六篇[1]关于王治本的文章。由宁波大学张如安教授、《古镇慈城》钱文华主编、王治本曾孙王勉善等人陪同,在黄山村走访了新旗杆门头、西甸洋、池墩、大夫第、白屋等大宅院,并拍了照片。王勉善也给了他一些资料,包括我正在编辑的有关王治本书的初稿[2]。

此前两次是:2008 年 10 月 9 日,以日本宫城县日中友好协会会长、(日本)东

---

[1] 分别发表于平成二十三年(2011 年,下类推)、平成二十四年(2 篇)、平成二十五年、平成二十六年、平成二十七年。
[2] 后来我请浙江工商大学教授王宝平来编这本书。2018 年 1 月 21 日,他来信说:"完成了《大河内文书》凤愿后,近来开始规划《王治本诗文集》事宜。经与浙江古籍出版社联系,该书(约 60 万字)由我、张如安、柴田清继三人辑校,2019 年 7 月交稿,年底由该社出版。此书受托良久,拖至如今,深感歉意。聊以自慰的是,我们竭尽所能,努力恪守学术底线,无愧于先人的文化遗产。"

北大学名誉教授、理学博士江幡武为团长的日本友好访华团，一行13人。2009年9月19日，江幡武再次率领一个友好访华团访问黄山村。这次访问的主要成员有日本中国友好协会理事、宫城县日中友好协会副会长、理事长苏武多四郎，宫城教育大学校长助理、教授岛森哲男。在北京的王氏族人物理学家、北京大学教授、北京大学原常务副校长王义遒和我特地回家乡陪同。

日本友人的这三次访问是因为在晚清时期（1868—1910）有四个王氏族人——王惕斋（仁乾）、王治本（桼园）、王藩清（琴仙）、王汝修（羿侯）旅居日本，并广泛进行了中日文化交流活动。王惕斋被2009年出版的《宁波通史》称为著名的慈溪商人。其他三人均为文士身份，被日本汉学界称为"诗文书画均称绝妙，为清客之中屈指可数者"，其中，王治本又被"当时的（日本）文人儒士，仰之如泰斗"。

特别是王惕斋曾在其家中（黄山村"白屋"）两次接待过日本访华人士。一次是1884年7月18日至8月1日接待日本维新人士、汉学家冈千仞；另一次约在1876至1890年期间接待日本丸冈藩家老（大管家）有马虔堂。

冈千仞是宫城县人，因此，日本宫城县日中友好协会，希望能在中国寻找到这些王氏的故居和后人，赓续一百三十年前先人们开创的中日人民之间的友谊。

逐渐逝去的古村风貌

为什么黄山村会有这种一百多年来连绵不断的中日间友好往来？黄山作为一个古村，有何值得怀念之处？

黄山村历史久远。王氏一族自王钰（仝十八先生，讳钰。1418—1503）在明朝由慈溪县治（今慈城镇）迁居黄山村以来，至我在1929年出生时，已定居黄山五百年左右。

黄山村环境优美。从民国十年（1921）编纂的《慈溪王氏宗谱》所载的《黄山地图》上可见：黄山村南北各为一座孤山——前黄山和后黄山，相距三四华里；东西为两条可以行舟的小河——东浦河和西浦河，相距也为三四华里。黄山村南面六七华里有一条大江——姚江（也称前江），北面一两华里有一条较小的江——后江，东西浦河即为后江的支流。后江在黄山村西面稍远的丈亭镇流入姚江。姚江向东,在宁波市三江口与奉化江汇合成甬江,东流入海。

清钱塘蒋坦1860年在黄山避难时,所写的《黄山小志》中说:(南北)"山多丛筱乔松,苍翠若滴。两峰相对,形似覆盂。"(东西两河之间)"相距数里,而万亩千畦,鳞次若罫。春秧插齐,一碧如毯;鸥鹭飞来,如凝烟积雪。唐人所谓'漠漠水田飞白鹭'此境仿佛似之。"

物理学家、北京大学原常务副校长王义遒在《古镇慈城》(2009年3月总第37期)《忆慈城黄山》一文中说:"黄山景色秀丽,四季宜人。春天里空气清新,秧田如镜,满目青山翠竹,片片映山红。……在后黄山顶的大松树底下,前后江一览无遗,令人心旷神怡。我曾祖父王慈有《清明日登黄山》诗云:'偶逐东风蜡屐游,分明胜景艳如流。不知底事看花眼,万紫千红总是秋。'"

《黄山小志》和《续黄山小志》中,记录了当时黄山村各具特色且富有人文气息的屋宇建筑。如王氏宗祠、黄山庙、独乐园、立修斋、欧渚桥、安仁桥等。

建筑内的装饰也处处洋溢着人文内涵。如现在陈列在全国重点文物保护单位——宁波保国寺的黄山村大夫第的砖雕。大夫第建成于嘉庆元年(1796),占地数万平方米,前后五进二弄,另有前后花园及数幢附属用房。2001年文物出版社出版的由余如龙主编的《保国寺砖雕与石刻》一书,对大夫第的砖雕作了详细的研究和介绍。认为大夫第大厅两次间北墙外向配置仿木制格扇门形式的砖雕人文画屏16幅,总面积达19平方米,堪称大型砖雕,制作极为讲究,画面丰富多彩,不落俗套,具有新意,寓教化于艺术鉴赏之中,是宅第主人与书画家、雕塑家共同协力的精心之作。16幅砖屏的排列次序为贤母教勤、伯牙操琴、圯桥授书、商山四皓、博士传经、北海牧羊、竹林七贤、写经换鹅、东篱采菊、冒雪寻梅、神童特慧、孤山放鹤、东坡读砚、君子慕莲、倪迂洗桐、候涛题壁。

黄山村最大的特点是,王氏子弟,自幼读书,他们的前途,或出仕,或为儒商,因此,可以称之为"士村"。1884年冈千仞在其《观光纪游》中说"延师学举业",也就是各家自己负责;到光绪后期设立"蒙养书塾"作为不能聘请老师的家庭子弟学习的补充举措,但时间较短;1904年设立崇本学校,王氏子弟普遍入学,而且免费,也就是在清朝末年就实现了小学的义务教育,难能可贵。而且办学思想先进,一开始就是按照新学的要求安排课程,教育质量也高。学生毕业后基本上都能考入慈城、宁波的中学，培养出不少有成就的人才。

由于种种原因，黄山庙烧毁、祠堂拆毁、白屋被拆掉盖粮仓、大夫第等老宅破败、旗杆门头等老宅烧毁，崇本学校于 2010 年并入慈城修人学校等，原来古村的面貌正在逐渐失去。但几百年来积聚的人文传统，仍值得后人发掘和传承。现在可以告慰的是，国内有北京大学、浙江工商大学、宁波大学等，日本有东北大学、宫城教育大学、四天王寺大学、武库川女子大学等高等学府还在研究晚清时期王氏四兄弟所进行的中日文化交流活动。

黄山，正走在现代化的道路上

2016 年 2 月 14 日王芦奋给我的来信，现摘录于下。

当今政府提出新农村建设，加快城镇化进程。全国各地都按照现代化要求，创建新农村。随着时代发展、社会进步，农村发生了翻天覆地的变化。村居变化更为显著。从我们的故乡看来，当地村民为改善生活条件，将旧宅改造成新居，有自来水、电灯、电话、卫生间（过去的便桶间没有了），生活条件大大改善。因此过去的旧宅，已很少看到了。大夫第、树桥头的房子还保存着原来的样子。在黄山跟前，造起了大款们的新式"洋房"。

随着交通事业的发展，黄山村的面貌大为改观。双向三车道的高速公路，从宁波而来，穿过杨家桥，又从树桥头旁边经过。过去的树桥（桥为一条木板），变为宽阔的水泥桥了。桥面约有 20 米宽。公路延伸到白屋的西边，约有三分之一的面积，成为公路路基。接着向前到老旗杆门头，那边的房子都拆掉了。（注：大夫第、树桥头、白屋、老旗杆门头都为原大宅院名字）

由于公路一带农居拆除，要安排农、居民的住房，国家选址在树桥头河对面的一片稻田，建造约六幢大楼，作为居民安置房。黄山村又多了一个居民点，像个小城镇的样子。照例，当时居民的小孩要求学，崇本小学有可能复校了。因为，学校生源多了，就近读书，崇本又可能开门了。

随着交通事业的发展，宁波至黄山的高速公路开通，从宁波开私家车到黄山,不到半小时就可到达,相当方便。

　　白屋东边的河埠头(离白屋十多米),变化很大。为了运粮船航行,河道拓宽了不少,像条大河。两边种上树木,真是旧貌换新颜。

梦回家乡

前后黄山仍高耸，
东西浦河还畅流。
老大回乡诚欢欣，
不见白屋却伤悲。[1]

回赠诗录于下：

千里故土梦高耸，
王氏族人泪暗流。
回乡遍地外姓客，
不见祖宗有多悲！[2]

少小离家梦中回，
树有落叶人难归。
难忘故土养育情，
醒来只见泪湿枕。[3]

不同游子同样情，
来去匆匆单行线，

---

[1] 作于2014年11月4日2时，11月21日改定。
[2] 11月21日《古镇慈城》主编钱文华回赠。
[3] 11月24日族人王建勇回赠。

> 幸庆你我白屋缘，
> 遥祝两老赛神仙。[1]

出生在白屋，由于历史种种原因，白屋在解放后被拆。如果，白屋按我小时原样保存到现在，可以办成一个民国初期浙东民俗博物馆。基本格局设置如下：

着清朝官服的祖宗大幅挂像；

一整套木制祭具；

一整套农具，包括车水的龙骨车；

三眼大灶和煮开水的灰缸（灰缸中可放待煮水壶）；

几十口大水缸和将竹子一分为二做的输水管道；

吸水缸里沉淀物的吸水管；

石磨、石臼；

做糕点的木制模具；

寿全斋的领药竹签；

手工织的蓝花土布和绳子；

我百日时，外祖父家送的100件小衣服中的部分衣物；

大床（千工床）；

用滚木作底的、放箱子的分格柜子等。

陈列在保国寺的"千工床"，俗称"大床"

我百日时外祖父家送的虎头鞋

我百日时外祖父家送的枕头套

---

[1] 12月6日宁波江北区文联秘书长王静回赠

崇本学校创办和停办资料辑录

崇本学校从创办到停办历经百年。特别是它的创办，反映了我国从科举时代进入学校制度的历史过程，反映了黄山王氏族人崇尚教育的传统和民间办学的艰辛和创造性。现在崇本学校已不复存在，崇本学校的历史应该记录下来。因此，我将手中的资料，作此辑录，主要是"创"和"停"的两个方面。

宁波市崇本学校校史简编（1904—1994）（摘录）

崇本学校是清光绪三十年（1904）在黄山蒙养义塾原址上创办的。校名为私立黄山初等小学堂。参与创办并主持校务（监堂）的王义观受变法维新思想影响，按照新学的要求安排课程。

1922年春，学校因经费无着而停办。王义观和教师王尔康各自在家设馆，招收原校大部分学生就读。黄山王氏崇本祠堂执事倡议向津沪等地族人募捐兴学。当时由天津王品南、上海王志湘各捐资数千元，以及族人踊跃解囊，宗祠执事并决定将祠管部分产业田划归学校，成立董事会，以王品南、王志湘为正副董事长。当年即在原址上改建五间两层楼房及五间平房，从外地聘请优良教师，于1923年春复校，改名为私立崇本完全小学，仍以王义观主持校务。学校以"诚、恒、勤、朴"为校训，三年级起开设英文课，采用周越然编的《英文模范读本》，在当时全县小学中是不多的。除国文、算术基础课程外，历史、地理、自然等课开设齐全。1925年学校指导学生成立"学生自治会"，训练学生自己管理各项课外活动及纠察校纪。1926年第一届高小毕业生虽仅二名，均以优异成绩考入宁波效实中学，1929年，校长王义观逝世，由王尔康接任校长，王尔康循照首任校长办学宗旨，积极认真办学，学校质量持续在慈溪县中名列前茅，几乎所有毕业生都以优异成绩考入效实中学、省立四中、慈湖中学等学校。

1935年，学校董事会聘请暨南大学教授王勤堉兼任校长（王勤堉为王义观长子），王英年为校务主任。一年后由王英年继任校长。王英年热心于教育事业，有为桑梓后代造福的赤诚之心。在他的奔走努力之下，得到校董事会积极支持，向津、沪、甬等外地及家乡富裕者，募得一批资金，对学校多有建树。1937年于原来两层楼之东新建大课堂一栋，在大课堂北面建造平房三间，并先后扩建操场，开辟篮球场，建立军乐队，又在后黄山（学校即在其南面的山脚下），种植油桐树千余株，倡导绿化荒山和推广经济作物，使学校面貌焕然一新，崇本声誉与日俱增，远近四方慕名求学者纷至沓来。为方便外地学生入学，学校把三间新建平房作为住宿生宿舍，并办起了幼稚班，当年入学儿童26人。1942—1946年还增设了初中补习班（即慈溪县高初中西区附设班）。翁心惠、王勤堉、王幼于、郑钦达等博学多才教师在崇本任教。为配合抗战，学校增添有关爱国主义教材，把朱贵抗英、戚继光抗倭等列为教育内容，还组织了"崇本抗日救亡歌咏团"在本乡和邻近乡镇演出，激发群众抗日热情。

抗战胜利后，社会经济动荡，学校经费困难，王氏宗祠执事决定将祠田全部划归学校，校长王英年再次向外地经商族人募捐充实校资，摆脱困境，力挽崇本，使学校得以生存并继续兴旺发达。

1949年7月，学校由人民政府接管，成为一所公立学校。

王勉善

（载于《校庆纪念册——宁波市崇本学校建校九十周年》）

宁波市江北区崇本学校百年简史（1904—2004）（摘录）

1901年（光绪二十七年），清朝以张百熙为管学大臣。不久，颁布由他所拟奏的《钦定学堂章程》，这是我国第一部比较系统完备的近代学校章程，也是我国学校制度的开端。从此黄山国民学校有了办学的依据。

1904年（光绪三十年）在黄山王氏自置的"蒙养书塾"原址上创办了黄山国民学校，她与"宁波府中学堂"同时诞生。学校创始人王义观先生以及同族其他有志兴办教育的有识之士，把王氏殇祠和文昌阁等作校舍，把王氏宗祠田划归黄山国民学校作校产，王德馨为名誉校长，由王义观任监堂，由周渭渔等人任教，开始了漫长的办学之途。

　　1922年，黄山国民学校因经费匮乏，无奈停办。当时校长王义观和教师王尔康为了不使嗷嗷学子失哺，各自筹资在家设私塾，使学生能继续求知读书。黄山望族中的王氏有识之士，遂有复校之议，董事王祖光先后派人赴上海、天津等城市，向王氏的富商募捐兴学。天津富商王品南和上海富商王志湘等出资助学，崇本国民学校又有了办学经费。

　　1923年春，即行复校。以王氏宗祠"崇本堂"之名命名为"私立崇本学校"。时亦不久，经当时慈溪县（在慈城城内）同意确定为"私立崇本完全小学校"，成为慈溪县西南方较早的一所完全小学。王义观继续任校长。学校以"诚、恒、勤、朴"为校训，采用商务印书馆出版的"复兴版统一教科书"为教材。王义观校长是一位博学多才之士，他不但自身学识渊博，而且善于接受新思想，敢为人先，钻研新学，学识颇丰，在"五四"新思潮的影响下，坚持课内外结合，注重学生品、行、德、能教育。在教师周渭渔、王尔康、王望卿、沈慎之等人的严谨教育下，成为当时一所令人瞩目的有名气的学校。

　　1924年在原校舍后面新建五间双层教学楼，次年又在教学楼后面建造五间平房，供教师办公和学生活动之用。

　　1925年学校开设了英文教育，以中华书局出版的《英文模范读本》为教材，在当时小学开设英文课是绝无仅有的。

　　1929年王义观校长病逝，由王尔康接任校长，他遵循老校长的办学思想，从严治校，学生的各方面成绩在慈溪县的小学中名列前茅，几乎所有的小学毕业生都考入慈湖中学、效实中学和省立四中读书。1935年，由校董事会聘请暨南大学教授王勤堉兼任校长。具体校务由王英年负责。1936年由王英年任校长。王英年于效实中学高中毕业，多才多能，尤擅长社会活动，他怀着一颗为了后代求知造福的赤诚之心，奔走于津、沪、甬等城市的王氏族人之中，募获了一批资金，为崇本学校的发展奠定了基础,功不可没。

1937年,日寇入侵中国,国难当头,本乡旅外人士不愿在铁蹄下偷生,纷纷携眷回籍,崇本人数骤增。王英年校长深感学校要生存,经费一定要充裕,就再次奔走募捐,其中天津富商王品南捐资八千银圆,于1938年在原教学楼东面,新建一间大课堂。于当年暑期"七七"动工,"八一三"竣工。青砖灰瓦,宽敞明亮,颇有气派。乡际学子通称"新课堂",现一直保留和使用。第二年又在新课堂之后建造三间平房,供外乡寄宿生住宿之用。

1939年6月1日上午,慈溪县立中学(即慈湖中学)惨遭敌机轰炸,部分校舍被毁,临时迁址我邻乡三七市上课。慈溪县城内居民携眷纷纷下乡避难。崇本学校就读学生人数相继增加,所以在抗战初期,来崇本求学人数不仅未减,反而增加。

1940年,萧山沦陷,宁绍垂危。我乡自亦风鹤频惊,惶惶不安。学校董事会成员,校长和教师、学生,临危不惧,排除迁校之议,坚持办学,为支持配合抗战救亡,增加自编的乡土教材,开展爱国主义教育。

1942年为使沦陷区失学青少年尽早复学,教育界爱国人士与敌伪展开针锋相对的斗争,为避开敌伪耳目,崇本小学开办了初中补习班[即慈溪县立中学南区(黄山)分部]招收慈城、宁波、上海等地失学的中学学生。先由王勤堉任分部主任,后由陈士元任分部主任,当时王勤堉、王幼于、陈士元、翁心惠、郑钦达等博学多才教师在崇本任教。

在日伪统治时期,由高小学生王勉锐同学领头,积极投入抗日救国运动,成立了"崇本抗日救亡歌咏团"。王勉锐任团长,团员有汪嘉祈、杨心和、翁和生、余素琴(即王幼于的夫人余绿绮)、王嫣嫣、王丽云、王姗姗等男女同学数十人。歌咏团的话剧、歌曲等不仅在本乡,还到邻乡半浦、慈东等地演出,深受乡亲们的欢迎,更加激发了老百姓同仇敌忾的爱国之情,为崇本的校史添上光辉的一页。在当时敌伪指令学校要开设日语课,师生迫于无奈,就采用两本书上课,当敌伪教育局巡视时,被迫打开日语书,一旦离去,又重新读学校自己的课本。教师向学生灌输抗日救国的道理、思想,始终不渝。在抗战进入高潮时期,家乡抗日高潮汹涌,"三五"支队常在这一带活动,中共庄桥区(抗战时期我乡归属庄桥区)区委书记方平(原亦是小学教师,老百姓称为钱指导员)和副书记叶昌甫(原普迪小学教师)经常来崇本小学活动，更增强了学校师生抗日救国的信心和勇气。

抗战胜利后，百废待举，国民政府集中精力准备一场内战阴谋，根本不关注学校，私立学校的处境更是艰难。教育局提出"祭田归学校，祖宗九泉笑"的口号，王氏族人决定将"懋宗祠"祭祀田全部划归学校，族人王敦卿将为母做七十大寿的款，捐于学校，解决师生饮水问题，在校小花园掘一口水井，并在井圈石上镌刻"慈泉"以示纪念。

1949年下半年，发动师生整修并扩大学校西侧占地4600多平方米大操场，添置了许多教学设备和实验仪器，成立了童子军军乐队，在慈溪县小学中颇有名气。学校面貌焕然一新，崇本声誉与日俱增，远近四方慕名求学者纷至沓来。

1949年5月25日，宁波解放，全校师生欢欣雀跃，庆祝伟大时刻的到来。7月，学校由人民政府接管，宣告"私立崇本学校"结束，成为一所公立的"慈溪县江屿乡中心小学"。1950年因行政区域变化，学校改名为"慈溪县黄山乡中心小学"。

（载于《崇本百年——宁波市江北区崇本学校百年校庆纪念册》）

宁波市江北区教育局给王义遒的信

尊敬的王老：

您好！收到来信后，我们为您们心系故里亲情、胸怀家乡教育的拳拳之心而感动。

崇本小学是具有百年历史和优良教育传统的一所老校，为造福桑梓，秉持"诚、恒、勤、朴"的校训，为国家和家乡培养了许多优秀人才，深受家乡人民的敬重。

3月初，您和王幼于、王勤谟、罗精奋等崇本老校友关于建议保留崇本学校、保留学校建制的信，经宁波市毛光烈市长转到江北区委、区政府。区委书记、区长都作了重要批示，区政府戴瑜副区长、政协沈丁永副主席会同教育局、慈城镇政府负责人以及崇本学校校长、黄山村书记等在慈城镇召开专题座谈会，听取各方意见，并由区政府办公室副主任牵头，会同规划局、教育局、慈城镇有关专业人员到崇本学校实地调研，分析论证。现将崇本学校现状及有关建议向您汇报。

1. 崇本学校现状

学校占地4050平方米，建筑面积2120平方米，80%建筑是80年代砖混、木质人字梁结构。学校坐北面南。南校门外是黄山村通往外界的重要村级道路,道路外侧是农用池塘;北紧依小黄山;东西毗邻民宅。校内无学生标准运动场地。今春共有在校学生237人,其中四、五、六年级各班人数超过40人,一、二、三年级每年级均不足40人;本地户籍学生人数从高到低年级为:28人、29人、29人、28人、14人、17人,且从镇户籍中心获悉,未来几年该村户籍新生人数约15人。2009年8月,江北区为贯彻落实《国务院办公厅关于印发全国中小学校舍安全工程实施方案的通知》精神,江北区对辖区内所有学校校舍开展全面排查鉴定,崇本学校校舍全部被鉴定为C级危房(附鉴定书,略),禁作教育用房。

您等信中提及的修人小学,距黄山村仅3华里(两地公路便捷连通),前身是九年一贯制宁波市达纲学校,2009年秋初中部并入投资近2亿元的新建成的慈城中学,修人学校作完小发展,并与是年暑期,教育局出资百万元进一步维修,有环300米塑胶运动场、实验室、多媒体等教学设施,并达到省二类标准,可容纳22班1000余名学龄儿童就学。目前,学校尚空留10个教学班、约400人容量。学校毗邻慈城新区、工业城,处慈城镇西北片中部位置,地理位置及功能满足周边5公里区域范围内的小学教育需要。

2. 改建、新建学校的可行性分析

一是原址重建。拆除地表全部C级危房新建校舍。但考虑现校区占地太小,难以达到省学校建设最低标准(三类)要求,无法布局学校功能(如运动场、实验室、仪器室、多媒体教室、音乐室、美术室、图书室、劳技室等教学辅助用房等),实施困难。

二是择地新建。经从规划慈城镇了解,黄山村周围都是农保地,规模所需用地指标很难落实。

3. 一些建议

(1)崇本百年老校,有重要的历史价值,尤其是建造于1936年仍保存完好的原教师办公楼有一定的建筑价值,作为学校遗址,区政府拟将其列为区级文物保护单位,让后人永远纪念和传颂。

(2)黄山村是一个以文人和教育闻名的"士村",尤其是在与日本文化交流上意义重大,经政府维修后,在校舍内建崇本学校校史陈列室,崇本优秀学子成就和实物予以展示,并且可以作为中日文化交流的载体供人考察、研究和瞻仰。

（3）为传承教育，继续造福桑梓，在满足校史陈列室用房基础上，开办村级幼儿园或村民文化活动中心。

（4）保留学校建制不变，拟在慈城新城配套一所小学，新学校建成后将崇本学校建制划入，继续保持崇本学校校名，确保学校历史沿革不变。

再次感谢你们一直以来对江北经济和教育事业的关心！

（江北区教育局　2010年4月8日）

百年"崇本学校"为何被关停？（摘要）

在慈城古镇黄山村，一所有着100多年历史的学校——崇本学校，正淡出人们的视线。

据当地居民反映，崇本学校因校舍安全问题已空置近一年，所有学生被转移至慈城镇上的小学就读。

网友"凡人甬勇"发帖感叹，这所培养出一大批社会名流的百年老校，难道将因此成为历史？

记者探访　古建筑不再风韵犹存

昨天，记者来到已经被关闭的崇本学校。学校背靠一座小山，占地面积不大，两层的楼房，灰暗陈旧，显得异常冷清。

只有校门口的校训——"诚、恒、勤、朴"，让人泛起些许往日的记忆。

学校看门的老人告诉记者，学校有100多年历史，现在这样荒废着，有点可惜。

在学校里，还存有一座旧式小礼堂，风格古朴优雅，砖木结构，面积约30平方米。窗户和门全部被锁住，里面杂乱堆放着一些教学器具。

老人说，王氏祠堂已经没有了，这是崇本学校里最早的建筑了，估计是清末或者是民国时期的。

江北区教育局　规划异地新建"崇本学校"

江北区教育局副主任张文明表示，崇本学校教学楼已属危楼，且周边人口聚集不多，教育资源较为分散，因此决定将学生转移到慈城修人学校，并用校车接送。

张文明说，考虑到学校办学历史久远，教育局已与当地有关部门协调，在慈城中学附近规划新建一所小学，校名沿用"崇本学校"来传承百年历史。

不过，新的崇本学校何时开建，目前尚未明确。"现在的教育资源可以满足需要，等以后学生规模增加，教学资源紧缺时，我们会新建这所学校。"张文明说。

(《东南商报》宁波新闻社会版，2011年5月10日)

第二编 王氏兄弟书画作品

王治本、王藩清、王汝修序跋书法引自王宝平编著《日本典籍清人序跋集》(上海辞书出版社2010年出版)。王藩清、王汝修书画由族人王建勇提供。

王治本

　　王治本（1835—1908），字维能，号黍园，别号梦蝶道人，晚号改园，清慈溪黄山村（今宁波江北慈城）人。于明治初期（1875）受广部精（著名汉学家）的邀请赴日。他精通诗文，尤擅骈文，并工书善画。《仙台人名辞书》中，关于王治本的介绍是："王治本，清国儒者，浙东学士，以博学能文闻名国中。明治十年（1877）顷东游，遂住东京，当时的文人儒士，仰之如泰斗。"

　　王治本在日 30 多年中，诗文书画作品不计其数，这些作品有许多至今尚为日本各地的收藏者所保存。他为人题写了大量的序跋和评语，还作为日本善邻译书馆的协修，校订出版了《战法学》《日本警察新法》等书籍。

　　日本汉学家源辉声深为王治本的才华所折服，拜王治本为师。他们在笔谈中常常探讨中日两国的文化艺术，交流心得，唱和诗文，留下笔谈记录《黍园笔话》达 17 卷之多。此外，王治本与源辉声、王氏三兄弟（王惕斋、王琴仙、王汝修）等中日友好文人的笔谈《丁丑笔话》7 卷、《戊寅笔谈》25 卷、《书画笔谈》1 卷，其中笔谈《大河内文书》共约 96 卷，现存 79 卷。

　　王治本还是日本《红楼梦》研究的启蒙者，他与黄遵宪等人，向日本人介绍《红楼梦》，并对《红楼梦》进行了全面、高度的评价，由于王治本等人的竭力推介，使《红楼梦》在日本引起了轰动，从而产生了一批又一批日本"红迷"、研究者和专家，为《红楼梦》在日本的广泛传播、红学在日本的发展，做出了重要贡献。

　　在日本 30 余年里，王治本的足迹遍及日本的本州、四国、九州、北海道四大岛，传播中华文化，其旅行路线之长、所到地方之多、交结朋友之众、留下遗墨之丰，在近代旅日华人中首屈一指。

王治本还著有《舟江杂诗》《新潟新繁昌记》《梦余随笔》《春萍秋蒂轩随笔》《食砚斋文稿》2卷、《栖栖行馆诗稿》8卷,及《王治本笔谈记录》11册、《清客笔谈》2册等。

(作者王建勇,刊登于2012年7月22日《宁波晚报》,原题为《慈城黄山的新旗杆门头》,收入本书时作者略有删改)

凤楼书拥百城多韵府
刊成较旧何铜版开雕
皆镌画金花初印若星
罗字形缩小观犹捷镂

本翻新读不诩十六琼
函精且密人人争购快
挍摩 佩文韵府铜版镌成赋贺
前田先生莅清政之时乙酉春仲
浙东泰园王治本初稿

为《佩文韵府》铜版镌成致贺

跋

間君季礎所編經史論存自闔齋氏仁齋氏以迄宕陰息軒輩凡十餘人文四百二十五篇歷時幾三百年其搜羅而予錄之不可謂不勤且博歟間嘗閱祖徠集有云扶桑文明之運富乎之際於斯為盛茂卿所謂於斯正德享保間古今百四五十載其文運之蒸蒸日上更謂莫盛於今日矣編中所錄前後名家古樸如茂卿沈摯如一齋紆餘如靜軒雄邁如子成其餘磊磊多材多有所長又謂文風之盛於是編觀止矣朱為評點三二策以勉迄季礎之請也刻將成愛跋數語於後以志季礎揀輯之精并以謝朱狂瞽之失也讀者諒之

大清光緒四年歲在戊寅夏日
浙東王治本譔并書

《日本名家經史論存（跋）》

序

揚州從事印是惠休唐代詩人盛稱寶島揚萬里誓泰黃面金勒破針鋒蘇東坡自號行腳僧嘆此渴物居士乃維摩哥世諦仙為金粟後身了不過現身說法龍入鹿世淵知易地皆此有鴻齋石川君慧業文人僧真逸菩提此上說宗文字之禪仿佛以朱桂香契輿如勤且博問嘗閱祖徠集有云扶桑文明之天子之說峯文字之禪仿佛以朱桂香契輿如滿葦劉老清修淨土社結遠師其出將俟興駕裝與健振擬稱對床相觀發軏頁頰莫辯過去佛現在佛三世修芸蒲身室呈身一言道破號為大乘子呼作小乘僧籠此兩向因心著想參退吟訥七言之勾以假為真因是戴言修為笈語此芸山一笑集之可知普與天日是洋其地也曰一笑白其誕也羅兩國之吟篇議訟空中之幻紀一時之向贈曼證錯裏之因此則笑親依然彼別笑送偕東有袖瓷跋瓷硯繪圖相過盡詩禪遣因笑博拂此筆恐為方家笑其情可知者若論微笑拈光宋本是禪門宗旨差次冷笑讀議想見國士未載閭者軹懸是豈千多饒舌眾堂莞爾料知羅漢六祇渲索我片言跋君長歎我胸中是盛應悟潑三生抃志云何祇可付之一笑也已

當丑
龍飛光緒四年歲次戊寅七月上浣
浙東泰園王治本撰并書

《芝山一笑（序）》

白峯高與白雲齊聲岫參差
一帶低欹向松緣探尋蹟山
痕濃雲重月疏迷

松緣寺十二景白山秋月其一也
杰園逸士

断硐橋邊一草廬畫居聞瑟故人疏瀑流
聲澈梅花冷月照寇寔讀道書

坂部先生大雅粲 甲午春初杰園王治本書題畫句

白峰高与白云齐

断涧桥边一草庐

高梧碧蔭欲冲霄隔絕紅塵境
不矗庭院深沈吟爐冷情聽疏雨
滴秋宵
淵東泰園王治長書

夫四民之中士為首農次之工士續貴而寶有不如農者也是故巢許沮溺者流慮歟之中自樂其道雖南面之榮有不屑就者其次若晉陶彭澤唐賀鑑湖皆能見機而作一去勿退得絣幹於雲水之鄉下至將爵自廢一旦驟然不測欲求續走於十畝之間而不可得矣嗚呼為犧之生何如曳尾之龜此古今酹同歎也郭錄小劍雲館記一段以為空華主人雅鑒丙午夏六月挹園老人王治本時年七十有二

夫四民之中士為首　　　　　　　　　　　高梧碧蔭欲冲霄

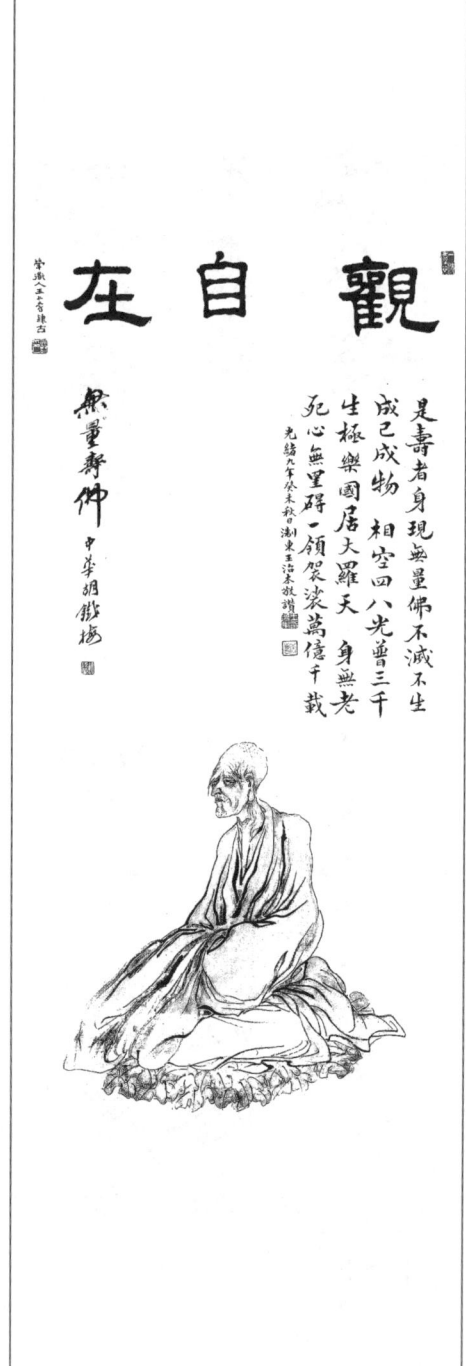

观自在　　　　　　　　　　　鸡声喔喔梦初惊

几竿绿竹净无尘　　　　　　　梅霖添涨没渔矶

佳節相逢又一年
東海北堂吟筵偏驚
客路檐容易料識
家鄉月共圓好水好
山多樂地淡煙淡霧
出陰天綠窓琴酒皆
詩友擬賦嬙娥古樂篇
癸未中秋客次杵原
桐州紹伯余東京舊雨也相招綠屋賞
月酒酣賦此奉周玉沼本初稿

佳节相逢又一年

神泰定

数百年来旧法筵荒林腾得屋三椽维摩人窑宗云要笔好事追寻翰墨缘花发山空人窑宗云迷谷闲水涓涓他时我忍明如棹欲向天童问老禅

游天花山云谷庵心以为佐藤雅君清属 光绪丙戌冬月渭东王治本

是寿者身现无量佛不灭不生
成已成物 相空四八光普三千
生极乐国居大罗天 身无老
死心无罣碍一领袈裟万亿千载

光绪九年癸未秋日渭东王治本敬赞

数百年来旧法筵　　　　是寿者

細碎松釵和露團濤聲撼廈
夏生寒試著月下婆娑影伴
我吟嘗到夜闌 杏月詩以應
明輝館主人雅屬壬午夏月澍東王治本時客南越

聽到秋風百感生最難消遣是鄉情病軀類
鶴支離瘦唫韻如蛩斷續鳴裹散未歸蘇季
子酒醒何處柳者鄉悲裁廓落天涯客愁看
黃華滿越城 旅膵秋感一律時客次芝田
光緒癸未重陽後一日澍東泰園王治本

听到秋风百感生

细碎松钗和露团

书折扇面

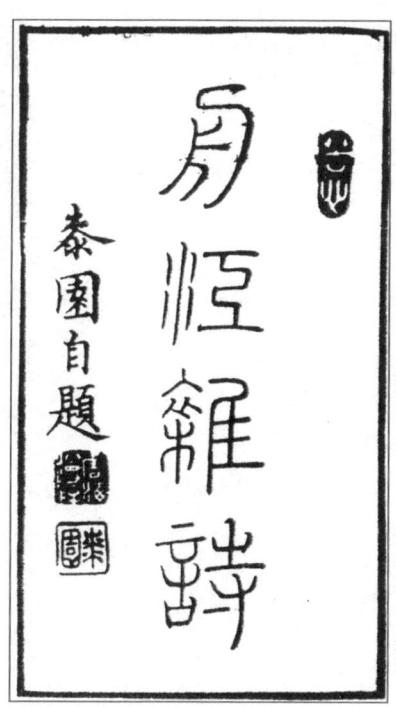

舟江杂诗

叶落林荒暮色昏

自怜力弱受风斜

王藩清

1883年，王藩清与旅居日本的族兄王治本、王汝修一起漫游北海道函馆，停留半月。

据当时的《函馆新闻》报道："在东京以诗文书画著名的清客王桼园、王犟侯（汝修）、王琴仙三氏昨乘'丰岛丸'来函。三氏于东京常与文墨诸大家共游，诗文书画均称绝妙，为清客之中屈指可数者。本港文雅之士亦多乞请挥毫。"

王藩清（1847—1898），字泰轩，号琴仙，别号琴轩，贡生学位，王治本表弟，清慈溪黄山村（今宁波江北慈城）人。

1877年7月赴日，初任日清社汉语教师，后以文为生，他工诗文，擅长书画和篆刻，还擅长尺八，通乐律，他用"尺八"为日本友人表演"倚栏杆""九连环"等曲目，对中国古代乐器造诣颇深，有自己独特的见解。

在日期间，王藩清经常与日本汉学家开展诗文交流活动。如关义臣编辑的《日本名家经史论存》一书，达15卷之多，几乎汇集了所有日本汉学名家的代表性经史文章。中国驻日使团对此书非常重视，公使何如璋、副使张斯桂、参赞黄遵宪、随员沈文荧、王韬等人或作序题词，或圈点品评，出版后影响广泛。在该书中，王藩清除了发挥他的书法才能——题写书名和跋文外，还对其中的8卷作了评点，体现了他极高的文学修养、水准。

王藩清在日本还出版了《三崎新道碑》《翰墨遗余香》《清国王琴仙书画状》《桃园结义三杰帖》等著作。

《三崎新道碑》（1879年山形县松井秀房出版）：三崎新道碑立于日本山形县的三崎岭关，该处为交通要道，山势险峻，以至于"马行踯躅不敢前"。1876年，新县令上任后，用工上万人，耗金七千圆，削山拓路，使天堑变为通途，《三崎新道碑》记载了这段历史。

《翰墨遗余香》（1880年伊藤兼道编辑出版）：收录有王藩清"孤芳自赏""王者之香""鹤梦初醒""拂窗寒影"和"彭泽家风"等兰、梅、菊画作5幅。

《清国王琴仙书画状》（1882年山内六助编辑出版）：收有王藩清创作的以兰、梅、菊、竹为主题的墨色花卉画6幅，每幅画配有自题诗一首，融诗书画于一体。

《桃园结义三杰帖》（1886年山形县小侣太郎编辑出版）：收有王藩清的《海棠图》和栗山仙史绘的《桃园三结义图》，正文载蒲汀《咏刘先主》、王藩清《咏关圣帝君》、凤蝶（关本寅）《咏张桓侯》，吟咏刘邦、关羽、张飞的七绝诗各一首。卷末刻有三行介绍："本帖笔者清国王藩清，先生字体芳，号琴仙，浙江省宁波府慈溪县（今宁波慈城）人。丁丑以来游于日本者既再矣。"在《桃园结义三杰帖》的《咏关圣帝君》一诗中王藩清这样写道："读书大义在春秋，忠勇堂堂万世留。伐魏拒吴扶汉室，名垂青史寿亭侯。"

书法篆刻家翁运凡称王藩清："诗文、书画、篆刻、乐器，无一不精，画以梅、兰、菊、竹流传较多，声誉东瀛。"

《晚清东游日记汇编·中日诗文交流集》一书中这样评价王藩清等赴日人员："光绪初年，民智未开，赴日清人尚不多，可以认为他们是明治维新后，最早一批东渡的文人……他们开创了与近代日本文人进行诗文交流的先河。"

（作者王建勇，刊登于《古镇慈城》总第67期，原题为《慈城黄山王氏族人王琴仙与日本》，收入本书时作者略有删改）

序

且自結繩以來未有文字先有
音聲因聲以制字孳乳而生形
聲相益字日滋而聲遞變以至
土音謠語方異俗殊於此而欲
統千古一四海分析其義貫通
其音聲以徵天下同文之盛豈

不難哉夫字學之書三蒼最古
漢許叔重擭以譌說文解字十
四篇發明六書之旨為功甚大
狀非精於六書者不能通解此
至若以分韻排篆者始於徐鍇
篆韻譜以四聲隸字者始於顏
元孫干祿字書以西域梵語所

傳十四字母貫一切音始於六
婆羅門書狀或近鉦釘或類鈔
胥或儒釋紛陳或考援多謬而
欲貫而通之以期盡善而無弊
也則難矣維我
清朝稽古右文究心典籍合西域
屬國之文首列

國語為樞紐次列漢字以釋名義
次列三合切音以求聲韻則有
西域同文志一書合天竺五十字母
西番三十字母使華語梵音互
相貫通則有
同文韻統一書而根據六書蒐羅百
代每字必詳音訓則有

《三音四聲字貫（序）》

字典一書洵皆超軼前古可謂字學之統匯焉余性好游歷不喜讀書客扶桑者二年矣一日友人高井先生所編三音四聲字貫索序於余子展而閱之知其辨別古今之韻援引訓詁之條有與

字典相似焉其以和音為樞紐並列古音華音以求聲韻有與西域同文志相似焉其梵音互相貫通有與同文韻統相似焉且註韻而不排韻與一切韻譜有異也審聲而兼審音與一切字書有間也采梵

音而不重在梵音與一切佛書更有別此是非精於字學者烏能一而貫之以集其成哉方今日邦維新啟運文教聿隆海外鄰封咸修盟好得是書而覽之譯其字義辨其音聲可以見同文之準即可以通異域之言不特

為學者所珍凡我遠人更以先觀為快焉不禁欣喜而為之序
光緒四年歲次戊寅荷月中浣
浙東泰園王治本譔
浙東琹仙王藩清書
明治十一年巧月開雕

《三音四声字貫（序）》

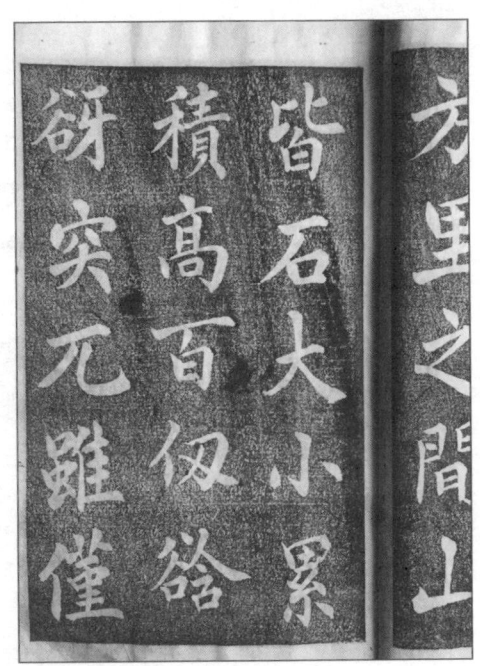
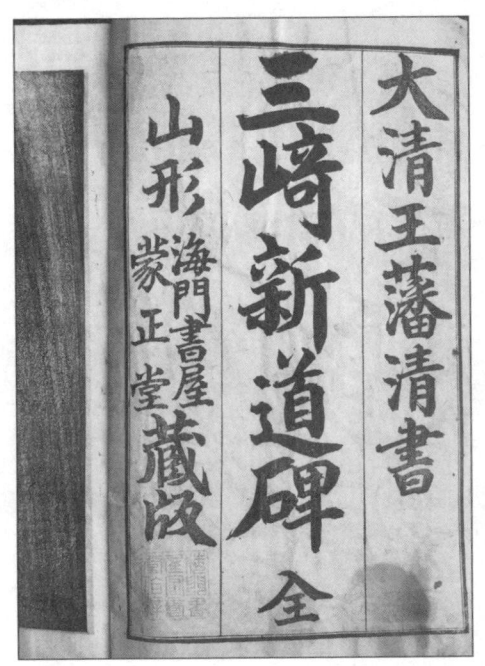
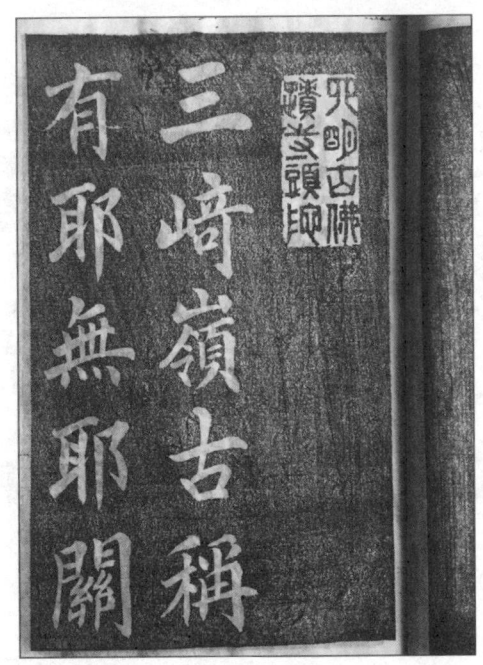

《三崎新道碑》

美人香草

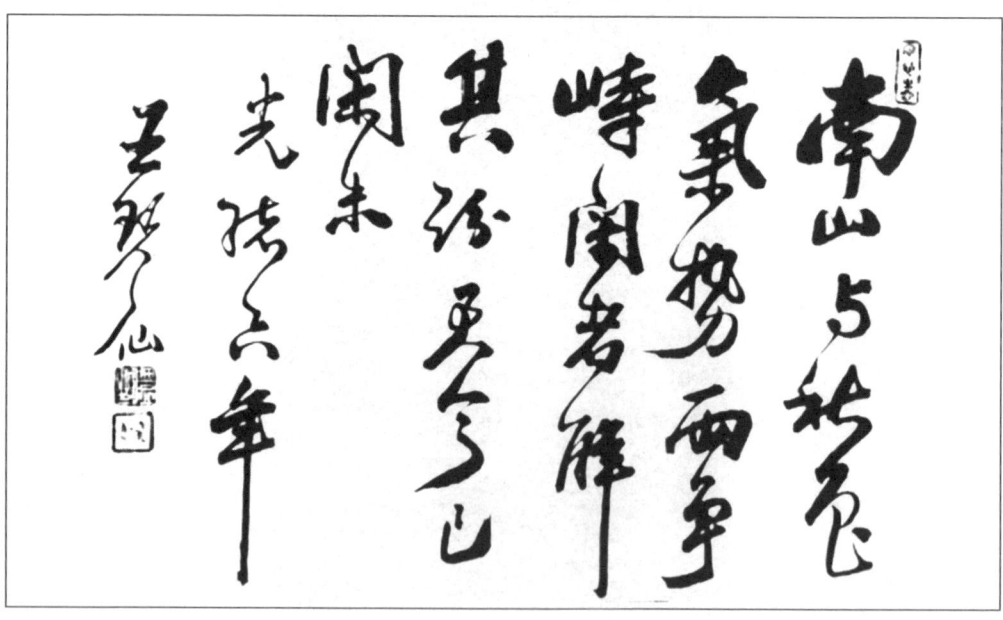

南山与秋色

陶令旧家风

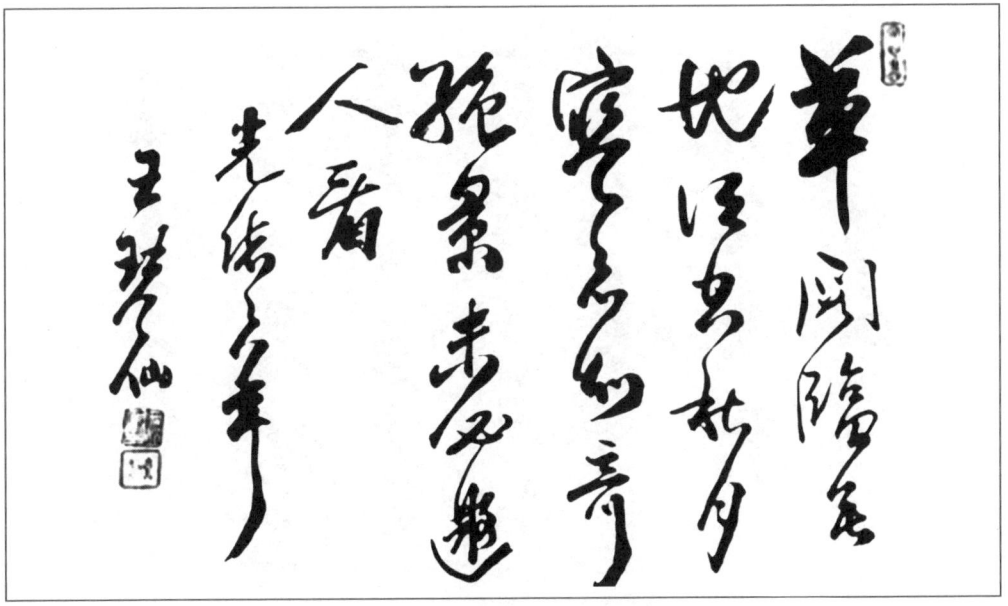

草阁临无地

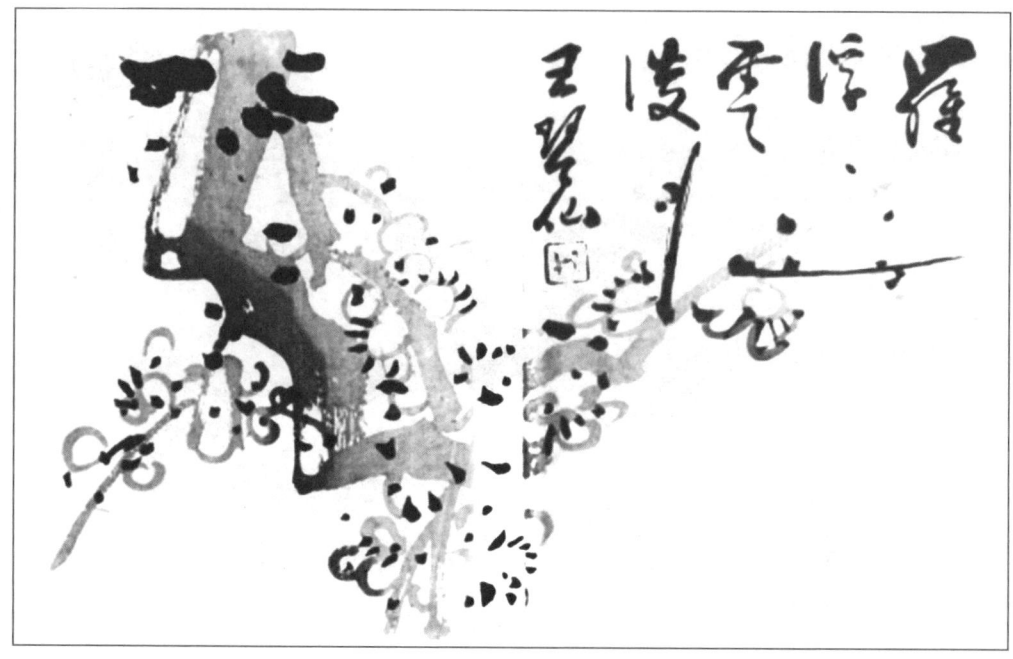

罗浮云凌

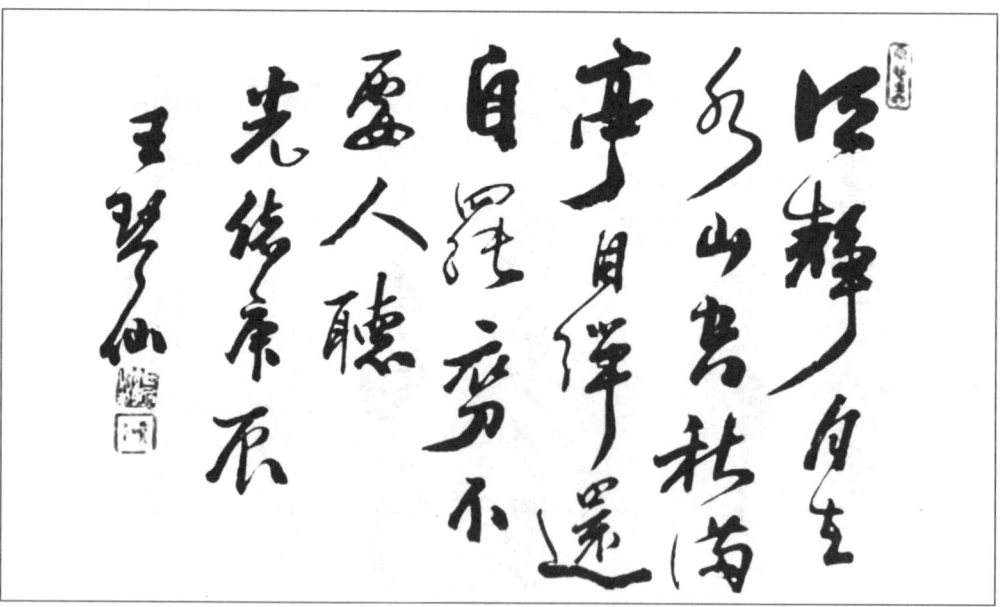

江静月在水

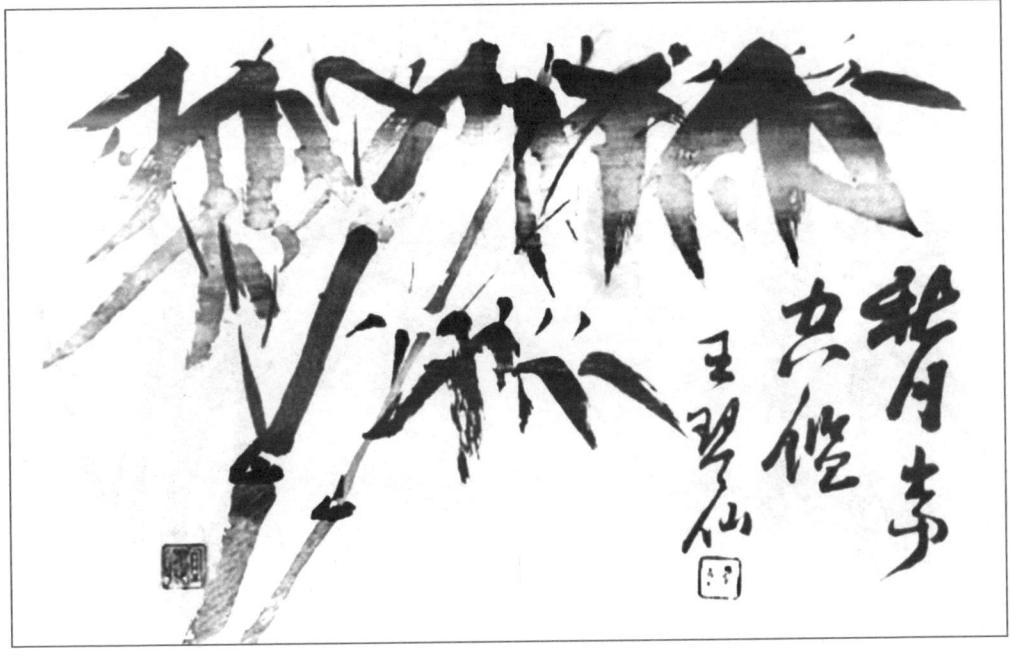

秋月当空鉴

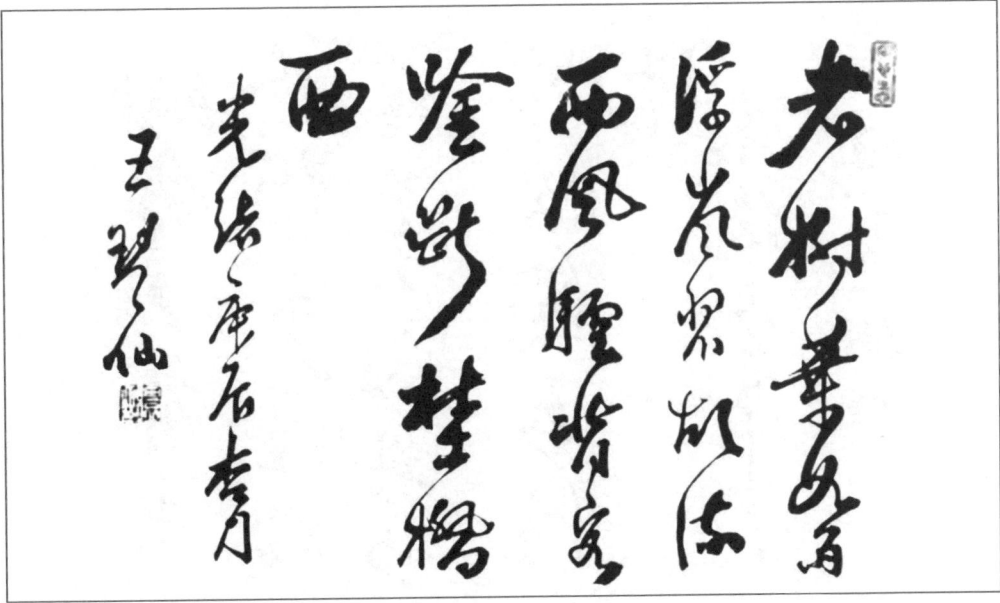

老树叶如雨

秋风有异香

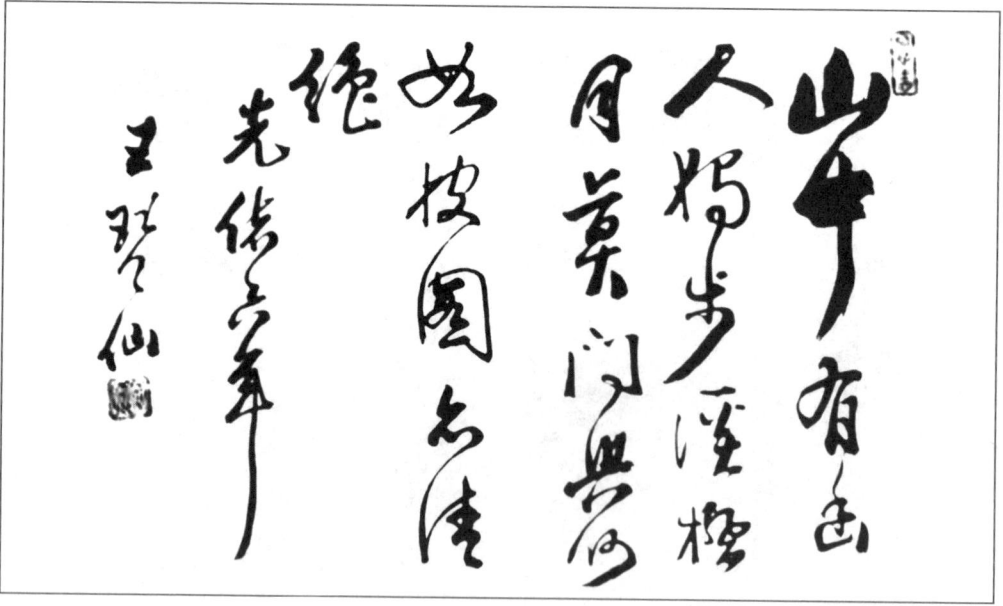

山中有幽人

庭前夜色寒

枝缀霜葩白

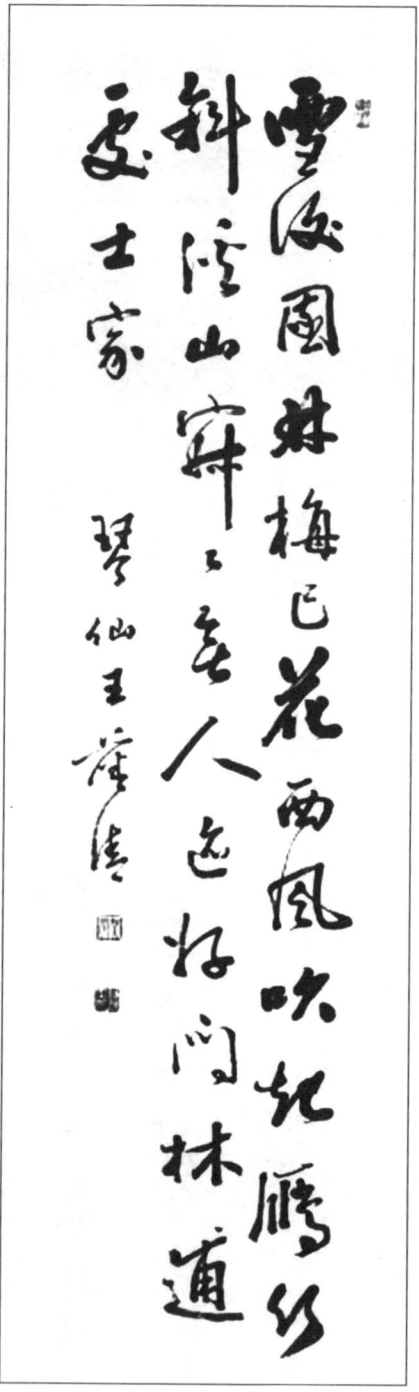

床前明月光　　　　　　　　　雪后园林梅已花

数间老屋数枝梅
漏泄春光带雪开
诗客风流同蛱蝶
寻芳戢自过桥来
题棋花书屋句
秦园逸士书于宾征寄
爪俚馆

梅花图

孤山寒影

王汝修

  王仁爵（1842—1894），字汝修，号骅侯，清慈溪黄山村（今宁波江北慈城）人。国学生、候选布政使司理问加二级。

  光绪十年（1884）与王治本客于日本新潟，与寓日商人王仁乾（字惕斋）和书画家王藩清同为黄山村仁字辈。善书，曾为日本汉文学家石川鸿斋所著《日本文章轨范续选》书序（王治本撰文），并为日本汉文学家青木可笑（1807—1881，著有《皇汉金石文字墨帖一览》《江户将军外史》《树堂遗稿》《本朝三字经余师略解》等）书写墓碑篆额。

  （此文转自《宁波江北名人书画集》，略有改动）

《日本文章轨范续选（序）》

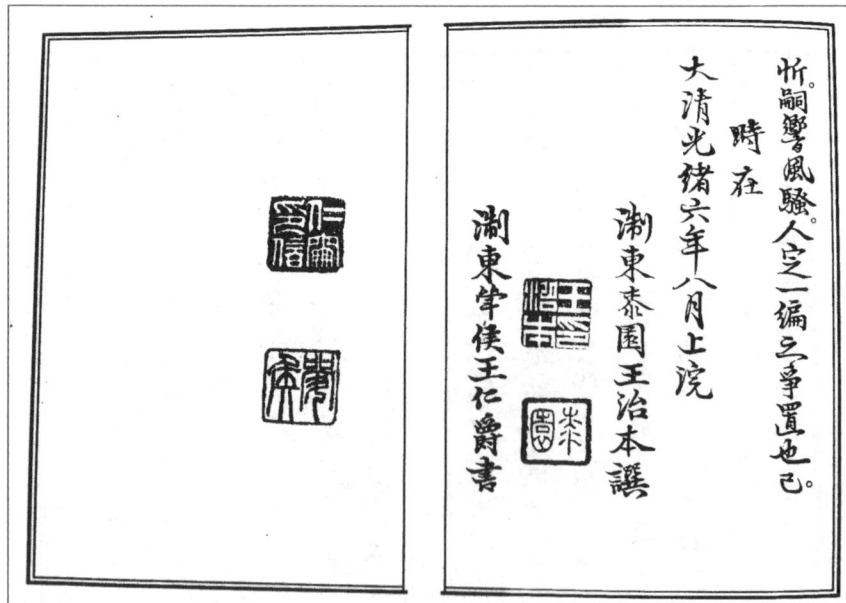

《日本文章轨范续选(序)》

国香轩

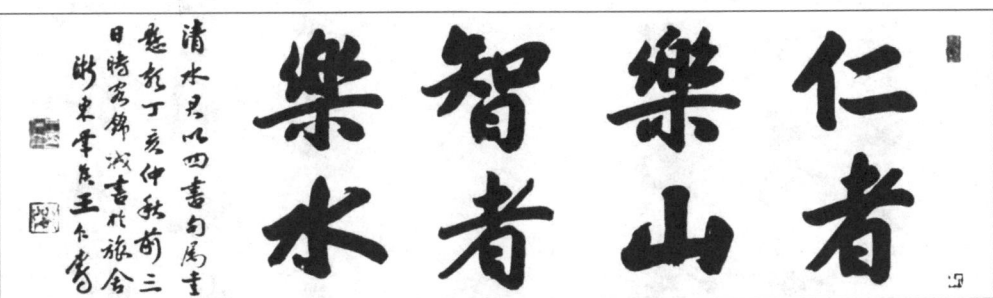

仁者乐山智者乐水横幅

万顷春声滕浪花 孤舟晚泊天之
涯 岳阳道人无箇事 洞庭水试
山茶 梁取君属篆癸未孟冬笔王小秀

书赠梁取君

为买梅花手自栽 朝衫典尽向苍
苔 笑他绝代高人格 不寿黄金
不来 丙戌孟冬录买梅一绝 王小秀

买梅诗

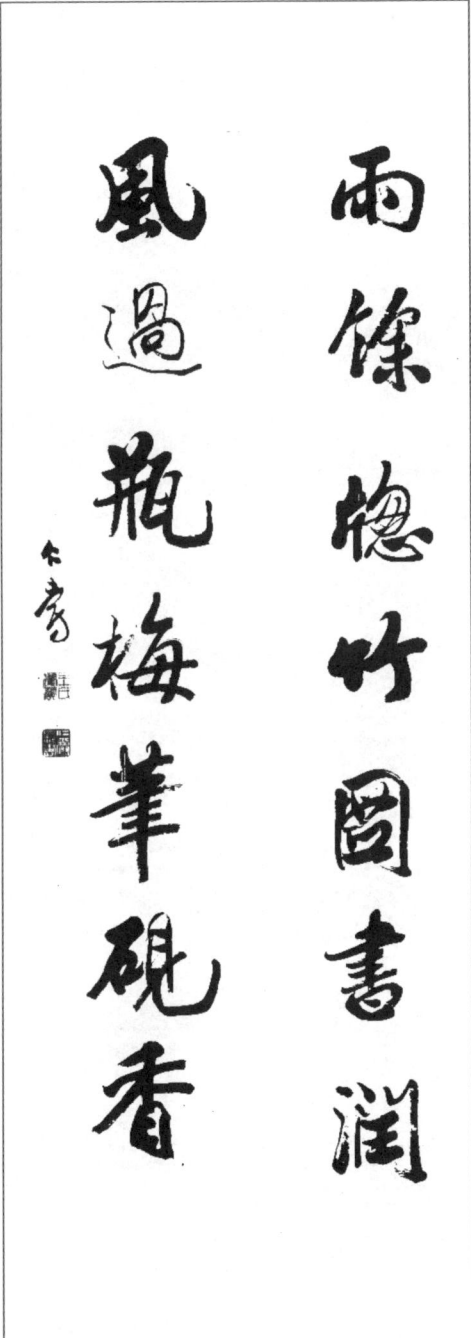

雨后对联　　　　　无数春光

第三编

王氏兄弟文献辑录

王惕斋《独臂翁闻见随录》刍议

◎ 王宝平

王惕斋，讳仁乾，字健君，号惕斋，以号行。道光十九年（1839）生于宁波府慈溪县黄山村，国学生，父庸晟（1815—1862），廪贡生，即用儒学训导。同治九年（明治三年，1870）赴日，光绪二年（明治九年，1876）受雇于日商，后在东京开设"凌云阁"店铺，以经营为生。光绪十八年（明治二十五年，1892）因车祸失臂致残，晚号"独臂翁"。1910年回国，翌年卒于上海客次，寿七十三。王惕斋身为商人，但具有良好的文化素养和娴熟的日语能力，在中日政界、学界具有广泛的人际关系。同时，他爱国心切，曾吟诗言志："观世滔滔水下滩，痴心只手挽狂澜。九重若听刍荛计，积弊销除自不难。"又云："主权已失旧江山，不是维新总不还。莫笑老翁头戴白，半因忧世鬓毛斑。"[1] 亟盼祖国富强的赤子之心跃然纸上。他接待了罗振玉、缪荃孙、张謇等人的访日，帮助何如璋等外交官在日开展活动，为汪康年办报提供了有益的日本信息，资助中国人出版了多种图书。尤其是他位卑不忘祖国，上书政要，发表文章，借鉴日本的经验，提出了不少改革时弊的主张[2]。可以认为，王惕斋是明治时期最为活跃的寓日华商之一。

王惕斋遗有《中东通语捷径》《无师自通东语录》，以及《独臂翁闻见随录》三书。前二书为日语学习用书，后者是他撰写的笔记。《独臂翁闻见随录》虽已出版[3]，却鲜见研究。鉴于此，拙文拟对其进行介绍，以期引起学界的关注。

---

[1] 王惕斋：《中国宜收回邮权说略》，《申报》1907年10月5日。
[2] 参见拙文：《明治前期赴日浙商王惕斋之研究》，《浙江工商大学学报》2012年第3期。
[3] 王惕斋哲嗣王勤谟在《王惕斋及嫡孙文集》（中国文史出版社，2013）中全文收录。

一、笔记内容简介

《独臂翁闻见随录》，不分卷，1册，80页，铅印本，封面题：独臂翁闻见随录／病马所有权。封面右中钤椭圆印：病马。杜甫辞官后曾作《病马》一律，颔联为："尘中老尽力，岁晚病伤心。"王惕斋五十多岁时失臂致残，"病马"疑为王惕斋的自号。卷端未见著者署名，但卷末题：王惕斋著。封底印一行小字：大日本东京三协印刷株式会社印行。出版年未详，审其内容、装帧和印刷，当为20世纪10年代付梓。该书无前言后记，首有目次，凡60则，笔记体，内容主要关涉中国近代史和近代中外关系史。

1. 中国近代史

以江浙一带，尤以宁波地方史事为主，间载太平天国等其他内容。篇名如次：

（1）地方史。《断臂原委》《祖考箴言》《不预则废》《宁波盐案》《黑水党偷头妙法》《海关记事》《陆逸顺》《陆逸顺与周某》《四明公所事》（2则）、《赵封翁逸事》（2则）、《白璧点瑕》《代父训母》《上海租界警务之腐败》《借端辱士》。

（2）太平天国等。《二伪王乞降》《妄谭》《伪东王之残暴》《友于兄弟》《文过与卖友》《安插驻防》《容纯甫先生逸事》《驾驭不善》。

2. 近代中外关系史

以中日关系史为主，亦载有鸦片战争、中法战争等中西关系内容。篇名如下：

（1）中日关系史。《战前之日本》《日人善于取法》《日人之善骗》《日本警察之文明》（2则）、《日人阴险可怕》《华侨杂居之非易》《文人游历日本内地之开端》《兵船在长崎闹事之原因》《辽东半岛之条约》《国耻难堪》《假学生》《锄奸杜倖要放他一条去路》《利己杀人》《我国驻日公使琐事汇记》（4则）、《徐公使见重于人》《庚子年之我公使》《黎公使有断》《人心随风气为转移》《随员之阴险》《某领事无爱国心》《译员杨砚池逸事》《高松保郎义士略迹》《日将川上氏重视我国》《近卫公爵戒纨绔子弟之高论》。

（2）中西关系史。《林文忠革职原因》《林文忠逸事》《外交之失败》《某管带之罪状》《马江之役》《法人之残虐》《英公使威妥玛之挟要》《盖州之役》。

王惕斋行事务实，文字严谨。这种风格在《独臂翁闻见随录》中也得到一以贯之的体现。该书每条内容,短者寥寥 70 余字(《黎公使有断》),长者近千字(《庚子年之我公使》),多据王惕斋寓日 30 余年间的耳闻目睹写成。有些在文末注明资料来源,如"此小涛先生所亲为余言者也""此系吴抚蓝幕友所说""此事系罗译员所说也"[1]等,可见据实而出,可信度较高。

二、笔记价值

清季中国诞生了众多笔记,其中涉及海外见闻者亦不在少数,但寓居海外长达 30 余年者所撰写的笔记,尚属罕见。因此,《独臂翁闻见随录》有其比较特别的价值。以下从中日关系的角度作一重点阐述。

1. 反映国人对日本人的认识

清末中国,国门洞开,文人学士纷纷走出国门,游历海外。面对异样的风景,不少学人撰写了游记或笔记,留下了雪泥鸿爪。如李圭《环游地球新录·东行日记》(1876 年)、王韬《扶桑游记》(1879 年)、李筱圃《日本纪游》(1880 年)、叶庆颐《策鳌杂摭》(1880 年)等即是个中翘楚。但他们多为匆匆过客,逆旅中参观未必全面,感受未必深刻,而王惕斋寄身东瀛数十年,耳闻目睹维新后五光十色的种种骤变,流于笔端,就成为较为客观反映当时日本面貌的珍贵材料。

综观他对日本的认识,不偏不倚是一大特点。既有《日人善于取法》《日本警察之文明》(2 则)等有关其正面的记载,也有《日人之善骗》《日人阴险可怕》等有关其负面的判断。其次,全文毫无虚言浮文,内容切近实际,多据身边事例撰成。如在《日人善于取法》一文中,他列举了亲身体验:初到日本时,日本的实业尚欠发达,不知有以火孵鸭之事。后经上海总领事馆总领事品川忠道介绍,从宁波等地聘请了 2 名专家,越数年后,不仅能孵鸭,还能举一反三,用相同的方法孵化出镇江大种鸡。"可谓善于研究者矣"[2]。

在《日本警察之文明》中,王惕斋列举了发生在日本的两件事情。其一是:一西人雇用一名上海女佣来长崎游历,他不仅不给佣金,还每天加以虐待。初始,女

---

[1]《借端辱士》《文过与卖友》《我国驻日公使琐事汇记其二》,《独臂翁闻见随录》,第 5、19、42 页。
[2]《日人善于取法》,《独臂翁闻见随录》,第 24 页。

佣鉴于上海巡警多偏袒洋人的现实，只能忍气吞声，以泪洗面。后在同乡的帮助下，告知日本警察。最后，该西人支付了扣欠的佣金，并另给川资回国。其二是：一西人在威海卫船厂担任小头目，对华人蛮横无比，动辄拳脚相加。赴横滨游历，定购帽子后，又出尔反尔，企图赖账，同时对店家撒野动粗。闻知此事，日本警察反复登门，迫使该西人支付了帽款和医疗费[1]。王惕斋在赞许日本警察文明执法的同时，感叹上海租界的警察殃民有余，办事不力的现状，主张必须修订与西人签订的不平等租界章程[2]。

王惕斋对日本人的上下团结也留下了深刻的印象。日俄战争之前，天皇及总理担忧俄国地大兵众，难与为敌，不敢妄开兵端。但外务省综合各党的意见认为：俄国军费十倍于日本，俄兵吃肉，履皮鞋，马吃玉米，而日本兵食菜羹，履草鞋，马吃草，在物质条件上确实逊于俄国。但俄国官员好货财而不顾国体，俄国士卒多野蛮而不谙战法；日本虽小，但上下一心，士卒用命，殆有胜俄之势。因此，日本决心与俄国决一雌雄。"自还辽东以来，尝胆卧薪，朝夕不忘，即学校中之教师，每于临讲之际，无不以日俄关系善告学生。故人人之心目中无不有战争之念，及临战期，已养成数十百万之健儿（中略），则俄之为俄，安得而不败。"[3]

除此之外，王惕斋还记载了一些负面的事例。一日本人引诱中国学生赴日留学，抵日后，他却每天过着花天酒地的生活，置学生留学之事于脑后。学生诉诸警察，才发现学费已被其挥霍一空，学生被迫再度请国内父母汇款救急[4]。此外，笔记还写道：日本驻上海总领事品川忠道为给亲戚借款，违法担任保人，致使华商蒙受巨大经济损失，最后被迫将经营的长崎端岛煤矿出售给三菱公司[5]。

2. 提供近代中日外交的新史料

本书60则笔记，越半数为中外关系的内容。其中事涉日本的笔记更多，尤其对中国驻日外交官的记载，更是鲜有所闻，弥足珍贵。清末共有13届公使驻日，笔记涉及其中七届：第一至第四届公使何如璋、黎庶昌、徐承祖、黎庶昌，第七至第九

---

[1] 《日本警察之文明》，《独臂翁闻见随录》，第26页。
[2] 《上海租界警务之腐败》，《独臂翁闻见随录》，第29页。
[3] 《战前之日本》，《独臂翁闻见随录》，第22页。
[4] 《日人之善骗》，《独臂翁闻见随录》，第25页。
[5] 《日人阴险可怕》，《独臂翁闻见随录》，第64页。

届公使裕庚、李盛铎和蔡钧。

比如，关于第三届驻日公使徐承祖（1842—？）被指在日期间行私贪污案，学界多从《德宗景皇帝实录》，较少予以进一步的关注。而《独臂翁闻见随录》则披露了此案背后的隐情：徐公使任上一随员，自称为某中堂之外甥，由某大员推荐至使署，主张其俸薪当等同于参赞。徐承祖以无此先例，予以拒绝。该随员复又使计，假冒致某大员一信，使徐承祖信以为真。从此该随员愈发狂妄自大，目中无人。调入横滨领事馆后，他软硬兼施，强租广商房屋，将事态扩大，造成恶劣影响，受到徐承祖的严厉训斥，由此怀恨在心，"未几，徐公竟以铜案事被参，识者莫不知为该员因私挟嫌，而暗中中丧之也"[1]。王惕斋认为徐承祖蒙冤的主要原因，是该随员作祟所致。他还透露，徐承祖在任时，深得人心，横滨华商听说徐承祖被拘，纷纷为之鸣冤，欲联名上诉，代为申雪。后因该随员威胁而作罢[2]。《独臂翁闻见随录》还认为，黎庶昌在查办此案过程中，不惧威胁，秉公处理，主持了正义[3]。

对于第七届公使裕庚，王惕斋抨击最厉，直斥其"不识时务，妄自尊大，而心术甚阴险"。裕庚经常偷窥属员家书，如有人在信中说其不是，即大加训斥；有随员对其公子未请安，即严责不贷；其女公子举止欠庄重，译员曾海善意提醒，反遭其怒，其轻佻行为被日本报纸曝光后，迁怒于曾海，将其辞退，"使曾君惘惘作丧家之狗。幸有同乡补助川资，得归故里，否则不堪设想矣。""公使视随员直不啻如奴隶矣。"而裕庚夫人"性乾刚，有男子风，颇欲干预阃外事。侍婢数人，视如犬马，挞楚之事，无日无之。有二侍婢被笞死，由吕领事取会馆寄卖之棺殓之，发埋于中华坟山，人皆惜之。""又有一北地来之大足女佣，因背夫人之言，逐出门外。时风雪甚，该佣惨莫能言，惟有哀号而已，巡士见而怜恤之。后由随员代求，方许入署。盖亦幸而使署有治外法权也。否则，巡士当必入而干涉之矣。然而贻笑海外，丧失国体，不亦甚乎"。正因如此，王惕斋认为："我国放钦使于日本，自何学士始，历任以来，无不与日本之名人学士诗酒往来。至某公使（笔者注：指裕庚）莅任后，若辈

---

[1] 《随员之阴险》，《独臂翁闻见随录》，第51页。
[2] 《徐公使见重于人》，《独臂翁闻见随录》，第46页。
[3] 《黎公使有断》，《独臂翁闻见随录》，第47页。

皆风流云散矣。盖亦以其为不可友也"[1]。他在《我国驻日公使琐事汇记其二》中继续抨击：裕庚"性贪鄙，工于逢上，刻待下隶"。并举例说：任意克扣厨子工钱，动辄对之施加暴力，致使使署的厨子旋得旋失。此外，裕庚还与日本一眼镜店因钱款事宜，险遭对簿公堂。此事使他名誉大损，以致届满凯旋之时，仅有日本外务部头等翻译官小林光太郎一人送行[2]。

《独臂翁闻见随录》还记录了其他几名使臣的事情。1902年，我国9名自费留日学生志愿入成城学校学习军事，驻日使馆为防止革命排满，拒绝保送。于是有留日学生20余人前往公使馆请愿，举行静坐。驻日公使蔡钧勾通日警，拘留了吴、孙两人。起解时，吴稚晖跃入城壕自沉，因河水不深而获救。此事激起留日学生极大愤怒，联名致电外务部，要求撤回蔡钧，酿成了"成城入学"事件。王惕斋认为蔡钧"性平和而不吝，惟少外交才。当时学生之起风潮，非公使之过，实由参赞不肯为自费生送入成城学校之故也"。接着在笔记中详细地记载了事情的颠末[3]，读来颇有临场感。

在另一则笔记中，王惕斋记载庚子年"东南互保"政策出笼的经纬。庚子年六月，慈禧太后发布宣战诏书后，日本外务大臣加藤高明欲与驻日公使李盛铎商榷。但李胆怯迟迟不敢前往，在王惕斋的建议下，张之洞的心腹幕僚、时任留学监督的钱恂代而行之。由此形成东南互保之策。电稿传回国内后，湖广总督张之洞和两江总督刘坤一"颇佳纳之，即改排外之令，而为保护也"。因此王惕斋认为"互相保护之事，钱恂成之，而奖励卒为公使独得之"[4]。

此外，笔记还记录了赴日甲午谈判使臣张荫桓、邵友濂的在日逸事。他认为："张、邵两使，绝无外交手段，日人甚轻视之，日政府甚有不屑与谈议和事者。"而两使道经长崎回国时，"既不寓于领事署，又不自租公馆，而寓居一西洋客栈。事事任意，不顾国体，日人知之传为笑语，旅崎华商闻之不堪其羞"。

最让人震惊的是，中日开战后，驻日外交官全部撤回国内，正巧王惕斋亦"乘法

---

[1] 以上据《我国驻日公使琐事汇记其一》，《独臂翁闻见随录》，第39页。
[2] 以上据《我国驻日公使琐事汇记其二》，《独臂翁闻见随录》，第41页。
[3] 《我国驻日公使琐事汇记其三》，《独臂翁闻见随录》，第43页。
[4] 《庚子年之我国公使》，《独臂翁闻见随录》，第47页。

轮回国,舟中晤旧相识之译员及随员数人。其中惟罗、卢二译员谈论国事,颇顾大局,余所谈者,要皆游览街市尚未尽兴等说已耳。及至上海,则花天酒地,不复知有国事矣。"[1] 寥寥数语,揭露了国人一盘散沙的现象。

除公使级人物外,笔记还对其他一些外交官做出了评价。认为首届公使何如璋赴任时,举黄遵宪为参赞,范锡朋为横滨领事,继之有陈允颐、阮祖棠。上述人物,"明达有权术,做事不苟且,办理国际上之交涉,颇能回顾大局,保全国体,商民赖之"[2]。此外,笔记对翻译杨锦庭亦不惜笔墨做了较长的记载。认为杨善辞令,能站在华商立场,据理力争,由此日人皆敬畏而不敢藐视。后杨在副使张斯桂、参赞黄遵宪的保举下,由通事转为翻译,受到第五届公使李经方的赏识等。[3]

笔记对长崎领事余瓗不以为然,认为他"善逢迎,又工媚外,凡关于一己之利益,无不运动西人以得之"。第二届公使黎庶昌来任时,余瓗设宴款待,邀请他国领事为之说项,因此得以连任理事官。第三届公使徐承祖至长崎时,他故技重演,但徐承祖不为所动,新派领事接替。但余瓗竟敢拒交公印,并运动各国领事出函保举,以期再度连任。中法战争时,余瓗散布不实言论,长敌人之声势,寒国人之志气。"海外华商多憎恶之"。[4]

王惕斋寓日时间长达四十年,与历届驻日使节过从甚密,是近代中日关系变迁的见证人。他晚年撰写的这份笔记,未必尽是历史的真实,但反映了真实的历史。尤其清末驻日使馆的人和事,鲜活具体,具有其他资料无法替代的珍贵价值。

(此文刊登于《文献》2015 年第 6 期,作者王宝平,浙江工商大学东方语言文化学院教授,研究方向:近代中日文化交流史)

[本文系教育部人文社会科学研究项目"日本藏晚清中日笔谈史料集录与研究"(10YJA870020)阶段性成果]

---

[1] 以上据《国耻难堪》,《独臂翁闻见随录》,第 58 页。
[2] 《我国驻日公使琐事汇记其四》,《独臂翁闻见随录》,第 46 页。
[3] 《译员杨砚池逸事》,《独臂翁闻见随录》,第 54 页。
[4] 以上据《某领事无爱国心》,《独臂翁闻见随录》,第 53 页。

中国与日本北海道关系史话

◎ 陈 抗

清客诗篇(摘录)

19世纪中叶前后,一些中国知识分子出于各种原因,或流亡,或遇难,或官派,而旅居日本,与日本友人广泛结交,增进了中日双方的了解和交流。这些人中,有王韬、王治本,最著名的有黄遵宪。因为他们是清朝文人,所以又被称为"清客"。

黄遵宪,清末政治家、外交家,也是诗人。他曾任驻日公使馆参赞,著有《日本杂事诗》《日本国志》,其中介绍了有关北海道的情况。在《日本杂事诗》中的《北海道》一诗里写道:

> 舟鲛衡鹿富良材,
> 椎结夷风草昧开。
> 昨夕屠鲸今射虎,
> 明朝跣足读书来。

注曰:"北海一道,旧属松前侯。明治二年(1869)割分十一国。初令诸藩分任垦辟,后专设开拓使治之。山林薮泽,上腴之奥区。民不耕种,日腰弓珥箭,驱狐狸、捕鲸鱼,文身蓬首,穴居血饮,而浑沌未凿,易受约束。近稍有读书者。"

《日本杂事诗》作于黄遵宪抵达日本后的第二年,一八七八年,曾经日本名儒重野成斋、冈鹿门、青山铁镕、蒲生子闳等校评。黄遵宪在本书重刊序言中说：日本人喜欢中国人的诗，而中国人则借此得以了解日本，因此它能够流传很广。

在另外的一部著作《日本国志·地理志》中，黄遵宪对北海道有更具体的介绍，他写道：土人业渔猎，不知稼穑。石狩、十胜等处，原野旷漠，虽土壤肥沃而产业未开。风俗鄙朴，言语衣服皆异内地。此道旧为虾夷地。古时陆奥、出羽之北境，夷种杂居，凡渡岛以北之夷，总称为虾夷。……享和之初，置箱馆奉行。文化四年，徙松前氏于陆奥，并收其西部，置松前奉行总管全岛。王政革新，明治二年（1869），称全岛为北海道，分十一州，设开拓使以治之。

黄遵宪在诗和文中介绍日本的历史、现状，涉及政治、经济、文化教育以及维新变法诸多方面，旨在帮助中国人民了解日本，尤其是维新后的日本，以资中国发展的借鉴。

另一位"清客"王治本，号桼园。他是黄遵宪和日本大河内辉声笔谈知交的介绍人。明治十年（1877），他受聘在日本任汉文讲师，《寰海新报》记者。他在日本期间，结交了许多日本密友，经常与人进行笔谈，著《桼园笔谈》十七卷有余。他曾经周游日本全国，明治十六年（1883），与王汝修、王琴仙一起来到北海道函馆，停留半个多月。当时的《函馆新闻》在一篇题为《清客漫游》的报道中写道："在东京以诗文书画著名的清客王桼园、王罘侯（汝修）、王琴仙三氏昨乘'丰岛丸'来函。三氏于东京常与文墨诸大家共游，诗文书画均称绝妙，为清客之中屈指可数者。本港文雅之士亦多乞请挥毫。"王治本在函馆表演了书法、篆刻，受到当地人，特别是文人的热情欢迎。他也为《函馆新闻》写了《函馆八胜》的一组诗。离别之际，他留言日本诸友：

> 丈夫何事泪潸潸，
> 话到分离襟已斑。
> 非效伯夷居朔海，
> 差如老子遇函关。
> 写成恨诗难消恨，
> 爱作闲游转不闲。

八八烟波从此去，
　　藉叹奇胜破愁颜。

　　王治本于明治三十二年（1899）客死长崎。当时，像王治本这样的清客还是很多的，有慕维新之名而来，也有流亡而来。如与黄遵宪相交颇密的王韬，因与太平军共事开罪朝廷，经香港逃往日本。他在日本写下了著名的《扶桑游记》。书法家徐宴波，原是医生，赴美途中遇险而被救到函馆，遂放弃美国之行，漫游于北海道及各地，所作字画，至今尚存。

　　十九世纪末的清客到达日本，大大加强了中日两国人民的联系。在中国和北海道的交流史上也写下了不可磨灭的一页。

　　（此文刊于《中外关系史论丛》第二辑，世界知识出版社1987年4月第1版。作者系前驻札晃总领事、驻马来西亚大使）

漫步览胜蓬莱岛

◎ 王晓秋

明治初年，中国文人在日本仍然是很受尊重和欢迎的。十九世纪七八十年代，一些中国知识分子漫游日本列岛，涉足许多过去中国人很少甚至从未去过的地区，深入民间，受到日本各界人士的友好接待，交结了很多朋友，开展各种形式的中日文化交流活动，在日本各地留下了他们的墨迹。下面我们介绍几位中国文人、诗人在日本的旅行和交流的情况。

一位是王治本，号桼园，别号梦蝶道人，浙江慈溪的秀才，生于1835年。他家原是当地富户，有田地百余亩和钱庄数间，后因战争而破产，遂东渡日本谋生。此人颇有些文才，精通诗文，擅长书法。1877年（明治十年）夏天，他四十三岁时应日本友人广部精的邀请来到日本。广部精，号鹿山，是一位汉学家。他在1875年（明治八年）创办了一个叫作"日清社"的汉语学校，并编辑《日清新志》《寰海新报》等汉文报刊。王治本来日本后，先在设在芝山广度院的日清社教授汉文并为汉文报刊撰文。不久又转到中村敬宇创办的同人社教汉文，并参加一个叫"闻香社"的诗社，经常与日本的汉学家、汉诗人们交游唱和。据《大河内文书》中的《丁丑笔话》，1877年7月7日，源桂阁在芝山广度院第一次见到王治本。通过笔谈和交往，十分钦佩王治本的学问，决定拜其为师，教自己汉文汉诗。1877年底，以何如璋为首的中国第一届驻日使团赴日后，因王治本较熟悉日本人士，便聘请他为使团临时随员，帮助工作。源桂阁等日本友人就是他介绍给中国公使馆的。1880年（明治十三年）5月，源桂阁干脆请王治本搬到自己家的二楼居住，两人可以朝夕相处，切磋诗文。仅仅1880—1881年之间，两人的笔谈竟达十七卷之多，以王治本的号,题为《黍园笔谈》。

笔者在日本研究期间,曾在早稻田大学图书馆查阅了全部《黍园笔谈》(原本与微卷)。他们在笔谈中常常探讨中日两国的文化艺术,交流心得,唱和诗文。笔谈内容还涉及时事、社会、风俗,以至生活、饮食、中药等等,简直无话不谈。源桂阁的诗稿大多经王治本评点、修改,甚至有时索性由他捉刀代笔。王治本曾向源桂阁讲述自己的身世和来日本的原因:"仆在二十年前,家计虽非巨富,亦有田百多亩,有两替(钱庄)等店数家,自西匪扰后,荡无存者,现在因谋食殊艰,故作远游计。"并向他传授写诗的要领,"诗要写情,太用心便拙了""诗在得情得趣得景便落笔写去,惟句语须剪裁工稳"。源桂阁也向王治本诉说肺腑之言:"交友贵心心相印,仆蒙阁下不弃,相交三四年,不以仆疏狂为极,仆取出肺腑以告。"并表达仰慕之意,"仆忖君之达事物、亮世情,则颖慧罕有矣!"源桂阁还奇怪像王治本这样博学多才的人却为什么考不中举人,"以君之博学多才而落第,我实不解"。王治本也称赞与感激源桂阁:"华族中固不少庸庸者,而君则出类拔萃,真其中之铮铮者,待仆之厚感且不朽。"[1]他在源桂阁家住了十六个月,可惜他离开后不久,1882年8月,源桂阁就因病去世了,享年三十五岁。正是从这一年起,王治本开始了日本各地的漫游。

1882年(明治十五年)5月,王治本开始了他漫游日本的第一次旅行,这一年他已经四十八岁。临行之前,东京诗坛长老小野湖山特地为他写了介绍信:"清国王黍园漫游贵地,望多关照。此人诗书出色,骈文尤妙。"[2]宫岛诚一郎等东京名流也为他写了介绍信。王治本第一次旅行的方向主要是本州的中部地区,重点是中部的文化名城金泽。5月他从东京出发,经过甲府(今山梨县)、骏河(今静冈县)、远江、尾张(今爱知县)、越前(今福井县),8月18日到达金泽(今石川县)。关于王治本在金泽的具体活动情况,可以从金泽学者山岸共珍藏的五册笔谈录中知其大概,从中亦可见王治本在日本各地旅行时所受欢迎款待以及交流活动之一斑。

王治本抵达金泽后就住进金泽上今町的森长旅馆,他的秘书兼翻译是日本人松村茂平。次日,他写信给原加贺藩的家老横山兰洲(名政和)。8月20日,横山兰洲会见王治本,下午在兼六公园设宴并举行诗会隆重欢迎王治本。出席者有藩

---

[1] 《大河内文书》,《黍园笔话》,日本早稻田大学图书馆藏书。
[2] 实藤惠秀:《明治日中文人的交游》,《文学》第34卷第2号。

学明伦堂教授山岸弘(号北洲)和吉村政行、渡边琢(号梧轩)、山本惠(号咸斋)等当地名士。席上日本文人尊称王治本为"孔子之国的贵客",他却谦虚地说自己不过是一个"浪游子"。21日,县知事千阪高雅设宴招待王治本,这位县长是宫岛诚一郎的同乡,正好王治本也带来了宫岛的介绍信。25日,山岸北洲在家中款待王治本,并请他为自己添削诗文。26日,王治本离开金泽,游历了福光、富山,9月14日又回到金泽。17日,山岸北洲再次设宴招待王治本,赴宴的还有曾到过中国的画家内海复以及小池梅所、阿波有道(号樱园)、井口济(号孟德)、森惇成(号虚堂)、广岗有久(号青岳)等名流。18日,金泽的名门、药材商龟田贞胜宴请王治本,并请他为其父龟田章纯(号鹤山)的著作《鹿心斋遗稿》题跋。23日,横山兰洲在家举行宴会款待王治本,出席作陪的有仁洲禅师、书法家林敬忠、医生渡边从等各界人士。横山兰洲还拿出家中珍藏的两幅书画请他鉴别真伪。山岸北洲也多次到旅馆与王治本笔谈,并借阅其评论日本人文章的稿本《绝史论存》十五册。广岗有久则请他挥毫书写"瓶城"两个大字,付给润笔料一元。[1] 在金泽,日本人士纷纷请王治本写字题词,视为墨宝。九月底,王治本离开金泽前往富山、高冈、放生津、伏木、冰见、七尾等地旅行。1883年3月27日,他第三次到金泽,山岸北洲立即赶到旅馆与其笔谈。以后又游览了大圣寺等处,于1883年5月中旬回到东京。王治本这次漫游日本中部的东海、北陆地区,差不多有一年时间。

日本学者实藤惠秀1965年3月在《朝日新闻》发表文章介绍王治本漫游日本的情况并希望进一步收集王治本在日本各地活动的资料。此后,他陆续收到了日本各地寄来的二十多件有关王治本的资料和遗墨照片,其中有笔谈、书幅、匾额、对联、诗笺、屏风、墓碑等等,甚至还有一张王治本的照片,是他七十一岁时送给日本著名汉诗人服部担风的。照片上的王治本身穿中国服装,已是白发苍苍老态龙钟了。上面还有他亲笔题诗:

　　　　芦雪满头两鬓蓬,形容认识画图中。
　　　　披裘不学江滨钓,自笑颓然一老翁。

---

[1] 实藤惠秀:《王治本在金泽的笔谈》,《近代日中交涉史话》。

下写"此余七十一岁冬月小照,寄赠担风词兄先生留作雪鸿之影,黍园弟王治本并题。"[1] 王治本还曾为服部担风的书斋兰亭书写《兰亭记》和"祭花庵"的横匾。而服部担风的《兰亭先生诗》中也有《送王黍园翁赴福井二首》,其中有"闻说福城烟月好,筝楼笛榭遍题名"这样的诗句。其他关于王治本漫游事迹的资料还如,他1882年在福光曾为松村谦三的父亲松村卓堂的屏风题诗:"石黑当年旧典型,野人传说也荒冥。城墟社屋无遗迹,尚有溪西一小亭。卓堂雅兄属,福光怀古之一,壬午秋,浙东王治本。"[2] 1887年王治本在下关借阅了《长门国志》后,有感而发,题了两首诗,其中一首写道:

　　　　喜是同文气谊连,载将游笔纪山川。
　　　　修成一卷长州志,传到于今三百年。[3]

有关王治本旅行到仙台的情况,在仙台文士今泉篁洲编的《仙台人名辞书》王治本的条目中有所介绍。"王治本,清国儒者,号黍园与梦蝶道人,清国浙东学士,以博学能文闻名国中。明治十年顷东游,遂住东京,当时的文人儒士,仰之如泰斗。明治二十六年来仙台,逗留阅年。当时的知事船越松窗,文士佐伯羽北、北条鸥所等大加款待,诗酒征逐,迨无虚日。友部铁轩、片野栗轩、今泉篁洲、毛利竹甫等文士,均受其诗文添削,仙台文坛大得裨益。日清交战之时,一旦归国。两国讲和后再次来日本。明治四十年,七十余岁时殁于长崎。"[4] 给予王治本很高的评价。

实藤惠秀根据这些资料和线索,分析排比,列出了王治本在日本活动的年表和几次旅行大体路线如下。

1877—1881年(明治十至十四年)一直在东京。

1882—1884年(明治十五至十七年)第一次旅行,主要漫游日本本州中部地区。具体地点时间如:1882年(明治十五年):甲府(5月)、骏河、远江、尾张、名古屋(中秋)、福井(7月)、金泽(8月)、福光、高冈、富山。

1883年(明治十六年):高田、放生津、冰见、七尾、金泽(3月)、大圣寺、新潟

---

[1][2][3][4]　实藤惠秀:《王治本的日本漫游记录》,《武藏野女子大学纪要》第4号。

（冬）、五泉、新潟。

1884年（明治十七年）：佐渡（春）、越后与板町（秋）。

1885—1887年（明治十八至二十年），第二次旅行，主要漫游日本本州西部、四国地区和九州地方。

1885年（明治十八年）：尾道（中秋）、竹原（冬）。

1886年（明治十九年）：高知（春）、防府（秋）、山口（冬）。

1887年（明治二十年）：下关（1月）、熊本（3月）。

1888—1890年（明治二十一至二十三年），在东京。

1891年（明治二十四年）冬天到佐渡。

1892—1893年（明治二十五至二十六年），第三次旅行，主要漫游日本的东北地方。1892年秋天从东京出发。1893年（明治二十六年）游历仙台、气仙沼（1月）、登米町（春）、一关（夏）、水泽町等地。

1894年（明治二十七年）以后因甲午战争一度回国，战后又到日本。1899年（明治三十二年）曾有与森槐南等唱和诗歌的记载。1903年（明治三十六年）为川田瑞穗修改诗句的记载。

1905—1907年（明治三十八至四十年），第四次旅行。1905年（明治三十八年），重游福井、金泽、富山。1906年（明治三十九年），津（3月）、爱知县弥富町（5月）、桑名、福井。1907年（明治四十年）死于长崎。[1]

需要补充的是实藤惠秀的年表和路线中遗漏了王治本还去过北海道。据笔者1986年访问北海道函馆市时从函馆市图书馆得到的资料证明王治本曾经于1883年和1884年两度到过北海道的函馆。《函馆新闻》1883年（明治十六年，癸未）7月15日报道："在东京以诗文书画闻名的清客王黍园、王琴侯（汝修）、王琴仙三氏昨乘'丰岛丸'来函。三氏于东京常与文墨诸大家共游，诗书画均称绝妙，为清客之中屈指可数者。本港文雅之士亦多乞请挥毫。"7月17日又报道说"携笔砚飘然来游的清客王黍园等三氏投宿丰川町武藏野楼"。他们出席当地文人举行的酒宴和书画会，在席上吟诗作画，当众挥毫。王治本还为日本友人修饰诗句和题写跋

---

[1] 实藤惠秀：《王治本的日本漫游记录》，《武藏野女子大学纪要》第4号。

文。7月25日《函馆新闻》刊登了王治本描写当地风光的《函馆八景》诗八首。8月2日又发表了他离开函馆时的告别诗,"八八烟波从此去,藉探奇胜破愁颜。"

1884年(明治十七年,甲申)春天,王治本又一次到函馆。他曾在寺田松轩所藏的江稼圃的花鸟图上题跋,纵论清代旅日画家们的作品。跋文写道:"昔我邦人,客游崎阳(即长崎),以画著名者有沈南蘋、伊集九、张秋谷、江稼圃、陈逸舟诸人。其范水模山绘兰作竹,各有可观。然或为画师,或为商客,唯稼圃乃以一介书生,郁郁不得志,远游海外。故其落笔,凡一山一水,一花一鸟,即绝不经意,中自饶神韵,无半些尘渣绕其笔端。余自到东,得赏观者多矣。曾有句云:'名士东来翰墨遗,今朝展卷我题诗。他年读到我题句,不识鉴评又属谁?'所谓后之视近亦犹今之视昔,为跋斯语,故不能无感也耶!"体现了他的才识和诙谐。王治本离开函馆前夕,当地文士名流三十多人举行盛大送别会,誉其为"词宗"。王治本即席赋留别诗两首,"倍觉依依不忍舍去也"。

重到蓬莱访众仙,一尊绿酒结前缘。
来时杨柳归时雪,不觉飘零已隔年。

游迹如云逐雁过,欢情偏少别愁多。
滔滔函水东流去,遮莫江头唱踏歌。[1]

然后,他就登上兵库丸轮船返回东京。

王治本在日本周游本州、四国、九州、北海道四大岛,足迹、墨迹几乎遍及日本全国。其旅行路线之长、所到地方之多、交结朋友之众、留下遗墨之丰,在近代中日文化交流史上是相当突出的。

(此文摘自中华书局1992年9月出版的《近代中日文化交流史》一书,作者系北京大学历史系教授,曾任中国中日关系史学会会长)

---

[1] 以上引文与引诗均见1883年、1884年《函馆新闻》。

试论清末中日诗文往来（摘录）

◎ 王宝平

一、文人诗文往来期

对于晚清的中日诗文往来，我们可以从不同的角度进行划分。如果以参加交流的中方人员为基准的话，可以把它分为文人和外交官这两个诗文交流期。先来看前者。

光绪初期，在日本寓居着一批中国文人。他们在国内虽未必有名，但在东瀛却出入上流社会，或侍宴酬和，或作序评诗，或题字绘画，雪泥鸿爪，比比皆是。其中，举其荦荦大者有叶炜、陈鸿诰、王治本、卫铸生和王藩清等人。

……………

光绪初期寓日文人中，还有一位不可忘却的人物，他就是王治本。王氏号漆园（一作"漆"）园[1]，又号不陋居主人、吾妻过客，浙江慈溪人，增生[2]，约生于一八三五年（道光十五年），卒于一九〇七年[3]。他家计原本殷富，后因受第二次鸦片战争的

---

[1] 关于王治本的号漆园，他本人在与日人的笔谈中称："鄙国乳名从行次呼，弟行七，长辈呼阿七，犹昔日阿瞒、阿戎、阿咸之称。弟因友人相呼不便，遂号漆园。愧无蒙叟才，聊效锄园终老之意也。"日本早稻田大学藏《宫岛诚一郎文书》C笔谈录二《明治十年笔谈》第十三页。
[2] "小弟宁波附学增生，籍贯慈溪县，向在杭州教授生徒，贱姓王，名治本，号漆园，近号不陋居主人，又号吾妻过客……。"同注释[1]，第三页。
[3] 王治本的年龄据他为《港云楼雨诗卷》题跋落款推测。其曰："光绪乙巳一阳来复日中……王治本，时年七十有一。"光绪乙巳，即光绪三十一年（一九〇五）。见实藤惠秀《近代日中交涉史话》第二百十八页，春秋社，一九七三年。此外，永井禾原的《来春阁集》（一九一三年）的卷首，载有王治本为其作的序，落款也作"王治本撰，时七十一"，但不知撰序时的确切时间。又，王治本的卒年据《仙台人名大辞书》，第一百八十三页，一九三三年出版，一九八一年再版。

影响，家道中倾[1]。一八七七年（光绪三年）初，受日本汉语教师广部精邀请，浮槎东渡，在日清社教授汉语，同时协助广部编辑《日清新志》《寰海新报》等汉文杂志。不久，日本国内发生西南战争，学生逃散，日清社难以为继，遂并入中村敬宇的同人社，王继续执教。半年后，光绪三年（一八七七年）十月，以何如璋为首的中国首届驻日使节抵日，王遂离开同人社[2]，于光绪四年（一八七八年）八月十五日至光绪五年（一八七九年）十二月二十九日成为使团的学习翻译生[3]。

在清末寓日文人中，王滞日时间从一八七七年抵日至一九〇七年殁于长崎，客居东瀛长达三十年。这期间，他在日至少有过四次长时间的旅行[4]，行踪遍及各地。由于他赴日较早，加上有着良好的文学素养，交友十分广泛。他先后为《鸿斋文钞》（二卷，石川鸿斋）、《和汉合璧文章轨范》（四卷，同）、《日本名家经史论存》（十五卷，关义臣）、《敬宇文集》（十六卷，中村敬宇）、《省轩文稿》（四卷，龟谷省轩）、《省轩诗稿》（二卷，同）、《明治诗文》（五十六集，依田白茅）、《明治诗文第三大集》（十三卷，同）、《近世伟人传》（二十二卷，蒲生重章）、《裴亭诗钞》（二卷，同）、《蒲门盍簪集》（二卷，同）、《牧山楼诗钞》（二卷，佐藤楚材）等日本汉诗文集评点；为《众教论略》（五编，加藤熙）、《唐话为文笺》（一卷，渡边约郎）、《近世偶论》（二卷，大野太卫）、《维新大家文钞》（三卷，松本万年）、《芝山一笑》（一卷，石川鸿斋）、《藏名山杂著》（第一集，十九卷，冈千仞）等书撰写序跋；为《薇山摘葩》（二卷，水越成章）、《皇汉金石文字墨帖一览》（二卷，青木可笑）、《亚细亚言语集》（七卷，广部精译）等著作题词（诗），深受明治文坛的信赖。

虽然如此，王治本的著作甚少，仅见《舟江杂诗》一卷存世。另有《棽园笔话》十七卷、《王治本笔谈记录》十一册和《清客笔谈》二册[5]见存。他的诗文大多散见

---

[1] 王治本在《棽园笔话》二（《大河内文书》四十九）中称："仆在二十年前，家计虽非巨富，亦有田百余亩，有两替（钱庄——引者）等店数家。自西匪扰后，荡无存者，现在因谋食殊难，故作远游……"

[2] 以上见广部精《总译亚细亚言语集·支那官话部》卷一下"跋"（东京，青山堂书店，明治十三年）和《增订亚细亚言语集》绪言（东京，青山堂书店，明治三十五年）。

[3] 王宝平：《清末驻日外交使节名录》浙江大学日本文化研究所编《中日关系史论考》，中华书局，二〇〇一年。

[4] 王晓秋：《近代中日文化交流史》，第二百三十页至二百三十七页，中华书局，一九九二年。

[5] 笔谈原件现藏鱼住和晃教授处，承蒙馈赠复印件，深表谢忱。

于上述序跋和著作中。此外，明治前期同人社《文学杂志》（中村敬宇主编）、茉莉诗社《新文诗》（森春涛主编）、《新文诗别集》（同）中也屡屡出现他的身影：或作评语，或投诗文，或赠答酬和。

值得指出的是，王治本虽客寓他乡，却仍心系祖国。甲午一战后，他曾担任日本善邻译书馆协修，校订出版《战法学》（二卷，石井忠利撰，一八九九年）、《日本警察新法》（一卷，小幡俨太郎译，一八九九年）等书，欲输入中国，谋求祖国自强御侮。

通过以上叶炜、陈鸿诰和王治本的个案介绍，我们不难发现，寓日文人的诗文交流具有以下几个特点：

第一，与外交官不同，这些文人往往是为生计所迫而乘槎东渡。上述叶炜、陈鸿诰和王治本的情况是如此，卫寿金也概莫能外。

……　……

文人赴日淘金的这一新动向，引起了日人的注意。时在上海经营乐善堂的岸田吟香，频繁地向国内文坛传递了这一信息：

……　……

从岸田吟香传递的这些信息中，可知当时确实有不少寓居上海的文人前往东瀛淘金。光绪前期，民智未开，赴日清人尚不多，可以认为他们是明治维新后最早一批东渡的文人。虽然他们的赴日多为生计所迫，但其结果促进了中日文化交流，开创了与近代日本文人进行诗文交流的先河，为清代外交官的到来奠定了基础。

第二，这些文人往往具有良好的中国传统文化的修养，既会吟诗撰文，也擅长于书画。因此，除诗文外，他们还积极开展书画艺术的交流。

如王藩清即为其中的典型一例。王氏字体芳，号琴仙，浙江慈溪人，秀才及第，为王治本表弟，一八七七年（光绪三年）起寓日。他为《众教论略》（五编，加藤熙）作序，与黄遵宪等人为《鸿斋文钞》（三卷，石川鸿斋）、《日本名家经史论存》（十五卷，关义臣）作评语，显示出良好的文学修养。但是，他更擅长的是书画。在《三崎新道碑》（一卷，肝付兼武）、《桃园结义三杰帖》（一卷，小塚侣太郎）和《翰墨遗余香》（一卷，伊藤兼道）中，我们可以领略到他的书法作品；在《清国王琴仙书画状》一卷，一八八二年）画册中，我们可以欣赏到他的水墨画才能。此外，王藩清还工于篆刻,擅长尺八,对音乐也有着较好的造诣[1]。

晚清的文人正是借助于这些综合才能,才能在东瀛左右逢源,满足不同阶层的不同爱好;同时也为自己的生活带来不菲的回报。

第三,与驻日使节相比,他们的行踪不止于首都,在大阪、京都、名古屋等城市都出现了他们的身影,留下来雪泥鸿爪。甚至如王治本那样,深入边远山区,在金泽、新潟、北海道等地以文会友,切磋诗艺。这些文人交流的对象,上自公卿大夫,下逮布衣野老,在交流的广泛性——空间和社会阶层上,形成了自己鲜明的特色。

当然,我们也应看到,在不少方面他们与驻日使节不可同日而语。他们更关心的是自己的生计,而对日本政治、社会、文化缺乏应有的兴趣。叶炜两度东渡,滞日达四年,但除了诗文应酬外,对日本兴趣索然。……陈鸿诰编纂了中国第一部日本汉诗集,但更多的却是出于个人的爱好,缺乏俞樾那种从学术角度加以全面梳理的气魄。

正因如此,他们开展的文化交流,更多是单枪匹马地进行,缺乏组织性和学术性;他们创作的诗文,常常难免逢场作戏之讥,缺乏深度。这是迫于生计,囿于学识和地位的缘故,对此,我们不应过于苛求,而对他们筚路蓝缕之功,以及为中日民间文化交流所做出的历史贡献,应予以客观、公正的评价。

(此文选自王宝平主编的《晚清东游日记汇编①中日诗文交流集》,上海古籍出版社,2004年10月)

---

[1]　实藤惠秀:《大河内文书》第十七、六十二、一百三十五、一百七十一页,平凡社,一九八九年第八次印刷。

旅行诗人王治本

王治本（1835—1907年），慈城黄山村（今宁波市江北区）人。字维能，号黍园，别号梦蝶道人。著有《黍园笔话》，现珍藏于日本早稻田大学图书馆。据王氏族谱记载，还有《食研斋文稿》2卷、《栖栖行馆诗稿》8卷、《梦余随笔》和《春萍秋蒂轩随笔》，并翻译《高岛易断》。他在文学上的成就在于旅日期间所作的旅行诗，对于促进中日文化交流做出了重要贡献。

光绪初，除了政府派遣官员赴日考察外，一些没有官衔的民间人士亦东渡扶桑，漫游瀛岛，王治本就是其中一员。自光绪三年（1877年）开始至光绪三十三年（1907年）的30年中，王治本4次旅行日本，周游了本州、四国、九州、北海道四大岛，写下了不少诗篇。

他的文学成就主要是旅行诗。著名的慈溪商人王惕斋于明治年间在日本从事贸易。因此日本的文人墨客对惕斋很友好。正因为这层关系，王治本于光绪三年43岁时，应日本汉学家广部精的邀请来到日本。他先在广部精创办的日清社授汉语，并为《日清新志》《寰海新报》等中文报刊撰稿。而后在中村敬宇创办的同人社教中文，同时参加诗社"闻香社"的活动，与日本的汉学家、诗人交游唱和，结下友情。光绪三年五月二十七日（1877年7月7日），王治本在日清社认识日本旧贵族世家源桂阁（大河内辉声）。源桂阁拜王治本为师，"邀他作讲求中国国文的友伴，所以他移住于源桂阁别邸"[1]，光绪六年至七年，在长达16个月的交往中，两人朝夕相处，互相切磋诗文，涉及社会、风俗、饮食、生活等中日两国文化。王治本不

---

[1] 实藤惠秀著，陈固亭译：《明治时代中日文化的连系》，第61页，台北中华丛书1971年版。

仅点评修改源桂阁的诗,并向其传授写诗的经验和心得:"诗要写情,太用心就拙了。""诗在得情得趣得景便落笔写去,惟句语须剪裁工稳。"[1]光绪六年(1880年),李筱圃东游日本时曾同他相见:"王惕斋来言:伊有族兄王黍园(王治本号——引者),现馆废藩源辉声家,专论诗文。"[2]经王治本的引见,李筱圃会见了源桂阁。

源桂阁死于光绪八年(1882年)七月。正是这一年,王治本开始漫游日本本州中部,先后经过甲府(今山梨县)、骏河(今静冈县)、远江等,于光绪八年七月五日到达日本文化名城金泽(今石川县)。两天后,原加贺藩的家老横山兰洲在兼六公园设宴并举行诗会隆重欢迎王治本,当地的文化名人参加了这次盛会。王治本直至七月十三日(8月26日)离开金泽。八月初三(9月14日)再次到金泽。光绪九年二月十九日(1883年3月27日),王治本第三次到金泽。在金泽期间,王治本与日本文人墨客进行了文化交流,他题词写字,改削诗文。日本藩学明论堂教授山岸弘(号北洲)多次与王治本笔谈,并借阅王治本评论日本人文章的稿本《绝史论存》15册。光绪八年,王治本在福光还为松村卓堂的屏风题诗:"石黑当年旧典型,野人传说也荒冥。城墟社屋无遗迹,尚有溪西一小亭。卓堂雅兄属,福光怀古之一,壬午秋,浙东王治本。"[3]

光绪九年至十年,王治本还两次到过北海道函馆市观光,并写了诗。明治十六年(光绪九年六月十二日),当时的《函馆新闻》在一篇题为《清客漫游》中对此作过报道:"在东京以诗文书画著名的清客王黍园、王罘侯(汝修)、王琴仙三氏昨乘'丰岛丸'来函。三氏于东京常与文墨诸大家共游,诗文书画均称绝妙,为清客之中屈指可数者。"[4]六月十四日(7月17日),王治本出席当地举行的书画会,在席上吟诗作画,并为友人修饰诗句和题写跋文。六月二十二日(7月25日),《函馆新闻》刊登了王治本所写的以描述函馆市风光为主要内容的《函馆八景》组诗。六月三十日(8月2日)离别函馆时,王治本写下了留别诗:"丈夫何事泪潸潸,话到分离襟已斑。非效伯夷居朔海,差如老子遇函关。写成恨诗难消恨,爱作闲游转不闲。八八烟波从此去,藉探奇胜破愁颜。"[5]光绪十年(1884年)春天,王治本再次

---

[1][3][4]　王晓秋:《漫步览胜蓬莱岛》,《近代中日文化交流史》,中华书局2000年版。
[2]　李筱圃:《日本纪游》,《走向世界丛书》(日本卷),第174页,岳麓书社1985年版。
[5]　陈抗:《中国与日本北海道关系史话》,《中外关系史论丛》第2辑,第45页,天津古籍出版社1994年版。

来到函馆，在寺田松轩所藏的江稼圃的花鸟图上题诗作跋，其中有这样几句："余自到东，得赏观者多矣。曾有句云：'名士东来翰墨遗，今朝展卷我题诗。他年读到我题句，不识鉴评又属谁？'"[1]他离开函馆前夕，当地三十多位文士名流出席了告别会，赞扬他为"词宗"。面对如此盛况，王治本怀着留恋的心情即赋七绝诗二首："重到蓬莱访众仙，一尊绿酒结前缘。来时杨柳归时雪，不觉飘零已隔年。""游迹如云逐雁过，欢情偏少别愁多。滔滔函水东流去，遮莫江头唱踏歌。"[2]诗中诉说了他对函馆依依不舍的心情。

此后，王治本三次漫游日本。光绪十一年至光绪十三年，王治本漫游了日本的本州西部、四国和九州。在与日本友人交往中，也写了一些诗。比如光绪十二年十二月，王治本在日本下关借阅《长门国志》后题了两首诗，其中一首是："喜是同文气谊连，载将游笔纪山川。修成一卷长州志，传到于今三百年。"[3]他不久回国，旋即重返日本。光绪十八年至十九年，王治本第三次旅日，主要在日本东北地区旅行，先后到过仙台、气仙沼、登米町、一关、水泽町等地。他写了七律《壬辰新春志感》，这首诗抒发了王治本客游异国的感受。次年游历仙台。当他来到仙台时，当地的知事船越松窗，文士佐伯羽北、北条鸥所等对王治本热情款待。在仙台期间，王治本对友部铁轩、片野栗轩、今泉篁洲、毛利竹甫等仙台文士的诗文进行"添削"，从而"使仙台文坛大得裨益"[4]。

十二年后，王治本第四次漫游日本，重游福井、金泽，还到爱知县弥富町、桑名，历时两年多。其间，为日本著名汉诗人服部担风书匾题记，又赠近照，并题诗一首："芦雪满头两鬓蓬，形容认识画图中。披裘不学江滨钓，自笑颓然一老翁。"[5]出游前拜谒了朱舜水的墓。写了《登瑞龙山谒明征士朱舜水先生墓》诗二首："寓卫黎臣感慨频，去虞百里总悲辛。乞授不获无还计，留作东藩入幕宾。""忠怀郁郁泪潸潸，望断吴山越水间。循迹扶桑拼一死，瑞龙山是首阳山。"[6]表达了对中日文化交流浙东先驱朱舜水的仰慕之情。

（此文选自傅璇琮主编的《宁波通史·清代卷》第三章，2009年8月宁波出版社出版）

---

[1][2][3][4][5]　王晓秋：《漫步览胜蓬莱岛》，《近代中日文化交流史》，中华书局2000年版。
[6]　张如安：《天涯随处著游鞭》，《浙东文史论丛》，第182页，中国文联出版社2000年版。

明治时期赴日文人王治本之基础研究

◎ 王宝平

一、前言

　　近代中国人与同处于汉字文化圈日本的交流呈现空前盛况。以往的研究多集中于外交官和著名文人,而对普通文人的关注则相对薄弱。客观地说,明治时期在日开展的文化交流,普通文人的作用不可小觑,他们较之驻日使节,交流的时间早,空间大,对象广,与外交官互为表里、互为补充,构成了一幅中日交流绚丽多彩的全景画卷。王治本(1835—1908)是众多寓日文人中典型代表之一。他于1876年赴日,先后任日清社、同人社汉语教师、中国驻日公使馆学习翻译生,1906年回国。王知诗能文,寓日时间之久,交友之广,留下史料之多,罕有其匹。

　　王治本在中国史本不见经传,最早拭去蒙垢于其身上尘埃的是早稻田大学已故教授实藤惠秀。早在1943年的二战酣战中,实藤在埼玉县平林寺发现了近百册的《大河内文书》,其中有大量的王治本与日本友人笔谈记录等第一手数据,从而打开了沉睡已久的近代中日文化交流的史料宝库。[1] 他同时还从全国各地挖掘众多新史料,撰写了《王治本在金泽的笔谈》及《王治本的日本漫游记录》等论文,开研究王治本之先河。[2] 二十年后北京大学历史系教授王晓秋在《近代中日文化交流

---

[1] 实藤惠秀编:《大河内文书——明治日中文化人的交游》(东京:平凡社,1964)及实藤惠秀、郑子瑜编校:《黄遵宪与日本友人笔谈遗稿》(东京:早稻田大学东洋文学研究会,1968)。
[2] 两篇论文收录在实藤惠秀著:《近代日中交涉史话》(东京:春秋社,1973)。

史》一书中，将实藤的成果首先引介到中国。[1] 早稻田大学已故教授六角恒广则从近代日本汉语教育史的角度，对王治本开展研究。[2] 相对于上述研究，郑海麟和笔者试图在史料的挖掘上有所突破。郑海麟在《清季名流学士遗墨》中，辑录有王治本致冈鹿门的四通信函。[3] 笔者在《中日诗文交流集》中，影印出版了王治本的《舟江杂诗》以及其他与日本友人交流的诗文；在《日本典籍清人序跋集》和《清季文人东瀛遗墨——王治本序跋辑佚》中，对王治本为日本友人撰写的二十条序跋作了较为系统的辑佚。[4] 进入 21 世纪后，王治本的事迹逐渐引起故乡浙江慈溪的重视，2009 年 3 月《古镇慈城》（总第 37 期）推出一组研究王治本的论文，包括王勤谟《慈城王氏兄弟 1870 年后所做中日民间交流》、王勉善《我对曾祖的追思及黄山的回忆》以及张如安《天涯随处著游鞭——宁波近代诗人旅行家王治本事迹初探》，从地方史的角度，对王治本的生平事迹做了补充，尤其是纠正了王治本 1905 年卒于长崎这一学界的主流观点，促进该课题的研究。最近，《古镇慈城》（第 46 期，2010 年 12 月）又发表了季学源的《王治本：近代中日文化交流功臣》、沈忠根《桼园先生墓碑追忆》二文，进一步充实王治本的研究。

本文拟在前人时贤研究的基础上，根据日本外交史料馆和中日图书馆庋藏的史料，结合对王治本故乡的实地考察，对王治本的生平、诗文、著作等基础工作做一系统的梳理，以还原一百年前清季文人渡日这一历史，唤起学界对这一群体现象应有的重视，并为今后的进一步深入研究打下坚实基础。

二、王治本简历

王治本，浙江慈溪人。他在与日本友人笔谈中写道："小弟宁波府学增生，籍贯慈溪县，向在杭州教授生徒。贱姓王，名治本，号桼园，近号不陋居主人，又号吾

---

[1] 王晓秋著：《近代中日文化交流史》（北京：中华书局，1992），页 230—237。
[2] 六角恒广著：《中国语教育史之研究》（东京：东方书店，1988），页 105、108、115、116。
[3] 郑海麟著：《清季名流学士遗墨》，《近代中国》第 11 辑（上海：上海社会科学院出版社，2001）。
[4] 王宝平著：《日本典籍清人序跋集》（上海：上海辞书出版社，2010）及《清季文人东瀛遗墨——王治本序跋辑佚》（《文献》，2009 年 10 月第 4 期）。

妻过客。”[1] 他于 1857 年考入府学，1868 年考取增广生，1878 年捐贡，得“候选库大使”的虚衔。《日本名家经史论存》凡例中记载他的身份亦为“学习翻译、道库大使王治本”。[2]

关于王治本的赴日时间，实藤惠秀认为是在 1875 年。[3] 六角恒广及季学源亦循其说。但据王治本本人的说法，应为 1876 年农历十二月末。1880 年初，王治本曾一度回国，回国前吟诗《即日拟由神户回国遥寄留别五首》，其中首句“东国游槎已五年”后注曰：“余自丙子腊尾出东，今得庚辰正□归里，盖已五年矣。”[4]“丙子腊尾”即 1877 年 1 月 14 日至 2 月 12 日。这时离他赴日时间未久，记忆当较为准确，并与下述他任教日清社的时间亦比较吻合。

王治本为什么浮槎东渡，其动机不明。赴日未几，就被日清社聘为汉语教师。日清社为广部精 (1854—1909) 于 1877 年创办，是日本民间创办的最早一批汉语培训机构，旨在培育精通汉语，具有振兴亚洲远大抱负的人才。广部曾写道：“余曾设日清社，自清国招王桼园翁等为教师，授诸生汉学、汉话，兼刊行《寰海新报》，以求教于方家。”[5] 根据当时的条件，广部直接从中国招聘王治本的概率不高，六角推测，王治本东渡后，寄宿王惕斋（1839—1911）家中，日清社创办人广部精通过王惕斋认识王治本，从而聘为日清社教师。[6] 王惕斋为王治本族弟，1876 赴日后在筑地经营店铺，主要从事笔墨生意。

日清社当时学生 15 人，其中走读生 11 人，住校生 4 人，年龄在 15 至 25 岁不等，学费分语学（口语）和汉学两项，前者 50 钱，后者 35 钱，王治本教授语学。有日本外交史料馆档案为证，王治本受聘时间为 1877 年 3 月 10 日至 8 月 11 日。[7] 该档案依次记录了雇佣方和被雇方的人名、职业、月薪、期限、住址，以及解雇年月。据此可知，3 月 10 日起，客居东京芝公园内广庆院的千叶县平民广部精，作为日清

[1] 日本早稻田大学图书馆藏：《宫岛诚一郎文书》C 笔谈录 2《明治十年笔谈》，页 3。

[2] 关义臣编：《日本名家经史论存》15 卷（东京：温故堂，1879—1880）。

[3] 实藤惠秀编：《大河内文书》（东京：平凡社，1964），页 12。

[4] 日本早稻田大学图书馆藏：《大河内文书》42B《庚辰笔话》肆（缺本写本），明治十三年 2 月 3 日。

[5] 广部精译：《总译亚细亚言语集 · 支那官话部》卷一下《跋》。

[6] 六角恒广著：《中国语教育史之研究》，页 108。

[7] （日）外交史料馆藏：《私雇入表》自明治九年七月，门 3 类 9 项 3 号 11。

社汉学教师雇用王治本,为期六个月,月薪50元。当年东京一石(142.25公斤)精米的平均市价为5元46钱4厘,庆应义塾大学一年的学费为18元。[1] 可见王治本的50元月俸是不菲的收入。王受聘后未几,日本国内爆发西南战争,学生纷纷赴外地避难,《寰海新报》的读者锐减,日清社难以为继,于是被并入同人社。王于1877年8月11日被解雇,实际只履行5个月的合同。8月1日,他开始任教同人社,月薪减为22元。

同人社设在东京第四大区三小区小石川江户川町十七番地,与庆应义塾和攻玉塾并称为三大义塾,创始人为与福泽谕吉齐名的著名学者中村敬宇(1832—1891)。王治本合同至1878年1月31日,但档案备注:雇佣至3月13日。他被解雇后,生活无着,托日本友人宫岛诚一郎及大河内辉声(1848—1882)为其斡旋,曰:"同人社聘约已解,现闲居,未得其所,乞诸先生周旋焉。"[2] 这时,他移居东京下谷池端茅町十七番地,租赁房上下各有三间,风景佳丽,可饱览有小西湖之称的上野公园内不忍池的景色。王吟诗道:

> 烟波静处是吾庐,饱看群山懒读书。
> 触我离愁红芍药,滞人乡梦碧荷蕖。
> 水禽啼到更深后,游马归来日暮初。
> 携取青毡湖上坐,客绿问字漫停车。[3]

为解决严峻的生计问题,扩大交际圈,并在精神上有所寄托,王治本于同年6月6日在比邻的端茅町十九番地租借场地,成立闻香社。闻香社每月两次,他教授作诗,其族弟王琴仙传授汉语,会员中有森春涛、永坂石埭等著名汉诗人,并积极争取副岛种臣等政治家的支持。这段时期不稳定的生活,对王的心绪产生负面影响。他在该年新春访问汉文学家永坂石埭(周二)作诗曰:

---

[1] 甲贺忠一等著:《明治・大正・昭和・平成物价文化史事典》(东京:展望社,2008),页28、272、398、450。当然,与官方雇佣的人员相比,王治本的50元月俸属于较低收入。
[2] 王治本与宫岛诚一郎之笔谈,《清客笔谈》,1878年,页10。
[3] 王治本著:《近移居池端闻香舍,偶吟四首之一》,《东洋新报》第38号,1878年7月。

> 怎奈离愁别恨天，又逢春到客楼边。
> 碧波间我三千路，白发催人四十年。
> 未得还乡寻旧梦，聊将入定学诗禅。
> 近来爱向东瀛住，欲买青山苦乏钱。[1]

厄运并未困扰他太久。1877年10月，以何如璋为首的中国首届驻日使节抵日，王治本于1878年8月15日至1879年12月29日成为使团一员，月俸库平银30两，正式身份是学习翻译生。[2] 这时王治本赴日才一年半，并不熟稔日语，并且与何如璋素不相识。首届公使馆百废待兴，需王治本这样熟悉日本的人。副使张斯桂是其同乡，从中斡旋也起到一定的作用。在进入使馆工作前，王治本赋诗道：

> 欲将别意告湖神，只恐湖神也蹙颦。
> 三月流连同过客，几番殇咏谢诗人。
> 闲鸥瞋我浑多事，归燕笑来未了因。
> 去向芝山公廨往，无才聊学宰官身。[3]

诗中未见春风得意之情，更多地透露出尴尬之意。在任期间，他为《欧苏手简注解》（西川文仲）作序，为《亚细亚言语集》（广部精）、《薇山摘葩》（水越成章）题词，为《日本名家经史论存》（关义臣）撰写评语，积极开展与日人的文化交流活动。

1880年初，王治本受人事关系困扰，一度被遣往神户领事署。未几回国。在这期间，他与日本妻子御浜所生的儿子赢生一直由挚友大河内辉声照顾。大河内原为高崎藩第十代藩主。1871年明治政府废藩置县后，他热衷于与中国文人交往，他在与中国人和西洋人交流后得出结论：求名者宜交西洋人，求雅者，宜交清国人。[4] 他与王治本更是如胶似漆，交往殆无虚日。1880年5月，在大河内的热

---

[1] 王治本著：《访永坂石埭（周二）玉池仙馆酒间和其新春原韵》，《新文诗》第30集，1878年2月。
[2] 王宝平著：《清末驻日外交使节名录》，《中日关系史论考》（北京：中华书局，2001）。
[3] 王治本著：《招入芝山公署，辞别莲池戏赋一律》，《东洋新报》第42号，1878年9月。
[4] 大河内辉声著：《芝山一笑后序》，《芝山一笑》，收录在《中日诗文往来集》，页63—64。

情邀请下,王治本再度返回日本。这次大有"前度刘郎今又来"之感,寓居大河内家,成为大河内之师,每日教授诗文作法。王治本的《大河内文书》即为这时期笔谈的产物。大河内自1881年7月起开始在修史馆工作,于是王治本不得不另谋生路。他与大河内的笔谈至是年9月戛然而止,此后离开大河内家,开始赴全国各地漫游。

据实藤考证,王治本有四次较大规模的漫游。第一次是1882年至1884年,主要漫游日本本州岛中部地区;第二次是1885年至1887年,赴本州岛西部、四国和九州岛;第三次是1892年至1893年,游东北地区;第四次是1905年至1907年,重游福井、金泽、富山、津、爱知县、长崎等地。[1] 此外,据王晓秋补充,1883年7月及1884年春天,王治本还去过北海道函馆。[2] 其足迹几乎遍布全日本,所到之处,论诗谈文,题字作序,无不受到热情的接待,抑或是明治时期漫游日本最广的一名中国人。

由于没有固定的工作,漫游成了王治本的主要生活方式,也使他的才华得不到充分的展示。1885年7月,他又将西游,行前张宴招同人饮,席间有中村敬宇、向山黄村、龟谷行等著名汉文学家。他率赋二诗,以述其志,并遍求和作。诗云:

地北天南曾遍行,片帆风顺复西征。
十年作客长儿子,四海逢人皆弟兄。
书馆夜深灯欲语,砚田春暖笔能耕。
壮心未已头先白,冀得知音效一鸣。

衰敝囊倾兴不穷,天涯浪迹类萍蓬。
病余短发因愁白,老去衰颜皆酒红。
别泪多于梅节雨,诗情清似竹林风。
悲欣聚散浑无定,都付琴樽一醉中。[3]

---

[1] 实藤惠秀著:《近代日中交涉史话》(东京:春秋社,1973),页229—232。
[2] 王晓秋著:《近代中日文化交流史》(北京:中华书局,1992),页236。
[3] 收录在郑海麟编:《清季名流学士遗墨》,《近代中国》第11辑,页271。

总之，王治本在日时运不济，任职时间都不长久。或开设闻香社，或寄住大河内家，更多的是漫游日本，漂泊不定的生活成为他在日生活的主旋律。他的"地北天南曾遍行，片帆风顺复西征"一诗，确实是他常年东奔西走形象的缩写。[1]

三、王治本传世作品

王治本客居东瀛三十载，漂泊不定的生活，使他无暇整理自己的著作，其诗文也散见于日本各地。笔者爬梳剔抉，辑佚出以下诗文、著作以及为日人著作做的评语：

1. 诗

据查，王治本留下以下 31 首诗歌：

（1）明治十年，《题诗》2 首，《皇汉金石文字墨帖一览》二卷，青木可笑编，东京：西山堂，明治十年刊。

（2）明治十年，《四车咏》2 首，《新文诗》第 16 集，森春涛编，东京：森春涛，明治十年六月刊。

（3）明治十年，《水亭拨闷》，《新文诗》第 19 集，明治十年六月至七月刊。

（4）明治十年，《湖楼酌月有序》，《新文诗》第 26 集，明治十年九月至十月刊。

（5）明治十一年，《访永坂石埭（周二）玉池仙馆酒间和其新春原韵》，《新文诗》第 30 集，明治十一年二月刊。

（6）明治十一年，《席间步毅堂先生韵》，《新文诗》第 32 集，明治十一年三月刊。

（7）明治十一年，《敬步原韵答呈鸿斋先生骚座》，《芝山一笑》，石川鸿斋编，东京：文升堂，明治十一年刊。

（8）明治十一年，《天德寺小集，沈梅史画虞美人草分韵》，《芝山一笑》，《中日诗文交流集》，页 68。

（9）明治十一年，《桂阁君招沈廖王及余于向岛七松园，酒间赋一绝呈》，《芝山一笑》，《中日诗文交流集》，页 70。

---

[1] 1906 年春，王治本回到故乡。1908 年 6 月 16 日卒于故乡，享年 74。

（10）明治十一年,《戏赠鸿斋先生》,《芝山一笑》,《中日诗文交流集》,页 70。

（11）明治十一年,《敬步栗园仁翁大人韵》,《东洋新报》第 31 号,明治十一年二月刊。

（12）明治十一年,《赠栗园浅田仁翁大人》,《东洋新报》第 32 号,明治十一年三月刊。

（13）明治十一年,《偕友赴木根川探梅,时春已过半,微雨初晴,溪路倾仄,归途率成一律》,《东洋新报》第 34 号,明治十一年五月刊。

（14）明治十一年,《阳历四月一日池之端旗亭今两社期也。社翁森春涛及诸友十余人分韵联吟,采拈得鸦字,即席率成四绝句》,《东洋新报》第 36 号,明治十一年六月刊。

（15）明治十一年,《一日春森翁今雨□社,余亦往焉。题系湖上寻秋。此题颇风雅,惜无佳句以抒写之,未免呼□负负也。录拙作一律,以博粲正》,《东洋新报》第 38 号,明治十一年七月刊。

（16）明治十一年,《近移居池端闻香舍,偶吟四首之一》,《东洋新报》第 38 号,明治十一年七月刊。

（17）明治十一年,《招入芝山公署,辞别莲池戏赋一律》,《东洋新报》第 42 号,明治十一年九月刊。

（18）明治十四年,《送春涛翁游新潟》,《新文诗别集》第 14 号,明治十五年五月刊。

（19）明治十四年,《送春涛词宗游越,次其留别诗韵》2 首,《新文诗别集》第 13 号,森春涛编,东京：森春涛,明治十四年八月刊。

（20）明治十五年,《将游北越,留别东京诸君》,《新文诗》第 83 集,明治十五年五月刊。

（21）明治十五年,《西湖杂咏》3 首,《与亚会报告·亚细亚协会报告》第 11 篇,黑木彬文、鳟泽彰夫编,东京：不二出版,1993 年,页 115。

（22）明治十六年,《天王日月镜诗,为柏原屋山作》,《新文诗》第 95 集,明治十六年七月刊。

（23）明治十七年,《将赴神户,日邦诸士开祖筵于上野旗亭,即席赋此留别》,

《翰墨因缘》(上卷),水越成章编,神户:船井弘文堂,明治十七年十二月刊,《中日诗文交流集》,页21。[1]

（24）明治十七年,《二十七日,在轮舟中,霁日光风,舻楼晚眺,率成一律,仍用前韵》,《翰墨因缘》(上卷),《中日诗文交流集》,页21。

（25）明治十七年,《荷惠和章,金铃形圆,玉磬声彻,朗诵一过,余韵绕梁三日。再迭前韵,以答耕南作家词坛,并希正之》,《翰墨因缘》(上卷),《中日诗文交流集》,页22。

（26）明治十八年七月七日,《乙酉夏日将作西行,置酒话别,率赋二诗,录请粲正,并求赐和为幸》,郑海麟辑录《清季名流学士遗墨》,《近代中国》第11辑,页271。

以上31首诗中,除（21）《西湖杂咏》3首外,皆作于日本。此外,《四明清诗略续稿》(八卷,董沛辑,上海:中华书局,1930年刊)卷四(页42)亦载王治本《襄阳昭明台》《角陵赋别》《壬辰新春志感》(时客日本,录一)、《上巳出游》《登瑞龙山谒明征士朱舜水先生墓》(2首)等6首诗,其中,《壬辰新春志感》和《登瑞龙山谒明征士朱舜水先生墓》作于日本。前者吟道:"重到扶桑岁又春,白头愁作异乡人。出门却喜逢新识,游囊依然似旧贫。"可见1892年王治本依然行囊空空如也。

2. 文

共拣得王治本在日撰写的文章20篇,胪列如下:

（1）《文学杂志》第17号,同人社编,明治十年九月刊。内载王治本《玉池仙馆记》一文。

（2）《维新大家文抄》三卷,松元万年编,甲府:温故堂,明治十年刊。光绪三年七月王治本序,该书内载王治本《邮便论》一文。

（3）《众教论略》五编,加藤熙,东京:樱阴社,明治十年至十一年刊。光绪二年夏五月王治本跋,光绪二年夏四月王治本序。

（4）《三音四声字贯》十二卷,高井思明编,市川清流校,东京:山中市兵卫,明治十一年刊。光绪四年荷月王治本序,王藩清书。

---

[1]（23）、（24）、（25）三诗的确切年代难以判断。此据《翰墨因缘》出版时间,姑作明治十七年。

（5）《韵华帖》（一名中学习字本）五卷，长三洲书，东京：儿玉少介，明治十一年刊。光绪四年七月王治本序。

（6）《芝山一笑》一卷，石川鸿斋编，东京：文升堂，明治十一年刊。光绪四年七月王治本序。

（7）《日本名家经史论存》十五卷，关义臣编，东京：温故堂，明治十二年至十三年刊。光绪四年夏日王治本跋。

（8）《唐话为文笺》一卷，渡边约郎编，东京：正荣堂，明治十二年刊。光绪四年长至月王治本序。

（9）《欧苏手简注解》四卷，西川文仲编，京都：竹苞书楼，明治十四年刊。光绪五年正月王治本序。

（10）《续日本文章轨范》七卷，石川鸿斋编，东京：稻田佐吉，明治十五年刊。光绪六年八月王治本序。

（11）《鸿斋文钞》三卷，石川鸿斋，东京：山中市兵卫，明治十五年刊。光绪六年中秋前十日王治本跋。

（12）《东旋诗纪》一卷，冈千仞，东京：草私史亭，明治十六年刊，《藏名山房杂著》第一集之一。光绪六年夏月王治本序。

（13）《禺于日录》一卷，冈千仞，东京：草私史亭，明治十六年刊，《藏名山房杂著》第一集之一。光绪七年春季王治本跋。

（14）《热海游记》一卷，冈千仞，东京：草私史亭，明治十六年刊，《藏名山房杂著》第一集之一。光绪七年春日王治本跋。

（15）《近史偶论》二卷，大野太卫，东京：大野太卫，明治十四年刊。光绪七年夏月王治本序。此序亦载《文学杂志》58号，明治十四年八月刊。

（16）《王梦楼绝句》二卷，王文治撰，宍户逸郎编，东京：东崖堂、林安之助，明治十四年刊。光绪七年人日王治本序。

（17）《羽北遗稿》，佐伯真满著，矢土胜之评，仙台：伊藤安右卫门明治二十七年刊。内载《全唐诗阁记》，光绪十九年春王治本撰。

（18）《增补高岛易断》四卷，高岛吞象述，柳田几作记，王治本译，横滨：高岛嘉右卫门，明治三十四年刊。光绪二十七三月王治本序。

（19）《东游日录》一卷，小杉熙，富山：玉井义信，明治四十五年刊。光绪三十一年秋九王治本《富岳晃山市月游纪》序，时年七十一。

（20）《雪炎百日吟稿》一卷，永井久一郎，出版地不明，明治三十八年刊。光绪三十一年王治本序。

以上序跋上起1877年（明治十年），下迄1905年（光绪三十一），横跨28年，内容涉及语言、文学、历史、艺术等领域，可窥见王治本知识之广博。

3. 评点

王治本共为以下29种日人著作（含杂志）评点，以及题签、题词，撰写识语。

（1）《新文诗》一百集，森春涛编，东京：森春涛，明治八年至十五年刊。王治本、何如璋、黄遵宪、王韬、张斯桂、俞樾、黎庶昌、姚文栋、杨守敬等评点。

（2）《新文诗别集》二十八集，森春涛编，东京：森春涛，明治九年至十七年刊。第21集（明治十五年五月）载新潟野崎元《玉峰小诗》，王治本多有诗评。

（3）《明治诗文》五十六集，佐田白茅编，明治九年至十三年刊。叶炜、黄遵宪、沈文荧、何如璋、钱铎、王韬、斋学裘、王治本、廖锡恩等评点。

（4）《文学杂志》九十三集，同人社编，明治九年七月至二十六年三月刊。王治本为以下作品评点：中村敬宇《经济辨妄序》、中村敬宇《日本全史序》、吾妻兵治《奢氏传略》及广部精《送丸多松村两君游清国序》。

（5）《东洋新报》四十七集，东洋新报假本社编，明治九年七月至明治十一年十二月刊。王治本为以下作品评点：中村敬宇《象山诗钞序》、小永井岳《濠西小筑》及浅田惟常《六月念八，过忍池闻香舍，席上次王黍园移居偶吟韵》。

（6）《皇汉金石文字墨帖一览》二卷，青木可笑编，东京：酉山堂，明治十年刊。光绪三年初夏王治本题诗，王治本题书名。

（7）《近世伟人传》二十二卷，蒲生重章编，东京：蒲生重章，明治十年至二十八年刊。光绪三年季冬王治本题词（仁字集二编）、王治本题词（仁字集五编）。

（8）《众教论略》五编，加藤熙，东京：樱阴社，明治十年至十一年刊。王治本评点。

（9）《芝山一笑》一卷，石川鸿斋编，东京：文升堂，明治十一年刊。王治本、沈文荧、黄遵宪、廖锡恩评点。

（10）《日本名家经史论存》十五卷，关义臣编，东京：温故堂，明治十二年至十三年刊。何如璋、王藩清、黄遵宪、王治本、沈文荧、张斯桂等评点。

（11）《日本文章轨范》七卷，石川鸿斋编，明治十二年。王治本题书名。

（12）《彤管生辉帖》二卷，迹见泷野编，明治十三年刊。卷末载王治本题诗。

（13）《总译亚细亚言语集（支那官话部）》四卷，广部精译，东京：青山堂，明治十三年刊。光绪五年端月王治本题词。

（14）《亚细亚言语集（支那官话部）》七卷，广部精译，东京：青山堂，明治十三年至十五年刊。光绪五年端月王治本题词。

（15）《薇山摘葩》二卷，水越成章，神户：熊谷幸佑，明治十四年刊。光绪五年冬王治本题词。

（16）《古今小品文集》四卷，阿部贞，东京：快雪堂，明治十四年刊。王治本、沈文荧、黄锡铨评点。

（17）《送麻利阔、马津岛两君游清国序》，广部精，明治十四年十二月刊。张滋昉、王治本评点。

（18）《鸿斋文钞》三卷，石川鸿斋，东京：山中市兵卫，明治十五年刊。王藩清、沈文荧、王治本、黄锡铨、黄遵宪评点。

（19）《开化诗集》一卷，石川义畅编，东京：以文会社，明治十五年刊。何如璋题字，王治本评点。

（20）《和汉合璧文章轨范》四卷，石川鸿斋编，东京：凤文馆，明治十七年刊。黄遵宪、黄锡铨、沈文荧、王治本、何如璋、姚文栋评点。

（21）《明治诗文第三大集》十三卷，佐田白茅编，东京：大来社，明治十七年至十八年刊。姚文栋、汪松坪、沈文荧、王治本、何如璋、陈允政、张滋昉、黄超曾评点。

（22）《凤文龙彩帖》一卷，前田圆编，东京：凤文馆，明治十八年刊。光绪十一年春仲王治本题词。

（23）《牧山楼诗钞》二卷，佐藤楚材，东京：吉川半七，明治二十三年刊。金嘉穗、孙士希、钱铎、王治本、孙点评点。

（24）《蒲门盍簪集》二卷，蒲生重章，东京：大仓书店，明治二十七年刊。黎庶昌、陈衡山、孙点、王治本、徐少芝、张滋昉评点。

（25）《增订总译亚细亚言语集》（支那官话部）五卷，广部精译，东京：青山堂，明治三十五年。光绪五年端月王治本题词。

（26）《裘亭诗钞》二卷，蒲生重章，东京：蒲生佑之助，明治三十五年刊。黄遵宪、孙点、傅云龙、王治本、顾厚焜、王韬识语。

（27）《省轩文稿》四卷，龟谷省轩，东京：榊原文盛堂，明治三十五年刊。沈文荧、黄遵宪、何如璋、孙点、王治本、徐少芝评点。

（28）《省轩诗稿》二卷，龟谷省轩，东京：榊原文盛堂，明治三十六年刊。黄超曾、孙点、沈文荧、王治本、王韬、黄钧选、黄遵宪、陈允颐、文廷式评点。

（29）《敬宇文集》十六卷，东京：吉川弘文馆，明治三十六年刊。何如璋、黄遵宪、王韬、王治本评点。

4. 著作

王治本共有七种著作，或为合著，或为译著，或为校阅，不一而足。

（1）《欧苏手简注解》四卷，大掫东阳注，西川文仲编，京都：竹苞书楼，明治十四年刊。

本书录欧阳修和苏轼手简，并加以注释。黎园王治本删定。光绪五年正月王治本序，盛赞大掫东阳："博学多识，能文章，爱读二公遗书，而尤注意于此简，为之稽考年月，采核事实，并详其问答之人，考古证今，赏奇析义，阅寒暑而成，是注心良苦矣。"

（2）《周清外史》二十二卷，马杉繁著，王治本阅，东京：江岛喜兵卫，明治十四年刊。

叙述中国简史之书，首起东周，历经秦汉魏晋，下迄清光绪，凡两千多年。"本编全系清人王黎园先生检阅，然清祖南临以往，以触忌讳，先生辞检阅，故使儿虡代雠校之。"

（3）《舟江杂诗》一卷，王治本著，阪口仁一郎编，新潟：井筒驹吉等，明治十六年刊。

王治本自题书名页，首有阪口恭、小崎懋题词、王治本自序。据1883年王治本的自序，此为明治十六年游历新潟，吟咏90天结下的诗集。"舟江"似为新潟别称，正文收诗28首，附录6首，多为吟颂当地人文、自然景色的诗什。每首诗后，有明治时期著名书法家日下部鸣鹤、阪口仁一郎、小崎懋等日人的评点。

（4）《新潟繁昌记》一卷，王治本著，抄本，早稻田大学图书馆藏。

首有1888年冈千仞撰《新潟新繁昌记序》、1884年12月除夕日本蒲生重章撰《新潟小志序》，以及小山朝弘于1885年写《新潟小志序》的识语。识语后有1884年冬月日本龟谷省轩撰写的拜稿记——《题诗》。据序判断，此书原名"新潟小志"，1888年改为"新潟新繁昌记"。《新潟小志序》称："清国王泰园先生来我邦东京久矣。去岁癸未夏游北越新潟，至今冬乃还"，知王治本自1883年夏至翌年冬，客居新潟达一年半之久。因此，《舟江杂诗》和《新潟繁昌记》都是这时期的产物。有龟谷省轩（1838—1913）、石川鸿斋（1833—1918）、蒲生重章（1833—1901）的评点。他们皆为当时名声卓著的汉文学家，与王治本交谊深厚。王治本为蒲生《近世伟人传》题词，与黎庶昌等为《蒲门盍簪集》评点，与黄遵宪、王韬等为《裴亭诗钞》题写识语；为石川《芝山一笑》《续日本文章轨范》和《鸿斋文钞》撰写序跋，为《日本文章轨范》题写书名，与黄遵宪等为《鸿斋文钞》《和汉合璧文章轨范》评点；与何如璋等为龟谷《省轩文稿》和《省轩诗稿》评点。全书分为地舆、风俗、水利、街市、沿革、佛寺、学校、神祠、医院、商业、游寓、先民、浏览、酒馆、妓楼等，凡15节，"赅而能尽，简而能括，使人一览领全港之梗概"。新潟虽为北陆地区大港，但迄今未见专书记载，王治本的《新潟繁昌记》，为首部著述。

王治本赴新潟，并客居一年有半，具体原因不得而知。笔者认为，很有可能应当地文人邀请前往撰写此书。邀请人中，《舟江杂诗》的编者阪口仁一郎（1859—1923）当在其中，并起到不可小觑的作用。阪口仁一郎，字思道，号五峰，新潟人，家庭代代殷实，善诗文，多次当选众议院议员，长期担任新潟新闻社长，编著《北越诗话》名传遐迩，有《五峰遗稿》等遗世。

（5）《日本警察新法》一卷，小幡俨太郎译，王治本校阅，东京：善邻译书馆，明治三十二年刊。

首有善邻译书馆编辑局于1899年撰写的《日本警察新法序》，内称："今也，西邻两邦（指中朝两国——引者注）警察之设，尚属草创，其参酌外法，取长补短，亟致完备，以期乎文明岂非方今急务乎。"可见为了向尚属草创期的中朝两国推介近代警察制度。全书分行政和司法两部分，司法为一编，行政析为保安、靖乱、人事、保护、救灾、风纪、营业、卫生等编。

（6）《战法学》二卷，石井忠利，王治本订，东京：善邻译书馆，明治三十二年刊。

永坂石埭题书名页,元帅侯爵大山巌题字。首有石井自序,内称1895年至1896年作为外交官驻北京期间,"有感于时事,著本书以赠王大臣等诸王公"。近来,"善邻译书馆谋多编新书输诸中韩,以资其文化。因想此书幸流传两国,其于厘革兵制,或有少补",于是重新修订出版。全书厘为高等战法学和初等战法学(战术学),各一卷。前者下设战略学、军制学(编成学、给养学、募兵学等),后者分为行军战军驻军总论、军纪总论、教育总论、训练总论等。

善邻译书馆为成立于1899年的出版社,旨在向中韩邻国推广明治维新的成功经验,翻译出版新学著作,受到中国《申报》等媒体的关注。是年12月首批推出《大日本维新史》(重野安绎著)、《国家学》(吾妻兵治译)、《日本警察新法》和《战法学》四书。[1] 王治本作为协修参与其半。据《善邻协会主旨·著译凡例》第一条:会友中专门硕学耆宿,一称协修,而著译校雠,各从其所长。[2] 可知协修为善邻译书馆聘请的"硕学耆宿"。《著译凡例》后作了修改,该条改为:"本会立专门硕学、立论精微、一世所推服者为宾师。每有译述,使其仔细阅读,以其一语无误,然后刊行之。"[3] 可见"协修"被视为"宾师",其具体任务是为译著严把品质关。

(7)《增补高岛易断》四卷,高岛吞象述,柳田几作记,王治本译,横滨:高岛嘉右卫门,明治三十四年刊。

首有高岛吞象、王治本、栗本锄云和副岛种臣序,末有中村敬宇跋。据王治本序:"一日,余于友人处,获晤高岛翁,谈及《易断》之妙,翁曰:'惜此书纯用和文,不克流传海外,请君一译汉文。'友人亦相与劝说,余遂应命。卦首先释象义、字义及阴阳变动、参互错综之旨,后系所筮断验。余为之循其意译其词,从事于笔砚者八阅月乃成。"知他在友人处获晤高岛,受高岛之托,倾八月之力,译竟此书。又据高岛序,此书原为高岛讲述,友人柳田几作笔录,为谋在华流传,请王治本补正。而栗本、副岛、中村的序跋,原为高岛的《易断》《易占》而作,因不忍割爱,乃录于此。该书为高岛吞象根据《易经》占筮实践的结晶,高岛在明治时期享有"易圣"之誉,

---

[1] 狭间直树著:《关于善邻译书馆》,《东亚》第417卷,霞山会,2002年。
[2] 《清议报》第二册,1898年11月21日,北京:中华书局,2006年影印本,页104。
[3] 《译述方法》(乙稿)第三条,狭间直树编:《善邻协会·善邻译书馆关系资料》,京都大学人文科学研究所汉字情报研究中心,2002年,页89。

许多占断刊登在报刊上,在朝野有相当大的影响。据实藤惠秀研究,1883年时,王治本能大致阅读日语,但不谙口语。23年后(1905年),他已克服了口语的障碍。[1]此书为王治本唯一的译著,佐证晚年时他阅读、翻译日文书籍的能力。

除以上书籍外,日本早稻田大学图书馆和大东文化大学图书馆藏有《大河内文书》。该文书为大河内辉声与清末赴日中国人笔谈记录,其中与王治本有关的《黍园笔话》17卷、《王治本笔谈记录》11册,包含丰富的中日文化交流的第一手史料,弥足珍贵。

以上著作,(1)《欧苏手简注解》和(2)《周清外史》、(5)《日本警察新法》和(6)《战法学》、以及(9)《增补高岛易断》,分别出版于1881、1899及1901年,时间横跨20年;在著作方式上,笔谈、校阅、删定、翻译,各种形式不一而足。但唯有(3)《舟江杂诗》和(4)《新潟繁昌记》为王治本的著作。这两本书,一诗一文,吉光片羽,历经沧桑,幸存至今,弥足珍贵。但是,揆之内容,它们也并非王治本的代表作。[2]

此外,明治时期著名汉学家中村敬宇的《敬宇文集》(卷四,东京:吉川弘文馆,明治三十六年,页6)载有中村为王治本撰写的《旬六游篇豆州纪游诗序》,知王治本还著有《旬六游篇豆州纪游诗》一书。豆州,即著名的伊豆半岛,疑为王治本游该岛时吟咏的诗集。中村在序中称,该书"或抒写景物,或凭吊古迹,或酬答诸人,兴酣淋漓,笔翰如飞,而音调高雅,不啻若构思而后得之也。"序中还透露,王治本与中村友善,曾寄宿中村家,朝夕相谈;数日不见,必有一篇新作问世。

五、结语

以上我们对王治本的生平以及他遗世的作品——诗文、评点和著作做了梳理。限于篇幅,拙文未对其内容,以及与日交流情况作进一步的分析,但为日后的深入研究打下了良好的基础。王治本自1877年初赴日,1906年回国,在日生活长达30年,是晚清寓日时间较久的中国文人。他以文会友,以文为生,在东瀛留下了

---

[1] 实藤惠秀著:《近代日中交涉史话》(东京:春秋社,1973),页171—175。
[2] 校对此稿时,笔者又喜获王治本著《食研斋文稿》稿本2册,容作异日之券。

丰富的作品,管见所及,诗31首、文20篇、评点著作29种、著作7部。见微知著,可见其交友对象广泛,文化素养良好,作品丰富。

明治前期著名汉文学家松元万年(1815—1880)曾这样评价王治本:"王氏渡航之初,余与之交善,为人泊然寡欲,亦为风流潇洒之才子。其文多作骈俪对偶,然工字法,措辞绮靡。"[1]而与福泽谕吉齐名的学者中村敬宇也对王治本赞赏曰:

> 王子博雅,善诗文。顷寓我社,为人冲澹有真气。余叹以谓:使王子逢水府义公,乌知其不为舜水乎?使逢艸山元政,乌知其不为陈元赟乎?使其来在文政、天保间,余知其决不在于江芸阁、程赤城之下。反而思之焉,使舜水之来在今日,乌知其不为王黍园氏乎?物少则贵,人亦如此,浩叹。[2]

中村在此将王治本与明清时期赴日中国人朱舜水、陈元赟、江芸阁、程赤城等人相提并论,予以高度评价。遗憾的是,受时代的限制,王治本终生都未能一展雄才,只能空怀抱负,不知疲倦地在日本全国漫游,诗文终老。广部精叹曰:

> 黍园先生客居我邦,十年于兹,而时与志违,利器未得其所。初余设日清社,招先生为教师。丁丑(1877)之乱,社亦瓦解,遂相与依中村敬宇翁于同人社。居一来年,先生出社去游于南总、于北海道,后游三越,今春(1885)自越归东,未半载,顷将复出游西。[3]

王治本的挚友广部精的这段话语描绘了王治本在日的人生轨迹。虽然王治本"时与志违,利器未得其所",但与在国内相比,他在东瀛风云际会,寻觅到属于自己的一片蓝天,施展了文学才华,为明治时期中日民间文化交流起到了主力军作用,同时,也为自己赢得了不菲的经济回报。但是受时代和学识的限制,王治本虽然能

---

[1] 松元万年对王治本《邮便论》之评语载《维新大家文抄》,1877年刊。原文日语,引者译。
[2] 中村敬宇对王治本《玉池仙馆记》一文评语。原文汉文。《同人社杂志》第17号,1877年9月。王治本时寓同人社。
[3] 1885年七月初七日,王治本张宴招同人饮,席间有中村敬宇、向山、龟谷、广部精等。此为广部精席间和王治本诗前的序言。《亚细亚协会报告》,1886年刊,页219。

在中国传统文化领域独步一方,甚至叱咤风云,但在政治上,止步于门外,不能伸展利器。从这点意义上说,他是介于中日两国的边缘人。

明治维新后,日本一方面在政经及军事等领域倾力西化,与中国的关系日趋紧张,甚至兵戎相见,但在文艺上依然尊重中国,以获得中国学人的首肯为荣。因此,在民间仍有不少如王治本的文化大使,为中日文化交流史做出贡献。与近代首位访日的中国人罗森相似,王治本在中国寂寂无名,在日本却为当地文化人所重视。这反映明治日本现代性的多元化及复杂性。笔者试图撰此小文,还原被人遗忘的一百年前这段真实的历史,以唤起学界对发生在近代转型期的这一文化现象应有的关注。

(此为王宝平2010年11月在香港中文大学举办的"从近现代日中文化交流看现代性及身份认同的探索"国际学术研讨会上宣读的论文,后载吴伟明编《在日本寻找中国——现代性及身份认同的中日互动》,香港中文大学出版社,2013年)

附：已出版书中收录的王氏兄弟相关文献

《近代中日文化交流先行者王惕斋》
宁波出版社　2011年

1. 王晓秋　冈千仞与《观光纪游》——近代日本人的访华旅行记
2. 吕顺长　慈溪王氏兄弟与日本文人
3. 王　静　情系故园　名闻东瀛——近代中日文化交流的江北王氏兄弟
4. 王浩平　清客中一屈指可数者——王藩清

《中日文化交流先行者王惕斋及嫡孙文集》
中国文史出版社　2013年

1. 王宝平　明治前期赴日商人王惕斋之研究
2. 张如安　天涯随处著游鞭——宁波近代诗人旅行家王治本事迹初探
3. 张如安　略论晚清王治本的日本游记散文

第四编

个人经历散记

忆幼少年时期

我生于 1929 年 2 月。我的幼少年时期是那个已经逝去的时代,但有一些较为特殊的经历,想写下来,供有兴趣者参考。

幼年时期

一、我出生在一个有 500 年历史的"士村"

我出生在原慈溪县治(现宁波市慈城镇)西南约 5 公里处的黄山村。

慈溪地处宁绍平原,北面为钱塘江南岸,东接东海,是一个典型的每隔一两公里左右就有一条河流的水网地带。黄山村就处于这个水网地带。东西、南北各约 1.5 公里。南北各有一座孤零零的不高也不大的小山,我们称南面的一座为前黄山,山脚下建有王氏家庙(解放后烧毁);称北面的一座为后黄山,山脚下建有王氏祠堂(解放后拆毁),叫崇本堂。东西各有一条河流,分别称"东浦"和"西浦",可行船。这两条小河的北端都与离黄山一两里左右的慈江(也称后江)相连。慈江向东流经慈城镇,向西在丈亭镇(离黄山村约 10 公里)汇入姚江。姚江在黄山村南面六七华里,也称前江,向东在宁波市三江口与奉化江汇合形成甬江,流入东海。

从黄山村的地理特点看,这是一个相对封闭的村落。清朝的蒋坦在 1860 年写的《黄山小志》中说:"黄山距慈溪县城八里,烟火数百家,风俗朴厚宛然一秦时桃源也。"

王氏始迁黄山之祖为王钰(1418—1503),距我出生(1929 年)时已定居黄山 500 年左右。

黄山村居民主体是王姓家族，一村一族。我小的时候，黄山村的居民，基本上分这样两部分：一部分是王姓家族的人，占绝大部分；另一小部分是非王姓而为王姓服务的人。在为王姓服务的人中，除小学老师外，一般都是体力劳动者。这些人中间，有的进入家庭服务，如长工、保姆等；有的是独立经营者，如木匠、泥瓦匠、裁缝、厨师、轿子店、杂货店等。

王姓家族由于"子孙鼎盛"，分为很多支派，如我家属"少峰公派"。这些"派"的下面，又分很多支脉。如"少峰公派"第八代王严理于嘉庆元年（1796）建成有五进的"大夫第"，就成了"少峰公派"下的一个支脉。王严理有五个儿子，也就是有五房。后来第三房，在"大夫第"的东面50米左右盖了一个大宅院——"白屋"，这一房的子孙也就搬出"大夫第"。我家就属于这第三房。不过，"白屋"的子孙虽然搬出"大夫第"，但到我出生（1929年）时仍认为是属于"大夫第"支脉的。

黄山村一个很大的特点是，基本上没有一般村庄中看到的农民小屋，都是占地面积很大的二层楼的大宅院，一个支系的人就住在这个大宅院中，反映了农业经济时代大家庭的特点。这些大宅院都分布在村北部，以后黄山脚下的祠堂为中心的东、西两侧。和清朝时北京的房子不能高过皇宫一样，黄山村的房子也不能高过祠堂。

管理王姓家族的是祠堂。我在当时没有听说过黄山村有乡长、村长，甚至保长、甲长之类的行政管理人员，即使有，似乎也不起什么作用。那么为什么说是祠堂，不说族长？也可能这个说法不一定恰当。这是基于这样的事实来说的，即管理家族的人是由两部分人组成：一是族长，一是一批执事。族长由辈分最高而又年龄最大的人担任。一般辈分高的人是比较穷的。因为穷，结婚晚，生儿子晚，所以辈分大；而有钱的人结婚早，生儿子早，辈分低。因此，族长在族里名义上是最高管理者，实际上的管理权却在有钱有势但辈分低的执事手中。

族里对族务的管理是相当完备的。具体包括：

对祭祀的管理。一是每年春节在祠堂祭祖。我印象深的就是按辈分高低，先高后低，有人领叫，一辈一辈地向祖宗叩头。二是组织扫墓。主要是扫慈溪县三地王姓的大祖宗的墓，要坐船去。这些祖宗的墓地，除坟墓外，还有房子，所谓庐墓，有看墓人住在那里看管。房子也较大，可以摆开很多张桌子，让去扫墓的众多的子孙们在那里吃一餐。这些活动，我每次都参加。三是有权决定人死后能否将其神主牌供奉在祠堂里。

对婚、丧、祝寿等的管理。凡族人有这些事时,族里就会派出一整套人员来帮助办理。如管收礼的、管运输的、办酒席的、组织乐队、司仪等等。对送礼的标准,按结婚、出丧、祝寿等性质和关系远近,统一规定,以免互相攀比,增加负担。

办教育。在祠堂东侧办了一所小学,叫崇本小学,是在清光绪三十年(1904)黄山王氏蒙养义塾原址上创办的。

维持社会秩序。这里要维持的是,基于封建伦理道德的秩序。例如,在我出生前,族里曾把一个有男女私情的未嫁人的闺女,装在麻袋里,绑上一块大石头,沉到北边离村数里的后江中。我亲自看到过的一件事是,一个下辈的人骂了一个上辈的人,那个上辈的人心有不甘,要族里明断是非。族里受理,称为"开祠堂门"。我去看了。听完双方诉说后,族长骂那个下辈是一个犯上的不肖子孙,责令他向上辈人跪下叩头赔罪。那个下辈人也就当场执行了族长的判决。这件事就此平息。据说,被罚的人不久就抑郁而死,因为这是大丢面子的事。

其他公共管理事务。如消防,有一台"救火车",由两人分立左右一上一下地压水。我曾亲自见过一所住宅起火,抬出这台"救火车"喷水救火。但由于威力太小,这所住宅还是被烧得精光。

2007年,《当代世界与社会主义》第二期登了王立胜的文章,说:"学术界对传统中国农村社会的总体认识,可概括为'皇权不下县,县下有宗族,宗族有自治,自治靠伦理,伦理造乡绅'……有学者进一步将其总结为:'三代之始无地方自治之名,然确实有地方自治之实,自隋朝中叶以降,直到清代,国家实行郡县制,政权只延于州县,乡绅阶层成为乡村社会的主导力量。'"我童年时黄山村似乎就是这样的情况。

家训要求:"早教子弟。成童即入小学,十五则入大学。"1884年,日本维新人士、汉学家冈千仞访华期间,应我祖父王惕斋的邀请,在我家住了半个月,在他的《观光纪游》中,对黄山村的这个特点作了精确的概括:"观王氏家庙。壁书先中书君家训十二条。族人登科第者,皆书联额揭壁。族约尤严,曰降人非流者,不得与祭。非流谓窃盗犯刑。操俳优、仆役、剃刀、舁丁诸贱业类。""耕耘作业,皆任隶氓。富贵者多就都会,开商店,遣族人及若隶属监督,不躬亲。子弟至八九岁,必延师学举业。……已无衣食之忧,偃然自足,渐流骄奢。"

王氏家族成员,在幼而学的基础上,前程有二:一是参加科举,博取功名,做官或做士绅,这是主要方面。例如"大夫第"第一代王严理,有5个儿子,22个孙子,共28人都有功名或官衔。二是经商,成为儒商,如王惕斋(家谱记载:国学生,布政使司经历)。日本四天王寺大学教授吕顺长在《浙江方志》(2002年第3期)发表《慈溪王氏兄弟与日本文人》一文说:王惕斋"虽以商人的身份旅居日本,但他出身于富户,自幼受到良好的教育,于诗文书画具有一定的素养,加之他在日本的商业内容是经营汉籍,从而决定了他势必与日本的文人学者尤其是汉学家产生种种交往。""1877年至1881年间,与原高崎藩藩主、酷爱诗文者大河内辉声交往甚密,曾作书赠予大河内悬于其书斋。"

中国的传统乡村中有着从事各种各样工作的人,农耕、手工业、商业、运输、宗教、文艺、武人、士人等等。在"士人"方面,清华大学社会学教授潘光旦和费孝通曾分析了915个清朝贡生、举人和进士的出身。其中,52.5%出自城市,41.16%出自乡村,6.34%出自介于城乡之间的市镇。我把大多数人从事农业的乡村称之为农村,把基本上培养士人的乡村称之为"士村"。按此分类,我把黄山村定性为"士村"。

黄山村虽然是个"士村",但在晚清时期,没有人中过进士。那么,黄山村士人的文化水平有多高呢?举两个例子。一是,王惕斋在1870年去日本,1910年回国。其间又有三个族兄弟以文人身份去日本,在日本享有很高声誉。吕顺长的文章说:"1883年,王治本与旅居日本的族兄弟王汝修、王琴仙一起漫游北海道函馆,停留半个月。当时的《函馆新闻》在一篇题为《清客漫游》的报道中对此有这样的记载:'在东京以诗文书画著名的清客王黍园、王翠侯(汝修)、王琴仙三氏昨乘"丰岛丸"来函。三氏于东京常与文墨诸大家共游,诗文书画均称绝妙,为清客之中屈指可数者。本港文雅之士亦多乞请挥毫。'"其中,王治本更受推崇。仙台文士今泉篁洲编的《仙台人名辞书》中对王治本的介绍是:"清国浙东学士,以博学能文闻名国中。明治十年顷东游,遂住东京,当时的文人儒士,仰之如泰斗。"

二是冈千仞所记。冈千仞,日本明治维新后历任文部省修史馆编修官、东京府书籍馆干事等职。48岁辞官后,专心从事子弟教育、游历、著作。前后有弟子三千余人,著述达三百余卷。1884年来中国,上海《申报》专门做了报道。冈千仞对王氏族人的评价是:"并卿尝为福建霞浦县令,有学问";"砚云,举人,有才学","砚云有奇气,文笔纵横,实为难得之才"。

黄山成为"士村"是需要一定的经济支持的。1884年冈千仞在黄山村看到的王惕斋家族是一个豪门富户,他们支持子弟读书自不成问题,所谓"已无衣食之忧,偃然自足"。但是,在黄山村还是有经济条件差的人家。富户也不一定能一直富下去,会由于种种原因,造成家道中落。为使家族子弟始终朝着"士"的方向发展,就有必要保证家族成员有一定的经济收入。用现在的话来说,就是要有最低生活保障费用。这就是族田制。王氏祠堂有族田,其下各支派,甚至支派下的支派也有族田。族田一般来自祖先的遗产,由其下的各房轮流收租。轮到的人,收一年租吃几年。有的在外就业的,轮到他收租时,因为并不在乎这些地租收入,就让给他在村里的收入低的兄弟房去收。黄山村的族田一直保存到20世纪30年代。

在《古镇慈城》(2009年3月)上刊登的王义遒的文中也有一个较为详细的介绍。为了能对黄山王氏家族的族田制有一个比较具体的了解,录于下:

> 宗法社会特别强调祖宗基业,好多田产是属于祖宗的。制度规定祖宗产业后代不得变卖、分家,只能按年轮流享用,轮值到那家有收取田产租子的权利,也有承担那年祖宗生忌日祭祀和清明扫墓等义务。我们家祖父名下,自己只有三亩半田。但是,每年可以轮到平均收入多于25亩田的租子(隔年起码有50亩)足够全家口粮。我想,这也许是维系子孙"叶落归根"的主要措施,保证他们退休、失业回家总有一口饭吃,不致无依无靠。

二、我成长在家道中落的"白屋"家族中

我出生时,"白屋家族"已家道中落,但还保留一些旧时代的风气。

白屋是我出生时的祖屋,也是黄山村众多的大宅院之一。这些大宅院基本上都是占地面积很大的、各支系聚居在一起的大宅院。这些大宅院都有一个名称,如大夫第、侍卫房、旗杆门头、白屋、西甸洋、池墩等。

(一)家道中落

我出生时,祖母还健在,因此这个家就由我父亲和我伯父两家组成。伯父一家

住上海。我父亲于 1932 年去杭州的浙江图书馆工作。全家随之去杭州。我祖母则在上海、杭州、乡下轮流居住。1933 年我四岁那年,祖母把我从杭州带到乡下和她一起生活。

此时,白屋住着多少人?白屋的第一代有三个儿子。大房已没有人。二房只有一个第四代,也就是举人砚云(仁厚)的儿子王义衍,因抽鸦片而又无谋生本领,把大房、二房的房子卖给"大夫第"支系第五房王志湘。王义衍曾有过四个妻子、一个儿子,此时已只有他一个人,住在大夫第,无所事事,坐吃山空,凄凉地度他的晚年。王志湘在上海经商,已成富翁,并不想在家乡买房,只是出于接济族人,买了"白屋"的房子,却从来没回来住过,只是委托管家管理房子。管家一家也就是三四个人,加上他的亲戚一家,不到 10 人。我家是第三房,还有后代,每年春节在大厅悬挂"白屋"祖先画像一事,就由我家来办,但基本上也不在白屋住。我回来后,整个白屋也只有不到 15 人。1935 年,我母亲携三个妹妹回家;同时,王志湘要他的侄媳妇一家(侄子已去世)由大夫第搬至白屋居住,并为他看管白屋房子。住树桥头大宅院的族人王敦卿,向王志湘租了一部分房子,全家搬来居住。住白屋的人一下增加了不少,但也就 30 人左右。而白屋的直系后代,只有我一个。此时的白屋空空荡荡、冷冷清清,充满凄凉之意。和冈千仞 1884 年所说,有男女婢仆六七十名的情景比较,家族明显地中落了。

王惕斋夫人、长子和大女儿等,摄于日本

我家祖先是白屋第一代的第三子王庸晟,也有子三人,长子、二子无后。我祖父王惕斋是第三子。王惕斋在日本时,是"权贵人家"(曾在日本为王惕斋管家的后代语)。72 岁(1910 年)时,我祖父叶落归根,卖了在日本的所有财产回国。王惕斋去日本时,原配董氏已去世。在日本,又娶日人为妻,生有一子、一女。1892 年,左臂被马车碾断后,日本妻子携子女离开王惕斋,后娶我祖母。我祖母出身寒微,不识字。1910 年回国时,长子才 15 岁。王惕斋为了能维持后代的生活，不顾年迈，在上海开了一个纸行。但用人不当，经理卷款逃跑。据伯父家告诉我，卷走十六七万元。第二年王惕斋去世，当时上海一家商店存有他的现金、股票等。但该商店以我祖母好欺侮，只承认存有现金 1 万元，又被侵吞了一笔财产。存在东京一家亲戚企业的财产，因 1923 年东京大地震，也化为乌有。这样，我祖父在日本经商 40 年所积聚的财产丧失殆尽。北洋军阀统治中国时，白屋曾遭士兵抢劫。我祖母称之为"北兵"。我家被抢后，我大伯父气愤之下，到县城打了一把二尺多长、没有开刃的刀作为武器。我小的时候，常拿出来玩。后来伯父考上上海邮政局，工作至去世。邮政局当时被称为"金饭碗"，伯父属"中等收入"。我父亲 1932 年（22 岁）开始在浙江图书馆工作。另外，在"白屋"周围有上代传下来的七八亩田；母亲嫁来时，又带来十亩陪嫁田，我家也算是一个小康之家，但与 1884 年、1910 年时相比，已有天壤之别。

白屋家族家道中落的原因，主要因为无后代、被诈骗抢劫、家有恶习。古人常说，"不孝有三，无后为大"，是颇有道理的。

（二）我的祖母"东洋婆婆"

家谱记载：祖父"配封安人董氏，副室朱氏"。朱氏就是我的祖母。她出身寒微，不识字，人很和善，虽在日本居住了很长时间，但缺乏现代知识。比如乡下缺医少药。她有胃溃疡，发作时大口吐血，治疗办法竟是喝童尿。我二伯父在老家生伤寒而死。我小姑母嫁给日本华侨富商，在上海生我表姐时，我祖母和姑母的婆婆居然让接生婆接生，结果感染而死。小姑母和我父亲是亲姐弟，两人的感情很好，死前要人把我父亲找到，见后她才瞑目。

祖母对饮食也不讲究。我父亲给我讲的一个例子是，祖母有时给子女们各一个鸡蛋当菜，吃完了就算一餐饭。

那时候，村里人都称我祖母为"东洋婆婆"。1942 年家乡沦陷后，日本兵来到黄山村，村里推她出来和日本人办"外交"。那天，她穿着整齐，见了日本兵不慌不忙，态度从容自如，行日本礼后，开始交谈。以后，日本兵就再也没有来过黄山村。其他村里来日本人时，也请她去。1982 年，我和我爱人潘淑英去黄山，年纪大一点的人，还对"东洋婆婆"给村里办的这一件好事念念不忘。2004 年，我和我爱人再去黄山，这时离我祖母去世已近 60 年了，但见到的人仍记得"东洋婆婆"。遇到不认识我的人，别人就会介绍说，这是"东洋婆婆"的孙子，有一种亲近感。不但年老的知道"东洋婆婆"，年轻的也知道。问是如何知道的，都是听老人说的。这对我来说，也是游子回乡得到的一个极大的安慰。

祖母于 1947 年去世，终年 77 岁。父亲和我，以及伯父全家，回家奔丧。这是我最后一次住在"白屋"。

（三）母亲的嫁妆

我母亲的家在县治所在地，也就是现在的慈城镇。嫁给我父亲时，母亲家比父亲家有钱。因此，出嫁时嫁妆比较丰厚。家乡有一个风俗，女子出嫁，不但要考虑夫妻过日子的需要，还要考虑以后儿女的生活需要。我母亲的嫁妆，除陪嫁田外，还有很多生活用品及金银首饰。因我家曾遭过一次"北兵"抢劫，为避免再次遭抢，就把一部分首饰卖了 3000 多银圆，存在上海一个亲戚的商店里。自己家里留了一些首饰。但留了多少，留了些什么，我都不知道，只是在我结婚时，母亲送了我和我爱人镶有蓝宝石和绿宝石的两个做工很精致的戒指。母亲告诉我，她嫁妆中还有很多衣服和日用品，包括还没有出生的小孩子的被褥等。我母亲来北京时，还带来她嫁妆中的一部分东西。如锡瓶——用来放需要防潮的东西的，现在在宁波还可买到。座钟——钟的背面印有"谦信洋行"四个字，反映当时乡下已有人在上海等地做事，有了"洋货"，这种钟在当时是比较流行的。还有两卷蓝色、白色的带子，是当时当地的土纺织品，白色的带子现已用完。把带子也作为嫁妆，可见嫁妆中的东西是很庞杂的。母亲还带来了她嫁妆中的两只皮箱。在乡下，她在楼上卧室中有一排柜子，也是她嫁妆的一部分。柜子上放一排锡瓶。在这些柜子中，有的是放皮箱的。放皮箱的柜子分层用的不是木板，而是一排滚木，一格放一个箱子，要打开箱子时，就可以轻易地推出来。

抗战后，我父亲去昆明。抗战胜利后回来，另有了女人，要和我母亲离婚。我母亲很爽快地答应父亲。离婚后也不记恨父亲，心胸很宽大。我来北京工作后，母亲便和我住在一起。2003 年去世，终年 94 岁，是家族中寿命最长的一个。

（四）喜欢玩枪的父亲

我和父亲在一起的时间很短。他在杭州工作，我由祖母领回黄山。抗战开始，他去昆明，直至抗战胜利后才回来，回来后在南京工作。我在上海上学，高中毕业后,在清华大学上学,毕业后又一直在北方工作。因此见面机会很少。不过,虽然他和母亲离婚,但我们父子关系一直很好。我对他了解不多,只知道他的英文好,在昆明和南京的工作单位,都是资源委员会中央电工厂,这个厂是由美国西屋电气公司帮助建设的。他在工厂就是做和西屋公司的联系工作。我在英语学习中碰到问题时,就写信请他指教。

还有就是我知道他喜欢玩枪。说到枪,我家至少有六七支,除父亲买的外,还有过去留下来的枪。我印象深的有两支,一支是前膛枪,一支是"司的克"枪。"司的克"是英文手杖的音译,外表看是支手杖,拔出来却是一支枪。兵器工业部有一个轻武器研究所,所里有一个枪支陈列室,我对他们说起这两支枪时,他们说,如果现在还在的话,那就很珍贵了。后来在军事博物馆一个展览会上,没有看到前膛枪,但看到了一支"司的克"枪,外观不如我家那支漂亮,而且生了锈。可见这种枪国内已很少了。记得小时候,有一天夜里,长工曾开过一次枪。开枪后,很多族里的人就来到我家,因为在黄山村里只有我家里有枪。他们来到我家里后,关心出了什么事。长工说他看到屋顶上有人,怕是贼或强人,所以开枪把他轰走。这也是我住在"白屋"时,唯一的一次开枪事。后来,日本人向宁波进攻后,这位长工在一天夜里将这些枪支埋在附近的一条小河的岸边。现在谁也不知道埋的地点了。如果有一天这些枪支能"出土",就可以增加我国枪支的历史品种了。

(五)长工兼管家

我家中的长工,既干农活,又帮我们管家。他姓什么,我不知道,大人们叫他仁金(音)人客。"人客"是我们那里对长工的称呼。他的年龄,我也不知道,但比我父母大,至少大二十岁左右。我们小孩都不叫他名字,而尊称他为"老康康"(音)。他在我母亲家干过二十年左右,因此一直叫我母亲为"二小姐"[1]。有人说,他是陪我母亲嫁过来的,但不像。总之,如何来我家的,我不清楚。他曾说过,他在我母亲

---

[1] "大小姐"为母亲伯父女儿,比我母亲大1岁。嫁与慈城王氏族人王成柏(比我大四辈)。王成柏1929年毕业于北京大学。新中国成立前曾任北京大学、北洋大学、中法大学等大学的教授,教过化学泛论、理论化学、物理化学、近代化学、电化学等课程。新中国成立后任北京理工学院(后更名为理工大学)教授。是我在北京的唯一亲戚。说来也巧,他的祖父王竹孙和我的祖父相识。1884年冈千仞住我家时,来往频繁。冈氏《观光纪游》有5天的日记中提到王竹孙。王为冈千仞画山水、梅花、写大字等。王竹孙的二儿子王凤喈,为第一批留美幼童,三子王如璋,即王成柏之父,为天津水师学堂优等生,北洋平远舰轮机副,参加过中日海战。

家时,我母亲的祖父要去当知县,准备带他去,为此他学过有关礼节。所以,他在我家始终恪守主仆关系。例如,他从不和我们在一个桌上吃饭,我们在走廊上吃饭,他就在旁边的一个小桌上吃;我们在吃饭间吃饭,他就在灶间吃。他也把我当作他的小主人,我出门去村外的地方,如参加族里的祭祀活动、春节去亲戚家拜年,必由他护送。他总是让我在前面走,他在我后面走,决不走到我前面。我上小学的第一天,也是他送我去的。前一天,他还先领我去学校旁边有孔子像的地方拜孔子,并告诉我,今后要敬惜写了字的纸。因为字是圣人造出来的,不能随便扔,要放在字纸篓里以后烧掉。

我祖母和母亲基本上不过问家务。因此,我家的家务基本上都由长工管。

家中无人时,由他看家,例如,我祖母把我从杭州父母处带回黄山,进"白屋"时就是他一个人在家;"白屋"旁的菜地和周围七八亩稻田都由他种,我母亲十亩嫁妆田的租子由他收,税也由他来交;家里请人干活的事,全由他安排;家中过年过节的事和祭祀活动,全由他安排。

这个长工把我们的家当成他自己的家,我家也把他当成自己的家人。他对我家的事,不论是农田劳动,还是家务管理,都是任劳任怨、忠心耿耿、主动积极地做好。用旧时的说法,他是一个典型的"义仆"。

他为人善良,甚至对动物也如此。他养了一条狮子狗,老死了,他为它修了一个坟,还给它上香。他认命,但也希望来世能有一个好命运。为此,他就积极做好事。有一次,我发现他在修一条村里人经常走、但已经不平的石板路。他用锄头把石板翻开,把下面的土锄平,再把石板放上放平。因为他相信修桥铺路是好事,阎王会记他的功的,让他来世投一个好去处。

新中国成立后,他分到了田,1952年(约62岁)由他的女儿领回家养老。

(六)我家的习俗

1. 祭祀

春节祭祖宗,挂大幅的穿着朝服的祖宗像。其中,白屋的祖先挂在大厅,我家的祖先挂在轩子间,都挂十多天。平时祭祀自家的某个祖先,则在吃饭间里摆祭桌。有专用的祭祀用具,如用带框的木盘放鱼、肉等祭品,但都是生的。我们小孩最感兴趣的是其中的糕点。碗中盛饭,筷子竖直地插在饭中。由男人祭拜,我家也就是我这个小孩,女人不参与。

2. 农业生产

我家在"白屋"周围有一个菜园和七八亩水稻田,由长工种。远处有我母亲陪嫁来的十亩田,均出租。种田最忙时间是插秧和收割。此时需要临时雇人。而且也有人在这时主动前来受雇,一般是黄岩人。平时农活是浇水。清晨起来,出太阳前,由一个人能扛起龙骨车车水。龙骨车长而窄,木制,中间用薄木片隔成一个一个小室,一头放在小河中,一头用双手摇左右两个摇把,像自动扶梯那样周而复始地把水兜上来,流进田里。小时候我也摇过,虽然力气小,但也能摇动,时间长了当然也很累。雨中干活时,戴斗笠,穿棕制的蓑衣。插秧和收割是重活,要吃得好一些,上下午中间还要吃点心,也就是一天吃五餐。所以我们那里有一句谚语:"童养媳妇等过年,放牛小孩等种田。"也就是,一年之中,过年过节,有好吃的。我家有全套农具,没有牛,需要牛时向人借。肥料主要有三类。一是人粪尿。在菜园里放了一只大缸,专盛粪尿。二是草灰。除平时烧饭的灰外,每年秋季专门割草,烧成灰。家里也有专门放灰的地方。三是草子(学名苜蓿)。秋收后,田里种草子,春天耕田时,翻在土中作肥料。

3. 副食

青菜、豆类、冬瓜等都是自种。冬瓜,腌成臭的,叫臭冬瓜,闻起来臭,吃起来可口,而且凉快,是我们那一带地方特产。春季还买大量竹笋、雪里蕻煮后晒干。家中每年还养20只左右的鸡。小鸡是买的,养到年底都吃光。其他副食品,如肉类,过年过节时去离村十里地的县城(也就是现在的慈城镇)购买。平时有一个固定的小贩,自县城挑一副担子,上门兜卖副食品、日用品等,也可以托他买其他东西。水果,只能吃到本地产的。主要有桃子、杨梅、西瓜、脆瓜、黄金瓜、菱角等。西瓜放在阴凉的地方,可以放到中秋节。

4. 过节

端午节吃自裹的粽子,门上挂艾叶和菖蒲,小孩脸上涂雄黄,一般是在额头上写一个"王"字,大人喝雄黄酒。阴历七月三十日夜晚,在各个天井石板缝中插香,纪念地藏王菩萨生日。这也是小孩最高兴的事,香的细棍子,第二天就可以拔出来当玩具玩。中秋节买月饼吃。全国的中秋节是阴历八月十五日,但宁波例外,是八月十六日。据说南宋时（京城是今杭州），有一个宰相是宁波人，要回来和家乡父老一起过中秋节。有事晚到了一天，宁波人为了和他一起过中秋节，就把中秋节改为十六日（后来我看到一篇文章，说宁波地区中秋节为十六日不是这个原因，是和南宋皇帝有关，细节我记不清了）。现在有一个说法，十六的月亮比十五圆。如果如此，也就歪打正着。腊月二十三日祭灶王爷，让他上天言好事。

5. 制糕点、制酒

秋收后，磨米粉、黄豆粉等。一是做年糕。米粉蒸熟后，要在臼中捶击。年糕的质量和捶击的次数或火候有关。年糕做好后贮藏在有水的缸中，随时取出来吃。二是做黄酒。用糯米蒸熟发酵后榨酒，会有人带着木制的机器上门代榨。三是做印花糕。把掺有黄豆粉的米粉蒸熟后，放在刻有各种花纹的木模中，然后脱模放干在锡瓶中贮藏起来，以后慢慢吃。1982年我和我爱人回乡时，在一人家中发现有一套做印花糕的木模，像是我家的。一问，她说是我母亲离开黄山时送给她的。

过年时，买肉、杀鸡等。用肉汤、鸡汤做汤年糕，那时感到这是味道最鲜美的食品。用草子的嫩叶炒年糕，也很好吃，家乡有句谚语形容："草子炒年糕，馋杀灶王爷。"还有做汤团，宁波汤团的特点是馅中要放板油。看一个新媳妇的手巧不巧，就看她包有馅的汤团能包多小，比一汤匙的汤团谁包得最多。平时来客人，请客人喝茶的茶杯有盖，春节时，盖上要放一枚橄榄，祝客人在新的一年，像吃橄榄那样先苦后甜。

6. 请人干活

每年都要请几拨人来家里干活，往往一干几天。除插秧和收割以外，还请篾匠、裁缝、油漆匠、碾米。篾匠是以竹子为材料，修补晒稻子的席子。裁缝做新衣服和修补衣服。油漆匠漆祖母棺材。碾米，有机器碾米船不定期开到"白屋"东边的河边，为全村服务。船上工人和村里人都很熟悉，如果一天碾不完，会住一晚，晚上工人则会到一些人的家里打麻将。从机器碾米船，可以看到河运在我家乡的重要性。我记得有一年大旱，"白屋"旁边那条河见了底，很快有关部门就放海水进来。当然，海水是不能轻易放进来的，它会使土地盐碱化。

7. 生病看中医

乾隆二十五年（1760）黄山王氏一个秀才王立鳌，和宁波城厢一个秀才孙锵赣，因同考举人相识而成为莫逆之交。王氏爱好医学，懂得药理。两人经过酝酿，决定合作经营药业，开店取名"寿全斋"。十年后，孙氏撤股，王氏独家经营。这家中药堂在宁波很有名，至今还存在。在药店工作久了，店员有的自学成医。我小时，就有这样一位老前辈（我称他为绣文太公，寿全斋账房），年老后退居家中，为王氏族人看病。此外，由于这家药店是黄山王姓人祖先所开，因此我家也有"股份"。但由于不是一个支系，因此我家拿的不是股金，而是给一根长长的竹签，竹签上有一定的标志。给每家的竹签数量不等，我家是两根。一根竹签，每年可以去寿全斋拿一份自产的丸药。我小时拉肚子时，吃过寿全斋一种丸药——避瘟散，很快就可止泻。

8. 照明、取火

照明的方式有三种。一是蜡烛，包括灯笼。二是菜油灯，即在菜油中放几根灯芯，点燃灯芯后取亮，也就是在《儒林外史》提到的那种灯。三是煤油灯。取火的方法有两种。一是打火石，敲击打火石打出火苗，点燃旁边的火绒，再用火绒点燃纸卷，纸卷的火灭后，留有火印，吹一下火印，纸卷又起火，用来点灯或点烟。二是火柴。

9. 文娱活动

夏天晚上乘凉时，常请说书人（一般是盲人）来说书，说《梁山伯与祝英台》《白蛇传》和其他故事，邻居也来听。故事的内容多为"私订终身后花园，落难公子中状元"等，主要是宣传"善有善报，恶有恶报"思想。有时大人们也议论时事，多是讲现在世道混乱，盼望真龙天子下凡等。晚上，全家人经常先是聚在起居室，讲些故事，然后回各自房间睡觉。故事讲的多为鬼故事，小孩又爱听又害怕。我到现在还怕鬼，就是听这些故事的结果。此外，在春节时，有"民间舞蹈队"来演出。因为戴着假面具，小孩们称之为跳"大头和尚"，实际是向大家讨钱，不过小孩看着很热闹。

10. 堕民

在江浙局部地区，存在一种叫堕民的贱民阶层，这个贱民阶层起自明朝初年（来历众说纷纭）。清朝雍正年间，曾下令解除堕民之籍，但真正得到解决，是在新中国成立后。对堕民约定俗成的禁令有十条：一禁入学读书，二禁入仕途，三禁从事工商，四禁耕种田地，五禁与平民婚配，六禁高声说话，七禁昂首阔步，八禁聚众集议,九禁夜间喧哗,十禁成群结队。他们以操贱业为生,如抬轿、剃头、梳头、绞面、屠宰以及婚丧祭祀时的唱戏乐手、值堂和喜娘等。似乎每家有固定来往的堕民,主要是女堕民,我们称她们为堕贫嫂。我也见过堕贫嫂为妇女绞面,用两条棉线夹住女的脸上的汗毛,拔下来,绞一次,时间很长。春节来拜年,我家都会给堕贫嫂一些年糕。

(七) 我的幼年生活

1. 名字

过去,人的正式名字一般有三类:名、字、号。如我的祖父,家谱记载:讳仁乾,字健君,号惕斋,晚号独臂翁。名和字,由上辈人取或上辈请人取;号自取,可以有很多个。名,是含辈分的家族名字,如仁乾,仁就表示仁字辈。字,有时和名有关。具体到我,名勤谟,勤为辈分,字显哉。我母亲来北京时,带来一张红纸,上面写了我取名的情况:"王勤谟　显哉《书》丕显哉文王谟"。我的"字"出自《尚书·君牙》中含"谟"的句子之中。一般对外用"字"或"号",我初中的毕业证书上用的还是"显哉"。后来,因为南方话中"显"和"死"音相近,"显哉"成了"死了",我就不用它了,用"王勤谟"。

2. 满百天,外公送来百件小衣服

我生下来满百天时,我外祖父(名余静庵,字月崃,1944年去世)家送来了一百件小衣服。我母亲来北京时还带来一些,其中有些已经丢失,如一件做得很精致的小马褂。现在,我收藏的只有一双老虎头鞋和一对小枕头套。从中也可以看到当时的一些民俗。

3. 不让出门

我四岁多时,祖母把我带回黄山"白屋"。这时家里只有两个大人和我一个小孩。当时既不让我和住在"白屋"内的邻居来往,更不让和"白屋"外的邻居来往。主要原因是年纪小,家里房子多,天井和园子大,有足够让我一个小孩玩的地方和东西。大约两年后,我母亲和三个妹妹回来了,家里就热闹些,但依旧不和邻居来往。上小学后,开始和邻居中的小朋友有了交往,主要是"白屋"里的邻居中一对姐妹和另一个"树桥头"大宅院的一对兄弟,也就是上面提到的王琯珑和他的弟弟。一般是他们到我家里来玩。我还是很少出"白屋"的门。

4. 每年固定的扫墓和拜年,都由长工护送

扫墓坐船去。拜年就去两家。一是我母亲的舅舅家,我的外婆在我母亲很小时就去世了。外婆去世后,我母亲就住在她的外婆家。二是我的义父家,即我母亲姑丈李思浩[1]妹妹的儿子家。据说,拜一个义父可以活得长一些,因为阎王来要命时,由于对不上名字或家庭,也就不抓了。出于同样原因,母亲还领我去一个和尚庙,拜方丈为师父,并取了一个和尚名字。

5. 课外看的书

认识的字多了后,我就看家里藏的书。主要是小说,包括《三国演义》《水浒传》《西游记》《红楼梦》《东周列国志》《儒林外史》《说唐演义》《说岳全传》《包公案》《彭公案》《施公案》《三侠五义》等。书中的诗都不看,因为看不懂,主要看故事情节,有的看了还是似懂非懂。我对中国古典小说,主要是在这个时候看的,以后就很少看了。小学六年级时,还请住在"白屋"的邻居,也就是那对姐妹的父亲王敦卿,教我读"四书",没读完,只读了《大学》《中庸》和《论语》的一部分。

6. 家庭教导和影响

主要有:(1)读书,做有学问的人。(2)诚实,言而有信,不说谎,不骗人。(3)对人和气,有礼貌。(4)对人甚至对动物要有恻隐之心。(5)善有善报,恶有恶报。(6)"宰相肚里好撑船",要像弥勒佛那样,度量大,笑口常开,不生气,不记仇。(7)站有站相,坐有坐相。(8)饭不能剩,因为"粒粒皆辛苦"。(9)吃饭不能出响声,不能露牙,要闭口吃。筷子不能竖插在饭上,因为这是用于祭去世的人的。大人没有动筷前,小孩不能动筷。(10)男孩不能干家务活。还有一个对我一生起作用的思想,就是好人的标准是什么?我小时的熏陶就是对人和睦。念"四书"茫然不解,但有些语句,还对我有影响,如"礼之用,和为贵,先王之道,斯为美",使我益发感到,人间相处,和最重要。我小时,祖母、长工和我三人相处很和睦,把长工看作是家庭成员。长大后,也以此作为为人处事原则,不论对方是什么身份。

7. 爱好

我小时候爱好刻图章、养猫、养蚕、抓蟋蟀等。

---

[1] 李思浩,段祺瑞执政时的财政总长,新中国成立后担任过上海市政协委员。我到上海后,见过他。

综上所述，我的童年，一言以蔽之，是生活在一个有浓厚宗法观念、闭塞落后且基本上停滞不前的社会中。与现在的小孩比，特别是与大城市里的小孩比，在生活、学习和接触的事物等各方面，都有巨大落差。从整体上看，现在小孩的见识及水平比我们那时要高得多。

少年时期

1940年日本占领宁波、慈溪。1941年上半年，为逃避日本人入侵乡下，家中除留长工看家外，全家逃难到上海。那时我家的亲戚，祖母系的、父系的、母系的基本上都在上海，到上海后有人照应。我住在义祖父处，祖母、母亲和三个妹妹，在南市租房居住。一年后，她们返回乡下，我则留在上海读中学。

我读的是光华大学附属中学，是我小舅舅的母校，也是他领我去考取的。当时这个学校设在上海证券交易所最高一层（第八层）。离我住地，也就是我义祖父开的一家卖科学仪器的商店（名为实学通艺馆）的四楼，很近。该馆位于河南路（南北向）上，福州路（又称四马路，东西向）南一点地方，这两条马路的拐角处，就是互相挨着的、当时全国最有名的两家书店——商务印书馆和中华书局。这两家书店的对面，则是专门卖翻印的美国大、中学教科书（经美方同意）的龙门书店。福州路上，河南路往西一点，又有另一家卖科学仪器的商店，叫科学仪器馆。可见，当时上海这一带，是文化氛围比较浓厚的地方。

我从浙江宁绍平原的农村来到上海，是从一个具有浓厚传统观念的社会，一下进入了当时中国资本主义因素最发达的社会。我的亲戚中，有各个阶层的人。我在上海的生活很特殊，依旧生活在一个封闭的传统"士大夫"的社会之中。

（一）我的义祖父及其对我的管教

1. 我的义祖父

我的义祖父叫张伯岸，又名张之铭，鄞县姜山镇石路头人。年轻时去日本留学，和我祖父以师生名义相称。张謇1903年5月24日的日记中曾记："甬人张伯岩、黄桂芬以王惕斋所属来为照料。"以后和我家的关系也很密切。我的大姑母嫁给他的儿子张绍铭，但在生下我表兄张孝秩后不久就去世了。张绍铭和他的儿子关系不好。我那个表兄在上海时,也不和他父亲、继母住在一起,而和他祖父住在一起(抗战后,随同济大学去后方)。我父亲拜他为义父,因此,他成为我的义祖父。我在上海上中学时的前五年,就住在他那里[1]。他待我如同待我的表兄。

2. 义祖父创办实学通艺馆

据我伯父说,1909年左右,我祖父给他一笔钱,约5000银圆,回国开了一家卖科学仪器(包括一些化学品)的商店,叫实学通艺馆。实学通艺馆是什么意思呢?我见过他找人画的一张实学通艺图。主要内容是显示他卖的仪器可用在什么地方,如可以用在科学实验、学校教育、医药卫生、化验、测量、计算、工业、农业等方面。所谓实学通艺,就是应用这些仪器的实在的学问,达到精通某项技艺。取这样一个富有文化意味的店名,也反映开这个店的主人是一个儒商。

3. 义祖父的日常生活

1941年,我12岁那年,和义祖父张伯岸住在一起。那时他已有70岁左右,早已不过问商店的事,商店的事完全交给其堂弟经管。这个商店共有四层,第一层主要是销售场所,第二层是众多人在一起的大办公室,第三层是仓库,第四层一分为二,一间让上海没有家的店员住,我也住在这间屋里。另一部分有里外两间:外间,是他白天看书和会客的地方;里间,是他的卧室,白天也是我的书房。

那时他的日常生活就是看书、写书、买书、会客。

他除了每年请一些知己朋友在饭馆吃一餐外,很少出门,也不下楼,但经常有客人来访。来的客人多半是一些老古董式人物。有时,他把我写的"大字"让这些人评点一下,说的内容我也听不懂,也不爱听,因为我的字写得不好,也不爱写。来的人中也有较为年轻的,印象深的有章太炎的小儿子,文质彬彬,说话慢条斯理。也有业余时间练写"桐城派"文章的,写好后请他评点。他有一把古琴,会弹的客人来时,请他弹一弹,弹时还要点香。

他的日常生活由一个跟随他多年的老妈子照顾,包括做饭。我则和店员一起吃。

---

[1] 抗战胜利后,光华附中搬往上海市郊区,因此高三时我在学校住宿。1947年,张去世。

4. 义祖父的古骥室

义祖父给自己的房间取了一个名字,叫古骥室。书房的两面墙和卧室的一面墙,自地面到房顶都垒着一个一个基本上是正方形的大书箱,有锁,正面写的则是"古骥室藏书"。藏的都是线装书,如《二十四史》就有两部(不同版本)。这些书,在他去世后,由他儿子卖掉了。白天,他就坐在书房里看书,也研究一些历史。去世前两年,还自费印了一部他研究多年而写成的有关历史方面的书(线装形式),送给一些朋友。

马叙伦在《石屋余渖》一书中说:"张伯岸之铭,宁波人,以贾起家,创实学通艺馆于上海,而嗜藏书,初藏于日本,毁于大地震,今其上海所藏书,亦数万卷。伯岸年七十矣,藏书无目录而随手可以检得,老而忆力犹强,可羡也。伯岸示余所藏《民报》末期,止章太炎之应付《民报》被封时数牍耳。中有标语六,其三有中华帝国之名。盖太炎初旨止在覆灭满洲政权,君主民主非所顾也。"

宁波人张寿镛刊印《四明丛书》,网上说此书是根据张伯岸藏本刊印的。张寿镛是著名的教育家,在一次爱国运动中,从当时圣约翰大学分离出来办了光华大学,是光华大学兼附中校长。我就在这个附中上学。搬郊区后,由他的儿子张芝联具体管理附中。张芝联要和每个学生谈一次话。和我谈话时,我说我在上海和义祖父张伯岸住在一起。他说,他认识"张老先生"。当初我不知道他是如何认识的,看了这个资料后,才知道他们父辈之间有文化上的来往。

由此看来,张伯岸的藏书在当时的上海还有一定的名气。

5. 义祖父对我的管教

他对我的管教,就是放学回来后,我必须在书房里学习,除春节出去向亲戚拜年外,不许外出,也不许下楼。发现我下楼,他就猛按电铃,要我回来。过去,他孙子住在他那里时也是这样。我在学校里的功课,他都不管,却要我每日写大字。他不许我看小说,尽管他的藏书里有很多古典小说,如《金瓶梅》就有三种不同版本。他放在我书桌上要我学的、看的是"四书"《古文观止》《唐诗三百首》《曾国藩家书》以及梁启超的《饮冰室文集》等。我没有任何娱乐活动,连电影也没有看过,真是"两耳不闻窗外事"。

(二)义祖父的实学通艺馆

实学通艺馆本部共有十多人,外有三个人的附属工厂。在二楼办公的是高级职员，经理、副经理、两个账房先生等，他们在上海都有家。只在店里吃午饭，不吃晚饭。售货员都是宁波同乡，家都在宁波，一年或两年回家一次。经理是张伯岸的堂弟，和售货员之间是师徒关系。因此，售货员管经理都叫先生。店员和店的关系有一种家庭式的氛围。店员"来去自由"，脱离一段时间，甚至跳槽到别处，混不下去了再回来，也不拒之门外。有一个蹬三轮车送货的，一次丢了三轮车，也没有对他有什么责怪，就让他改做售货员。因此，职工队伍基本上是稳定的，有一定的凝聚力。由于买仪器的有很多洋人，店员都自学一些英语，因此都能用英语和洋人做买卖。晚上，有的店员自学，有的打麻将。打麻将时，打出一张牌还要唱一句，如"月上柳梢头，人约黄昏后"等等，个个自得其乐的样子。

店里卖的仪器、化学品等，除少数品种自产、国产外，多数是进口的，用现在的话来说，也就是有外贸进口权。从国外进口，有的由本店自己向国外订货，有的是从国外到了一批货，由同业公会在各店之间分配。

这个商店还吸收私人存款。我家就有两笔钱存在那里。一笔是我祖父1911年去世后，祖母分别以三个儿子的名字存的款，其中给我大伯父4000元，二伯父和我父亲各3000元。给大伯父的4000元存款，早由大伯父取走。给我父亲的存款，从账面上看，主要通过支付我父亲和我的中学学费，逐渐花光了。实际上，大部分是由于一连串折算，化为乌有了。先是银圆折纸币（叫法币），沦陷后法币折伪币，抗战胜利后伪币又折法币，新中国成立后法币再折人民币，加上通货膨胀等，存款便没有了。另一笔存款是我母亲1930年变卖部分嫁妆（首饰）后存在那里的3000多元。变卖首饰是因为黄山老家曾遭过北洋军阀兵（祖母称之为"北兵"）的抢劫，放在老家不安全，存通艺馆的利息又较存银行高。新中国成立后，我母亲把这笔存款要了回来。根据当时的政策，存款折了3000多元人民币。抗战时期，我父亲在后方不能给家里寄钱，我母亲也没有用这笔存款。那时，我父亲给同在后方的义祖父的孙子张孝秩付学费，后来便折成同等数额的钱给了我家。

附属工厂的地点在商店对面的一个弄堂里，只两间厂房。实际上是一个由三个人组成的作坊，一个师傅，两个徒弟。师傅是我的亲戚，我祖母二姐的小儿子（冯贵荣），我叫他"小郎舅舅"，有很高的手艺。我见过他生产的仿德国的万分之一的天平，和原来的产品，一模一样，很精致。工厂有一部车床，动力是徒弟用脚蹬的，徒弟不听话，师傅就让他趴在长凳上，打屁股。另外，我的"大郎舅舅"（冯秉庸）是一家卖化工原料商店的职员。他为儿子买了一部车床，放在家中揽活干。新中国成立后，他儿子成为第一汽车制造厂工人。

这个商店一直由他的堂弟经管，或者说钱是由他堂弟帮他赚的，因此商店不可能完全交给他儿子打理。这样，在他去世前一年（1946年左右），商店实行了股份制。他儿子占大头，堂弟次之，他的孙子和我父亲也分了股份。另外，还找了几个朋友入股。开第一次股东会时，由于我父亲在南京工作，就由我代表我父亲出席会议。在这次股东会上选举了董事长、经理等。

（三）随记

1. 抽鸦片

到上海后，母亲领我去见外公。外公正在抽鸦片，见我第一句话是："在过去也要让你抽一口，现在不'作兴'（音，宁波话，意为提倡、实行）了，就不让你抽了。"把这句话与1884年7月24日冈千仞《观光纪游》中和白屋举人砚云（祖父族弟）的对话，做一个对比：

> 栗厫（义宽）设飨。……饭毕，温巾热汤，拭面擦手，踞床吃茶。更设烟具别室，二人对卧。且吃且话，此为常法。余痛驳烟毒缩人命、耗国力，苟有人心者，所不忍为。砚云不悦，曰："洋烟行于中土，一般为俗，虽圣人再生，不可复救。"此虽非由衷之言，亦可以知其成弊害，一至此极。魏源尝论烟害曰："耗中土之精英，岁千万计。此漏不塞，虽万物为金，阴阳为炭，不能供尾闾之壑。"……此实沉痛之言。而中人不猛省于此，何也？

可见我外公仍在延续了这一"弊害"！但他说"不作兴了"，比说"一般为俗，虽圣人再生，不可复救"已有进步。这是鸦片战争后100年与50年之间的对比，令人感叹。

2. 素斋

我参加了李思浩在上海一个和尚庙里为其夫人（我母亲的姑母），举行的一次悼念活动。会后的宴席很丰盛，虽然都是素菜，主要是由豆制品为材料做成的肉、鱼、鸡等，不仅形似而且味似，非常好吃，至今不忘。这种素斋，我在乡下的和尚庙里也吃过，但没有这次精美可口。于此可见，不论乡下还是上海，那些出家的和尚，虽然已经"六根清净"，但是食欲不减，仍然向往吃鱼、肉等，而且和尚庙里这些技艺高超的厨师，也会使这些和尚口福不小。我想，素斋既鲜美又健康，作为一种膳食文化值得加以挖掘。

3. 春节请客人喝的茶水

春节去五外公家拜年（那时小辈向长辈拜年，就是跪在地上向他叩头）。五外公是我外祖父的亲弟弟。他的具体情况，我除了笼统知道他"开银行"、住洋房、有私人汽车外，一无所知。我印象深的是，每年去拜年时，首先端上来的是"燕窝茶"，也就是一小碗燕窝汤。这使我想起在乡下时，我家待客的是茶盖上放一枚橄榄的茶水。每年到我义父家拜年时，每次端上来的总是放两个鸡蛋的一大碗甜汤（荷包蛋汤）。到上海后拜年，就升级了，有的是莲子汤，有的是白木耳汤等，燕窝汤是最高级了。这也许是当时宁波或南方地区的一种风俗。现在已经很少有这种待客之道了。

4. 伯父的民族情结

上海沦陷后，租界里的上海人成了"亡国奴"。其中最典型的是，上海苏州河入黄浦江处的外白渡桥，两头都有日本兵把守，中国人过桥要向日本兵鞠躬。我伯父他从不向日本兵鞠躬。我问他："你为什么可以不鞠躬？"他说："日本兵要我鞠躬，我用日本话对日本兵说，我在日本有两个儿子，比你们还大，我为什么要向你们鞠躬！日本兵拿我没有办法，也就让我不鞠躬过桥了。"关于我伯父在日本有两个儿子一事，我问过我祖母，是否确有其事？如有，伯父回国时为什么没有带他们回来？我祖母的回答很有意思。她说，那时日本人长得矮，向中国人"借种"，不是真的要嫁给中国人，所以不和中国人回国。很明显，她是用一种看不起日本人的口气说这个话的。她在清朝时，在日本住了几十年，是不是还带有用"天朝"人看日本人的情绪，我就不得而知了。不过，我伯父家对这件事是否定的。很可能是，我伯父只是以此来对付日本人。虽然我伯父生在日本，长在日本[1]，日语可以说是他的第二

---

[1] 我父亲这一代都生在日本。我父亲在其兄弟姐妹中是最小的一个，三岁时回国。

语言，但在沦陷时期他讨厌说日语。据我妹妹回忆，有一次，几个日本兵路过黄山村，强行进入我家，见我伯父在家，问我伯父是什么人？要我伯父拿出证件来。我伯父一言不发，气得日本兵举起枪来对准我伯父，我伯父仍然一言不发。后来还是我祖母出来和日本兵说了话后才解围。

其实，当时在上海的中国人，绝大多数都有不同程度的民族主义思想。例如，在沦陷期间，必须学日语，光华附中也如此，但大家都不学。教日语的老师劝大家说，学一门外语也是有用的，但大家还是不学。考试时，老师自觉走出教室外，让大家抄书。因此，日语课基本上人人都是100分。老师、学生只是应付了事。

5. 彬彬有礼的小姑父

小姑父名叫董道宁，家里称他为董炳奎。抗战前是国民政府外交部亚洲司日本科科长。政府西迁后，他留在上海。名义上是金城银行顾问，实际上担负政府在抗战时和日本人联系的使命。1998年出版的张令澳著《侍从室回梦录》有详细的记载。我当时并不知道这些事，也不问这些事。我只知道小姑父仪表堂堂，对人彬彬有礼，即使对后辈也是如此。我到清华大学读书后，他有一次来协和医院住院治病，派人来叫我去看他。我见到他时，他就从病床上起身，站起来，欢迎我。他的继室对他说，对后辈不用这样客气。他告诉我，病已痊愈，准备出院回沪。他还告诉我，在协和住院很贵，刚来时住一等病房，随着病情逐步好转，改住二等、三等病房。

6. "小子领教"

我的堂兄王鞠侯，其父王义观是秀才，王义观是1904年家乡新式崇本学堂的创办人。王鞠侯是上海暨南大学地理学和气象学教授，是当时家族中最有学问的人。他认识我义祖父，有时也去看我义祖父和我。有一次，我义祖父送给他一本自写自印的历史方面的线装书，他接过去后，举手一拱，说了一句："小子领教。"自称"小子"，我除在小说书上看到过以外，现实中是第一次，也是唯一的一次。因此至今还印象深刻，记忆犹新。

7. 提出废除中医的余云岫

余是在日本学西医的，是我义祖父的私人医生。两人都是宁波人，都有旅日经历。我也由他看病。有时他来，有时我去他的诊所。他的诊所，有护士，有药房。有意思的是，我在乡下看的是中医，现在却在一个坚决反对中医的西医处看诊。他是国民政府时期要求废止中医的代表人物。1929年,他向国民政府提出"废止旧医(中医)以扫除医药卫生之障碍案"。当时,我看过他写的反对中医的书,和鲁迅的观点基本相同。但他又主张"废医存药"。因此,他药房中自制的一些药,含有中药成分。他自称,如他当中医,也是一个好中医。他参加了新中国成立后召开的第一次科学大会。这一次大会在清华大学大礼堂召开,我还见了他,当然也是最后一次见他。

8. 当时接触的新思想

国文老师教古文时,常常在教室中旁若无人地走来走去,他用旧文人念书的腔调给我们念书时,也不忘谆谆教导我们要有独立思考和见解的精神,不要人云亦云。我至今印象深的是他举的一个例子。他说,人人都说岳飞是忠臣,你可以说他是奸臣,但必须言之有理,逻辑严密。还有,一些宁波人为帮助一个生活困难的宁波老先生,开了一个课外讲"四书"的课。这位老先生一上来就讲,我国两千多年前就有了民主思想。接着,他就孟子所说的"民为贵,社稷次之,君为轻"等话,发挥了一通他认为其中包含的民主思想,表示他对现在学"四书"的看法,即有助于"推陈出新"。学生中推崇的也是林肯的"民有、民治、民享""不自由,毋宁死"等有关个性解放的新思想。当时,这些对我来说,都是新鲜事。

结束语

概括起来,我十七岁前,基本上过的是一人独处的生活,只和书本打交道,不懂人情世故。这种经历,在当时的孩子中也很少。

现在,我幼少年时的那种环境已经过去了,很多人已经不知道了。但这是一个连接过去和现代的时代。因此,写下来,留作一个时代的记忆。尽管这也只是当时社会中的一个小小的侧面。

九十岁怀念祖母

2019年2月25日是我九十岁生日,我最怀念的是我的祖母。虽然因当时年幼,知之不多,但她慈善的容貌依然留在我记忆之中,写此文,以为纪念。

根据家谱记载,我的祖父讳仁乾,字健君,号惕斋,晚号独臂翁。生于道光十九年(1839年)九月,卒于宣统三年(1911年)三月。约在1870年去日本,1877年在东京设立"凌云阁",主要经营汉文书籍、文具等,1910年回国。原配董氏,具体情况不详,只是听母亲说,她在我祖父去日本时已去世。去日本后,祖父娶了日本女子,生有一子、一女。1892年,祖父左臂为马车辗断后,日籍妻子携子女离去。之后,祖父娶了我的祖母。家谱上记载:副室朱氏。

祖母生有三子二女。第二个儿子,十八岁左右,在家乡因伤寒去世;两个女儿,分别生了一子一女后去世。因此我出生时,只有我伯父和我父亲两家。伯父在上海邮政局工作,父亲在浙江图书馆工作。祖母则在家乡——宁波慈溪县黄山村故居"白屋"、上海、杭州三地来回走动。

我生于白屋,随父去杭州。三岁时,祖母去杭州,碰到我父亲不知因何事打我。我祖母就把我从杭州带回老家。白屋,是一个大宅院,占地面积约一万平方米。我回白屋时,白屋已败落。白屋始祖有三个儿子,此时,大房、二房已将房子卖给了在上海经商的族人,而且,只剩下一个居住在别处的孤独的老人。在上海经商的族人,从不回来居住,只是由管家照顾,另外有几间房租给一个亲戚。我们是三房,分给的区域是西边四间厢房及附带的平房。我回家时,家中只有一个长工看家。这样,这个大宅院只住了不到二十人,而且,真正属于白屋后代的只有我这个三岁的儿童,既荒凉又凄凉。

祖母生性慈善，我没有见过她生气。她对我的要求是，只能在家中玩，不能出家门。每到下午三点左右，她会给我吃一块糖或一块饼干。这些糖和饼干，都是她从上海或杭州带回来的，或这两地有人来黄山村时捎来的。在柴房和草房之间的天井里有一块圆形石头，太阳的影子落在某一地方时，约为下午三点钟。我虽年小，但很关心吃的，尽管只是一块糖或饼干，现在来看一点也不稀奇。但那时，却被我看得非常宝贵。如祖母到时没有给我吃的，我看到日影就会叫"娘娘（当地人对祖母的称呼），到三点了"。她就会给我去拿吃的。

她平时的爱好是打麻将，经常请邻居到家里来打麻将。这时，我就站在她的后面，看她打麻将。看多了，我也知道如何打麻将了。不过那时打麻将和现在不一样。那时，打麻将是计分的。

我祖母较瘦，有什么病，我不知道。只知道，她有时要大口吐血（好像是胃溃疡）。乡下缺医少药。一吐血，土方是喝童尿，也就是让我尿给她喝。

平时家务事，包括种田（我家房子附近有七八亩田）、收租（我母亲陪嫁带来十亩田，在外村）、交税、祭祀祖先、准备过年过节等里里外外一应家务事，都交由长工操办，她也非常信任长工，从不过问，更不干涉这个长工。

祖母不识字，不信鬼神，也不信教。因在日本几十年，会日本话，家乡的人亲切地称她为"东洋婆婆"。在日本占领慈溪县，日本兵来到黄山村和其他村时，她不失尊严地和日本人打交道，避免了日本人对黄山村和其他区一些村的骚扰。当然，这也可能和我祖父在日本时交友很广有关。他不仅认识很多日本的著名文人，特别是汉学家，也结交很多日本政界人士，并在中日政府之间做一些沟通。如他在《独臂翁闻见随录》一书中提到他与日本贵族院议长近卫公爵是"莫逆之交"。

祖母在柴房有一口棺材，年年都要油漆一次。她于1947年去世，终年77岁，在那时，应该说是长寿了，我们后代的长寿基因可能也源于她。她去世后，我家和伯父一家，全都回到白屋奔丧。这是我记忆中，我家最为团圆的一次，也是最后一次。

我和比我大一岁的堂兄王勤楣，最为亲近，当时，我们两人同睡一张床。后来，我在清华大学上学，他参加国民党的空军，调到北京，我们又经常往来。解放战争时，他去了台湾。在两岸探亲开放后，他又常来我在北京的家。他不幸于2000年在台湾去世。他的夫人林玉丽,台湾人,在 2008 年 12 月 10 日的台北市宁波同乡会主办的《宁波同乡》上以我的名义发表了一篇题为《我的祖母"东洋婆婆"》的文章。文不长,部分内容取自我写的文章中。现录于下,纪念我的祖母,也纪念我的堂兄。

我的祖父王仁乾,字惕斋,浙江慈溪(今慈城)人,晚清旅日四十年老华侨(一八七〇年至一九一〇年),慈城第一位民间外交家(上海图书馆保存有王惕斋先生九封信)。那时在上海的实业家,去过日本的都和王惕斋先生有来往,像创办大丰公司的林涤庵,大中华火柴厂的刘鸿生,天原、天厨、天利的吴蕴初等。比较详细记述我祖父在日本情况的是,登在二〇〇四年一月的《古镇慈城》第十一期上,浙江大学日本文化研究所副教授吕顺长写的《慈溪王氏兄弟与日本文人》一文,后该文发表在《浙江方志》杂志上(注:应先发表在《浙江方志》,后刊载于《古镇慈城》),并为慈溪史志转载。

我的祖母,慈城人称她为"东洋婆婆",一九四二年,日本兵来到黄山村时,村里推她出来和日本人办"外交"。那天她穿着整齐,见了日本兵,不慌不忙,态度从容自如,行日本礼节后,开始交谈。以后日本兵再也没有来过黄山村。其他村里来日本人时,也请她去。

二〇〇四年,我和我爱人去黄山,这时离我祖母去世已近六十年了,但见到的人仍记得"东洋婆婆"。不但年老的知道,年轻的也知道"东洋婆婆"。问他如何知道的,他回答是听老人说的。当然,这对我来说,是这次游子回乡的一个极大安慰。特别是二〇〇四年五月十五日《宁波晚报》上发表的王静写的《慈城的白屋》一文中也提到了我祖母办的这件事:"白屋的主人很仗义,一九四二年日本兵进入慈城时,乡人请被他们称为'东洋婆婆'的王太太出面与日本人进行'外交照会',这位婆婆义不容辞地担起这一重任,从容不迫与日本人交涉。打那以后,黄山村再没受扰。"

第五编 社会经济发展思考

试论知识经济在工业经济中产生的因素

自 1990 年联合国提出知识经济概念后,即被工业发达国家所采纳。1996 年经济合作与发展组织在题为《以知识为基础的经济》的报告中定义了知识经济。1997 年 2 月美国总统克林顿又在其国情咨文中正式采用了知识经济的提法。概念是存在的反映,它表示发达国家已开始从工业经济时代走向知识经济时代。当然,即使是发达国家,知识经济目前也只是处于开始阶段,从而对像我们中国这样正在致力于现代化的发展中国家提供了超常规的发展的机遇。为此,我们需要研究知识经济产生的因素或规律,使我国尚在为工业化而奋斗的过程中自觉地导向知识经济。

知识经济既然是继工业经济而来的新的经济时代,因此它绝不是凭空而降的,它的产生必孕育于工业经济甚至前工业经济之中,对知识经济在工业经济和前工业经济中孕育的因素或成长的规律作一探索,具有重要的现实意义。我提出以下五点看法,不一定全面和准确,供进一步探讨。

一、任何生产活动都是通过一定的生产技术把资源转化为产品、工程或服务(以下简称产品)

这是知识经济的遗传基因。这一点可用下列框图来表示:

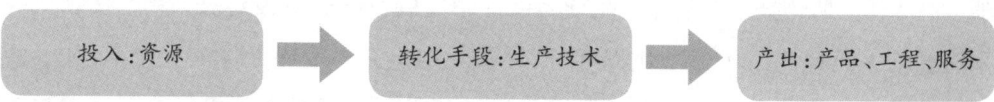

1. 任何一项生产活动都是建立在一定的生产技术的基础之上的。人类最早的

生产活动是采集和狩猎。以采集来说，采集什么和如何采集等，现在来看虽然简单，但都需要一定的技术，而且从当时的情况来说，这些技术也是通过长期积累才获得，如识别哪些能吃，哪些不能吃，就是如此，狩猎也是如此，进入农业社会后，农业生产技术比采集和狩猎的技术要求就更高了。而工业生产活动，包括手工业在内，必须建立在一定的技术基础之上就更为明显了。如，企业的生产规模的经济合理性问题，马克思在《资本论》第一卷"分工和工场手工业"一章中就明确指出，这是由工场手工业技术性质产生的一个经济规律。当前产业结构高级化更是高新技术发展的直接反映。

2. 生产技术就其职能来说由工程技术和管理技术两部分组成。不同的产业有不同的工程技术。如农业，有农业工程技术；运输业，有运输工程技术。以机械工业为例，机械工程技术基本上又由产品设计技术（含试验）和机械制造技术（含加工、装配、测试、运输）两部分组成。

在个体劳动情况下，工程技术和管理技术是合二为一的。而在集体劳动情况下，如手工业作坊，管理技术就从直接体力劳动中分离出来，成为生产活动不可缺少的职能。在经济活动中除生产以外的其他三个方面：交换、分配和消费中，管理技术占主导地位。随着科学技术的发展，管理技术和工程技术，日益紧密结合。电子信息技术的应用，如计算机集成制造系统的产生，就是这方面最显著的标志。

3. 工程技术和自然科学存在着密切的关系。自然科学和工程技术对发展经济本质作用在于挖掘资源的内在潜力，以产出价廉物美或性价比高的产品。它又包括以下两个方面：

一方面是挖掘现有资源潜力，向资源的深度进军。如提高生产效率，提高能源、材料、厂房、设备、土地、矿产等的利用率，提高产品的性能和生产质量，提高劳动安全程度，消除环境污染等。比如机械工业中提高材料利用率，需要发挥少无切削、少无氧化加热技术，也需要在产品设计中发展有限元等设计技术等；提高热效率途径之一是提高设备大型化程度，而设备大型化又要发展大件加工技术，如锻造和加工500吨以上锻件；减少种子消化量需要发展精播技术；减少灌溉用水需要发展喷灌、滴灌等技术；白云鄂铁矿需要开发新的提炼技术以便高产地提取其中伴生的稀土元素；发展综合利用技术可以使石油、天然气、煤等天然原料产生出成百成千种高附加值的新产品，也可以使生产和生活中的废弃物变成再生的有用资源；提高交通效率、减少交通事故途径之一是发展电子化交通管理系统；金融电子化可以大大缩短顾客提存款的时间，加速资金周转，节约现金使用等。

另一方面是开拓新的资源，向资源的广度进军。如根据科学上新发现的超导现象、遗传密码等开发出新的高性能的工农业产品；核聚变的发现和利用可以使我们获得取之不尽而又无污染的能源；航天技术的发展，使我们得以利用空间的微重力、高真空等新的资源生产出地球上生产不出来的药品、金属材料等，更直接有效地利用太阳能，开发月球上的资源以增加人类资源来源等等。

管理科学和技术对发展经济的实质作用是在现有的先进的工程技术的基础上合理或优化配置现有资源，以提高现有资源的利用率或把浪费减少到最小程度。在合理或优化配置资源方面也有宏观和微观两个方面。宏观管理科学和技术已超出生产技术组成的范围，指对整个国民经济以至全球经济的管理。微观管理科学和技术针对企业和企业集团，包括跨国公司内部的管理。

4. 生产技术的源泉包括：生产实践经验的积累、提高和科学发现。其发展趋势是前者所占的比重越来越小，后者的比重越来越大，而一切生产技术的源泉基本上基于科学发现，而且由科学发现转化为实用技术的时间越来越短，以至科学与技术的界线相对模糊时，即进入知识经济形态。此时，发展经济的重心或着力点将由物质生产部门转移到科学发现和技术发明领域。

二、以价值增值为基础的市场经济体制使科学技术被自觉应用于物质生产，从而导致科学技术的迅速发展，并进入知识经济时代

既然人类生产活动从一开始就是依靠生产技术把资源转化为产品，为什么只有从进入资本主义社会阶段后科学技术才获得巨大而迅速的发展并率先进入知识经济时代？这和经济体制有关。

经济体制，从大的方面看，只有两种，一种是按使用价值增值的要求发展经济，一种是按价值的要求发展经济。从经济发展的历史看，是从使用价值的经济体制发展到价值增值的经济体制的。

按使用价值增值要求发展经济也就是按实物需要发展经济。这种经济体制有两个主要特征：第一，"古代人连想也没有想到把剩余产品变为资本。即使这样做过，至少规模也极有限。……他们把很大一部分剩余产品用于非生产性支出——用于艺术品，用于宗教和公共的建筑。……那时有富人的消费过度，这种消费过度，到罗马和希腊的末期就成为疯狂的浪费"。[1] 第二，"生产主要是为了使用价值，为了本人的直接需要"。[2] 那时"他们偶尔也提到产品数量的增加，但他们指的只是使用价值的更加丰富。他们根本没有想到交换价值，想到使商品便宜的问题"。[3] 此外，由于对时间的漠不关心，往往用整整一个月的时间来制造一支箭。在这种经济体制下，整个社会不重视技术进步。在古代中国甚至把技术视为奇技淫巧，加以鄙弃甚至挞伐。

按斯大林模式建立起来的经济体制，虽然用"最大限度地满足整个社会经常增长的物质和文化的需要"代替"为了本人的直接需要"，指的仍是使用价值的更加丰富，同样"根本没有想到交换价值，想到使商品便宜的问题"。生产以完成一定的数量为目的，而数量的增长又主要靠在原有技术上的扩大，甚至不计成本，造成一个浪费型的经济。企业的技术进步缓慢，甚至可以不进步。

按价值增值要求发展经济也就是按创造利润从而增加社会财富的需要发展经济。核心就是运用价值规律来发展经济，这正是资产阶级创立的市场经济体制的基础，并与资本主义前和按斯大林模式建立的社会主义经济体制根本不同之点。马克思在《资本论》中说，"工场手工业时期很快就宣布减少生产商品所必要的劳动时间是自觉的原则"。[4] 以此，技术获得了飞速的发展。

为什么运用价值规律能促进技术进步？这是因为生产的目的既然为了价值增值，即投入的资本一定要有最优的收益率，其前提就是要实现包括剩余价值即利润在内的价值。按马克思在《资本论》中的说法，价值实现既取决于生产某种产品是否合乎社会必要劳动时间，也取决于社会对该产品的总需要量，超过社会总需要

---

[1] 马克思：《剩余价值理论》第二册，第 603 页。
[2] 马克思：《资本论》第三卷，第 904 页。
[3] 马克思：《资本论》第一卷，第 404、405 页。
[4] 马克思：《资本论》第一卷，第 386 页。

时,即使该产品满足前一条件,但一部分产品的价值还是不能实现。价值实现这一内容指出了必须按需生产,否则就有可能不是在创造财富而是在浪费财富。价值实现这一内容还指出了开展竞争的必要性和必然性。竞争的核心是使自己的产品的价值缩短到当时社会必要劳动时间之下。这样就使竞争成为发展经济和技术的推动力。

竞争成为发展经济和技术的推动力的机制,马克思也作了深刻论述。今天重温这些论述,对于我们认识知识经济的由来仍有重要的现实意义。因此,摘引一些主要论述于下:

马克思指出为剩余价值而进行的生产,"包含着一种不断发生作用的趋势,要把生产商品所必需的劳动时间,也就是商品的成本价值,缩减到当时的社会平均水平以下。力求将成本价值缩短到它的最低限度的努力,成了提高劳动社会生产力的最有力的杠杆"。[1]"价值由劳动时间决定的规律,既会使采用新方法的资本家感觉到,他必须低于商品的社会价值来出售自己的商品,又会作为竞争的强制规律,迫使他的竞争者也采用新的生产方式"。[2] 正因为这样"现在工业,从来不把某一生产过程的现存形式看成和当作最后的形式。因此,现代工业的技术基础是革命的,而所有以前的生产方式的技术基础本质上是保守的"。[3] 又说,"一个资本家只有在自己更便宜地出卖商品的情况下,才能把另一个资本家逐出战场,并占有他的资本。可是,要能够贱卖而又不破产,他就必须廉价生产,就是说,必须尽量增加劳动的生产力。而增加劳动的生产力的首要办法是更细地分工,更全面地运用和经常改造机器"。[4] "机器生产的原则是把生产过程分解为各个组成阶段,并且应用力学、化学等等,总之就是应用自然科学来解决由此产生的问题。这个原则到处都起着决定性的作用"。[5] "由此可见,生产方式和生产资料总是在不断变更,不断革命化;分工必然要引起更进一步的分工;机器的采用必然要引起机器的更广泛的采用;大规模的生产必然要引起更大规模的生产。这是一个规律,……这个规律不

---

[1] 马克思:《资本论》第三卷,第 996 页。
[2] 马克思:《资本论》第一卷,第 354 页。
[3] 马克思:《资本论》第一卷,第 533 页。
[4] 《马克思恩格斯选集》第一卷,第 373、374 页。
[5] 马克思:《资本论》第一卷,第 505 页。

让资本有片刻的停息,老是在它耳边催促说,前进!前进!"[1]

今天我们可以看到,马克思揭示的这个"前进!前进!"的规律,就分工而言已发展到经济全球化,以应用自然科学而言(其中重要的一点是物化为机器)已发展到知识经济。

三、智能自动化机器和机器体系(以下简称机器)的产生和发展是知识经济的物质基础

马克思说:"各种经济时代的区别,不在于生产什么,而在于怎样生产,用什么劳动资料生产。"[2] 工业经济的本质特征是机器生产。第二次世界大战后,以电子计算机诞生为标志的电子信息技术的产生和发展使传统机器发生革命性变化,发展为现代机器,并催生了一个新的经济时代——知识经济时代的到来。

传统机器,按马克思说法,是由动力机、传统机构、工作机三个本质不同的部分所组成的机器。而现代机器则由原来的三个组成部分增加了一个新的第四个组成部分,即建立在电子信息技术基础上的智能自动化控制机构。智能自动化控制技术又主要由电子计算机技术,探测、传感技术和通信技术组成。传统机器依靠操作人员同周围环境进行信息交流,机器本身只是机械地按原先设定的功能进行运转。而现代机器则可以由传感器自动获取自身及周围环境的信息,分析其变化情况,自行调整其运转,从而使现代机器可以在越来越大的程度上摆脱在传统机器中摆脱不了的人的主观力量的约束。

智能自动化另一划时代的标志是信息网络的产生和发展。

现代机器加网络使物质生产正在产生以下三个与建立在传统机器基础上的工业经济时代不同的质的飞跃。

一是把制造技术领域向高速、高精度、高压、高温、高真空、高清洁度、深冷、高有害等极限领域扩展,使人类的物质生产活动领域扩展到小至原子、大至空间的范围。

二是使各种生产要素的潜力得到最充分的发挥和最优的配合,从而使精度、一

---

[1] 《马克思恩格斯选集》第一卷,第 375 页。
[2] 马克思:《资本论》第一卷,第 204 页。

致性、柔性、效率、安全、成本等各种生产要求能够完善地协调起来，获得最佳的经济效益和社会效益。社会生产逐步逼近"110003J1"的理想生产方式。其中，"11"表示具备一个品种只生产1件还能获得效益的能力，效益和批量脱钩；第一个"0"表示零废品；第二个"0"表示零库存；第三个"0"表示零故障；"3J"是 Just in Time、Just in Quality、Just in Quantity（适时、适质、适量）；"1"表示所有零部件、产品都1次制造成功。

三是虚拟企业和敏捷生产方式的提出。1994年底出版了由美国国防部委托里海大学组织100多家公司联合研究和编写的《21世纪制造企业的战略》报告，报告中列举了计划到2006年实现的四个敏捷企业的设想方案，现简单介绍其中两个方案。

方案1　美国汽车公司（United States Motor Co.）

（1）公司向用户承诺：每辆USM汽车都按用户要求制造；每辆USM汽车从订货日起三天内交货；在USM汽车整个寿命周期内，有责任使用户满意。

（2）用户可以利用USM图表、软件设计自己所需的汽车，并了解其售价、运行费用。

（3）用户初步选定车型后，可以进行模拟试验。通过模拟试验，或重选，或提出改进意见，满意以后，办理订货手续。

（4）USM公司工厂按年产6万辆设计，同一条生产线上可装配其所有型号的多种变形车。

（5）在世界各地建厂，6个月内投产。

（6）每4个月推出一种新型号车（目前需要40个月）。

（7）设计与制造能力匹配，产品设计与制造工艺同时进行。在巨型计算机上对全车设计与制造工艺进行模拟。

（8）设计批准后，由计算机选择所需制造设备，并投入生产。

方案2　生产超级电子产品的 Ultra Comm 公司

（1）这是一家虚拟公司，是将散布在美国各地60多家公司的数以千计的雇员联系在一起的电子集团。而公司本身的雇员只有几个人。

（2）公司采用分散的设计和制造方式，不同的产品选用不同的企业，依靠电子通信网络组合成一个经营实体。产品的市场需求消失了,这个经营实体也就宣告结束,有新产品再组织新的经营实体。其合作伙伴在虚拟公司内是动态的、随机流动的,以适应不同产品开发、改进、制造、销售和服务的需要。

(3)按用户的需求制作复杂的"超级电子产品",借助于现代智能技术,可以在24小时内供货。

(4)Ultra Comm公司在其经营范围内组织所属成员企业开发新产品的能力几乎是无止境的。

虽然敏捷制造企业和虚拟企业目前还是一种设想,但它不是凭空产生的,已有实践基础和雏形。如波音公司投资40多亿美元的波音777喷气客机的研制和生产。

此外,经济知识时代与工业经济时代不同的另一个特点是,这种智能自动化设施(现在机器、网络)还扩及科研、教育、医疗、金融、商业等服务领域和衣、食、住、行、文娱等消费领域,极大地提高了社会服务和个人生活的质量,还扩及政府、企业、个人等决策领域,极大地提高了决策的科学水平。

智能自动化设施的普及和发展,使知识经济时代社会生活的各个方面较之工业经济时代都将发生深刻的变化。例如,从事工农业等物质生产的人员可能降至社会总就业人数15%以下。从事物质生产人员基本上都是脑力劳动者,工业经济时代那种体力劳动类型基本上不复存在。经济的周期性波动幅度趋于平稳。工作时间将进一步缩短到现在最短的每周35小时以下。工作时间的缩短加上发达的教育事业有可能实现马克思提出的理想:人成为全面发展的人,社会成为自由人的联合体。

四、完善的创新体系是知识经济的催化剂

知识经济是创新经济。创新体系也是在工业经济中逐步完善起来的。

20世纪90年代有两个现象对完善一个国家的创新体系有着重要启发意义。一是日本持续8年经济衰退,一是美国持续9年经济繁荣。当然产生这两个现象的原因是多方面的,但归根到底还在于创新体系的完善程度。二战后,日本通过技术引进、消化、创新,迅速发展成为世界第二的经济发达国家。所谓"美国的发明,

日本的产品",由于缺乏基础研究的支撑,在实现赶超任务后,影响产业的升级,拉大了和美国的差距,陷入长时间的衰退。而美国在继续不放松基础研究(以诺贝尔获奖人数来看,自 1943 年到 1997 年美国有 170 人获奖,占该期间全部获奖人数 320 人的 53%)的同时,吸取日本的长处,着力将高新技术成果转化为高新技术产业,有些甚至由美国总统、副总统亲自提出、亲自领导组织实施,如信息高速公路计划、数字地球计划、新一代汽车合作计划等等,取得了在低失业率、低通货膨胀率下的最长的繁荣期,率先进入知识经济时代,其中比尔·盖茨创建的微软公司的崛起被誉为知识经济时代到来的象征。这两个现象使我们认识到建立完善的创新体系是向知识经济时代迈进的催化剂。

这个完善的创新体系可以简单地归纳为:

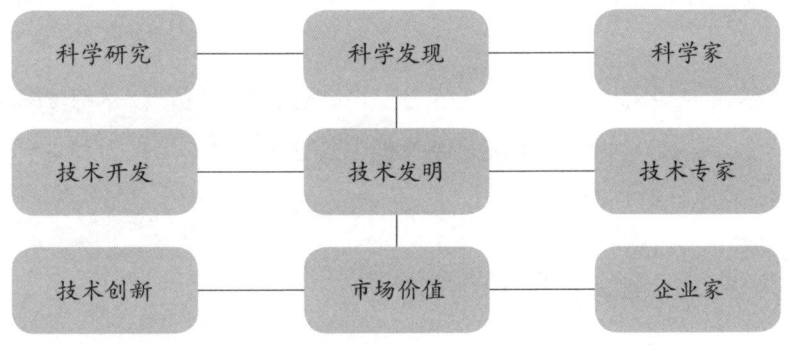

其中需要特别强调的是技术创新。

首先,需要明确技术创新的实质是一种经济活动,是技术发明的第一次实用化或商业化,即实现技术发明的市场价值。科学研究、技术开发是技术创新的源泉,技术创新是科学研究、技术开发的经济归宿。科学发现、技术发明是重要的,但更重要的是实现它们的市场价值,从而促进经济发展,提高人民福利水平,并使工业经济质变为知识经济。

当然这并不是说在技术发明商业化过程中就没有科技活动,相反,其中必然有科技活动,甚至有重大的发现和发明。例如日本索尼公司 1953 年引进美国贝尔实验室发明的晶体管技术转化为半导体收音机时,采用掺磷的办法,晶体管由原来阳极 — 阴极 — 阳极的排列改为阴极 — 阳极 — 阴极的排列,等于重新发明晶体管。

而且在转化过程中,由于发现了二极管隧道效应,其研究人员江崎玲于奈还获得了1973年诺贝尔物理学奖。但这种情况并不能改变技术创新是为了第一次实现技术发明市场经济的经济活动的实质。

其次,明确技术创新是一种经济活动的意义,集中到一点,就是要突出企业家在发展经济中的决定性作用。这是因为一个国家要发展经济主要靠的是这个国家有一大批杰出的有竞争力的企业。美国的经济如没有通用、福特、通用电气、波音、IBM、微软等一大批著名企业是不可能执今天世界经济牛耳的。而且,各国著名的跨国公司,今天不但是推动本国经济发展的中坚力量,也是推动经济全球化、推动工业经济进入知识经济的中坚力量。而这些企业之所以能够成为上述方面的中坚力量,就在于这些企业在企业家的领导下能够把技术发明成功地转化为产品,实现其经济价值,并在充分利用科技成果的基础上,在全球范围内优化各种资源的配置。

总之,从工业经济向知识经济的推进,靠的是在科学家、技术专家和企业家所从事的科学发现、技术发明和实现市场价值工作之间,像一场接力赛那样一棒一棒地努力拼搏并螺旋式上升的结果。

五、为创新创造文化氛围

创新是一种人的思维活动,或出于个人灵感,如常说的苹果落地启发牛顿发现了万有引力定律;或出于相互启发,所谓脑激荡。因此创新思维实质是一种文化现象,以具有人能自由思想文化氛围为前提。欧洲之所以能率先由农业经济进入工业经济,原因很多,从文化层面上说,我认为有两个主要因素,一是继承、发扬了古希腊和罗马文明的以法律保护的人与人之间权利与义务对等的契约式平等关系;二是历经14世纪到18世纪的文艺复兴和启蒙运动,摆脱了教会对于人的思想束缚,从而使各方面的创新层出不穷,推动了农业经济进入工业经济。按美国亨廷顿提供的数字,西方国家的制造业产值终于在1830年超过了此前一直雄踞世界第一的中国。而中国此时不但未能从农业经济进入工业经济,而且由盛至衰,从1840年开始了遭受列强侵略的百年耻辱,其原因也是多方面的,从文化层面上看,我认为也有两个主要因素:一是以人身依附为实质内容的等级制。这个等级制的顶端是皇帝的权力,整个国家以皇帝的意旨为意旨,不得有任何违反。皇帝的意旨对的是圣明,不对也是圣明。如鲁迅所说的,皇帝要杀你,不管杀得对不对,你还得说:"圣上英明,臣罪当诛。"二是自汉武帝采纳董仲舒独尊儒学的建议以后,两千年来一直以儒学作为国家唯一的指导思想,也不得有所违反。儒学当然是中国古代人的智慧结晶,以儒学治国,在中国历史上也取得过辉煌的成就,而且作为一种传统文化今天也还值得我们继续研究,吸取其有益部分。但是把它作为国家不许超越的唯一指导思想,只能说儒学所说,不能说儒学所没有说,自然只能禁锢人的思想,甚至还会顽固地阻止新思想、新事物的出现,造成中国的落后挨打。因此在世界开始由工业经济转向知识经济之际,我们一定要吸取世界由农业经济转向工业经济时的历史教训,创造有利于创新的文化氛围。

  实际上发达国家为适应工业经济向知识经济的转变,在文化上也正在不断创新。其中一个主要方面还是着力于破除等级制。如企业流程重组中,实行团队工作制。公司对团队除给予经营上的指导和提供所需资金外,让他们自由工作。在团队内部则以民主协商制代替下级严格服从上级的等级制。团队负责人或业务经理,可能不是以业务能力为主,而是以人际关系协调能力和善于把握方向为主,人员的报酬不是根据职位,而是根据能力和贡献。因此,其业务经理可能因主要贡献在人际关系上而比主要贡献在业务上的属员拿得少,"升官"不一定"发财"。从而大大减少团队内部摩擦,特别是将大大减少优秀的专业人才都向经理这条狭窄的路上挤而浪费人才资源的现象,使人才资源能各尽其用,发挥特长,使各类人才都能在自己选定的专业道路上实现自我价值,不断取得应得的经济的、社会的自我实现的满足。又如实行"按知分配"为特征的期权制和知识产权入股,这些既是提升职工在企业中的地位,也是对传统的资本统治的冲击等。总之在发达国家由工业经济转向知识经济过程中,为创造新的文化氛围是值得我们关注和借鉴的。

(写于2000年2月)

汽车工业对发展生产方式的贡献

我国改革开放以来，汽车工业作为国家支柱产业，进步很快，其中一个重要标志就是由长期以来只有中型载货车一个系列发展为载货车、客车、轿车三大系列全面发展态势。

二战后工业化时期，有三大支柱产业：钢铁、建筑、汽车。从这三大支柱产业来看，中国钢产量已超过1亿吨，位居世界第一；建筑业规模也很大；汽车工业的产量相对来说还不算大。1999年生产180万辆，大约只有美国的1/7或1/8。但是随着中国工业化程度的不断提高，汽车产量，特别是其中轿车产量也会不断提高。世界汽车工业界把中国称为世界最后一个汽车生产大国，纷纷抢滩中国。中国汽车工业今后是会很快发展起来的。

汽车工业作为工业化时期支柱产业的地位，不仅表现在汽车及其相关产业在国内生产总值中占有很大比重，而且还在生产方式的创新上一直是工业中的领头羊，其具体体现共有五次。

第一次是福特汽车公司创造的大批量流水作业方式。福特生产方式不但对工业而且对资本主义的发展都有重大影响。西方理论界把现在的资本主义称为福特主义，把未来的资本主义成为后福特主义，可见福特生产方式的重要性。

福特汽车公司从1910年到1922年，花了12年时间创造了这一生产方式，使生产的T型车的价格从1908年推出时850美元一辆，下降到1926年290美元一辆，实现了福特要让农民也买得起汽车的愿望。T型车从1908年投产，到1927年5月停产，共销售1500万辆，最高年产量是1923年的210万辆，累计销售总额70亿美元，纯收入6.1亿美元。70亿美元，现在来看数字不大，但是如果比较一下美国1921年工业总产值为472.48亿美元,这个数字就很大了。从这里得到的一个启发,就是要使一个产业部门成为国民经济发展的支柱产业,它的产品的价格要大众化,也就是让大众买得起。只有价格大众化了,才能大量销售、大量生产,才有带动作用,才能成为支柱产业。1946年产生的电子计算机也是这样。18个月性能提高一倍,价格下降一半,从而使计算机达到无处不在的地步。像汽车工业推动了工业化的发展一样,同时也推动了信息化的发展。现在国内经济界的一个热门话题是,价格大战好不好,降价好不好?从汽车、电子计算机等产业发展历史来看,降价是发展大趋势。而且,要价格低,又能赚钱,就要靠提高科技发展水平,提高管理水平。这样降价又成为促进技术水平和管理水平提高的动力。

第二次是20世纪20年代后期,通用汽车公司总经理、后来是董事长斯隆创造的事业部制。就在斯隆任上,通用汽车公司用比T型车先进的雪佛兰车盖过十九年如一日的T型车。T型车停产,一年后换成A型车。受T型车停产影响,造成50万人失业,而且从此福特汽车公司的美国第一大汽车公司地位,被通用汽车公司取代,至今也没有翻过身来。福特公司这个反面经验,使汽车工业开始了产品创新的竞争。技术创新成为一个企业生存和发展的命根子。

这一时期,汽车销售主要靠汽车经销商。但是生产企业和经销商之间关系都很紧张。汽车经销商在二十世纪二三十年代成为最危险的行业。汽车经销商的经济死亡率每年竟达到20%—30%。例如底特律市在1926年有17家较大的福特车分销处,到1929年只有5家还在营业。1938年《幸福》月刊估计,当年6月,美国共有43000家汽车经销商,到年底将会有10000家破产。1937年,美国经济繁荣,但汽车销售却发生了严重危机,一般经销商每售出一辆汽车就亏损4.26美元。那些幸免于难的经销商,一是靠顾客能买这个经销商的车;二是靠获得大量的维修和出售零部件的利润;三是拥有另外的经济来源。

第三次创新是日本丰田汽车公司的精益生产方式。精益生产方式的核心是消灭浪费。丰田公司认为最大的浪费是多余生产。因此精益生产方式的中心内容,就是实行以销定产的准时制生产。即在企业内部和供应商之间,实行将需要的零部件,在需要的时间,按需要的数量供给下一道工序,最大限度地减少库存和在制品。

由于实行以销定产,在与用户和销售工作上,也有其特色。主要有:

(1)按地区设立销售点。

(2)实行挨家挨户销售。

(3)基本上按用户要求制造(外贸除外)。

(4)售后紧密联系,无微不至的服务。

(5)讲究忠诚率,力争把用户变成"家族成员"。

(6)及时向产品开发小组反馈用户意见。

作为汽车销售单位,上述做法是有参考价值的。具体内容细化如下:

(1)经销商,很多是大学毕业生,需要进一步培训,学60门课程。

(2)每个经销商负责一个地区,7—8人一个小组。每个人都要全面掌握下列工作:产品信息、订单收取、财务、保险、数据收集等。

(3)实行挨家挨户的主动销售。

①先粗略了解经销点周围地区内每户家庭的基本情况。

②第一次用电话预约外,以后定期逐户拜访。

③基本了解内容:每户有几辆用过几年的汽车?什么牌子、规格?有多大的停车空间?家里有几个孩子?用这些车做什么?什么时候需要更新汽车?

④提出最贴切的建议,满足该特定用户的要求。如用户还拿不定主意,下次带来一辆样车进行演示。决定买后,由用户提出合乎要求的订单,订单通常包括全部财务条件、旧车的折价回收及保险等。

(4)快速反馈用户真实要求的信息。由于经销商能紧密跟踪用户需求爱好变化的趋势,使企业的生产计划比较准确。

(5)根据用户需求订制,让用户感到他们是经销商"家庭"的一个成员。让用户认为他们受到了良好的礼遇,所付价钱是公道合理的,不存在讨价还价、削价处理。

(6)为用户办理汽车注册手续;处理折价的旧车;帮助用户维修汽车、通过政府的严格检验;为一次事故向保险公司索赔;用户维修车时,供车给用户使用。

(7)经销商愿意为用户解决汽车所发生的任何问题,即使过了规定的保修期限也是如此,用户不必为要经销商承担保修责任而与他们争辩。

（8）订单交工厂后 1—2 个星期生产出来，销售人员亲自将车送到用户家中。

（9）经销点的心脏是维修间。主要用途不是为汽车排除故障或进行例行保养，而是为汽车接受运输部的检验做准备。检验汽车是政府财政收入的一个主要来源。所有汽车使用三年后必须通过第一次检验。以后每两年检验一次直到第十年。以后每年检验一次。随着汽车老化，检验费用变得很高，因为检验越来越苛刻。如大约到第七年，整个自动系统即使能正常工作，可能也要更换。因此，日本人往往用三四年后买新车。多数日本人还在这个时候处理旧汽车，经销商折价收购旧汽车。旧车中的三分之一在国内市场上出售，三分之一运往东南亚国家，三分之一报废。

（10）忠诚率。英国对汽车厂牌的忠诚率从 20 世纪 60 年代的 80% 降到近几年的 50%。美国更低。在美国再次购买同一厂牌汽车的比例随消费者年龄的降低而降低：56 岁以上是 30%，26—55 岁是 22%—23%，25 岁以下是 13%。日本则是毕生忠诚。具体做法是：

①新车交付后，把车主变成家庭的一位成员，经常打电话了解汽车情况。

②成为车主的个人代表，保证汽车正常运行，碰到任何问题都反馈给工厂。

③给车主寄生日贺卡，有丧事时寄吊唁卡。

④询问其家里的子女上大学或初次就业时是否需要一辆汽车。

⑤给每位车主建立成员卡，输入计算机中，可以显示他家庭所有信息，据此可以推荐最适合他家庭所需的车型、价格。

通过上述做法，车主要想"摆脱"经销员的唯一办法是离开日本。

（11）经销体系也是精益的。

①经销系统中汽车库存时间平均为 21 天。

②定期对日本市场上几乎所有消费者进行调查是产品开发过程的第一个环节，避免西方厂所进行的大量费时、费钱并且往往不准确的市场调查。

③企业大大降低库存成本并使工厂生产稳定。

④对新产品改进，避免出现大量的、极为显眼的公开退赔局面。

⑤向买方灌输对分销渠道的忠诚，使新的竞争者很难争得市场份额。

第四次创新是 1988 年美国通用汽车公司与里海大学共同提出来的敏捷生产

方式。敏捷生产方式是建立在信息技术基础上的新的生产方式,是信息化时代的生产方式,中心内容是敏捷响应市场需要。目前还是一种设想,是一个有根据、有必要并正在逐步实现中的设想。

第五次是电子商务。电子商务不是汽车工业首先提出来的,是信息通信技术水到渠成的产物,但是汽车工业成为开展电子商务的先行者。最近,美国通用和福特两家汽车公司宣布,将分别与美国在线和雅虎两家网络公司结盟,利用因特网的优势将汽车推向千家万户。当然,网上销售是刚开始的新事物,现在销售量还不大。电子商务的一个最重要的特点是,是将生产商和用户直接联系起来,减少甚至取消中间环节,是一种有生命力的新事物。

(此文选自《北方车辆(销售)公司"十五"规划战略研讨会上发言》,2000年12月12日)

资本主义生产、资本、分配社会化发展轨迹初探

一、前言

当代世界的特点是什么？不同的视角有不同的界定。从社会形态的视角来看，主要是一个社会主义和资本主义并存并且还将长期并存下去的世界。两种社会形态的并存，既有相互斗争的一面，也有相互借鉴的一面。

随着中国作为一个社会主义大国的快速崛起，国内外开始研究"中国道路""中国模式"等所呈现出来的一条新的现代化道路，探讨其中蕴含的人类文明新成果。同样，资本主义虽已有几百年的历史，但还在发展，还在现代化道路上不断地提供人类文明的新成果，也可供我国借鉴。总之，只要资本主义、社会主义还要长期共存，这种相互的借鉴是有助于人类社会的更好发展。

在现代化道路上的相互借鉴，也有各种视角。从社会形态发展视角上来看，马克思说："无论哪一个社会形态，在它所能容纳的全部生产力发挥出来以前，是决不会灭亡的；而新的更高的生产关系，在它的物质存在条件在旧社会的胎胞里成熟以前，是决不会出现的。"[1] 马克思这段话告诉我们，在资本主义的胎胞里酝酿着为资本主义后的社会形态所准备的物质存在条件。如何来刻画这种为资本主义后的社会形态所准备的物质存在条件？我认为可以从资本主义基本矛盾——生产社会化和生产资料私人占有——的视角来加以刻画。

马克思主义者关于资本主义基本矛盾的论述，主要是为了揭露资本主义经济

---

[1]《马克思恩格斯选集》第二卷，人民出版社，1972，第33页。

危机的根源，并且认为是资本主义本身无法克服并最终导致资本主义崩溃的矛盾。如1958年苏联科学院经济研究所编的《政治经济学教科书（修订第三版）》中所说："生产的社会性和生产成果的私人资本主义占有形式之间的矛盾——资本主义的基本矛盾，构成生产过剩的经济危机的基础。"[1] "每一次危机都为新的危机准备基础，因此，随着资本主义的发展，危机的破坏力和尖锐程度不断增加。"[2] "每次危机都加速资本主义方式的崩溃。"[3] 但现实情况并不是这样。有人统计，美国从1854—1991年的一百三十八年中经历了31个经济周期。每次经济危机之后，美国经济就会上升到一个新的台阶，也就是仍在螺旋式发展。原因何在？总的来说资本主义还有自我调节能力。这种自我调节的能力，也可以从各种视角来分析。我认为，从资本主义基本矛盾的视角，并反其意来分析。也就是，目前在发达资本主义社会中，生产社会化和生产资料占有社会化都在不断发展并相互促进之中，从而使我们看到发达资本主义社会是在对其基本矛盾的"不断克服"之中向前发展的。本文试对这两个"社会化"发展的轨迹作一轮廓性描述。

二、两个"社会化"发展的轨迹

（一）在提高生产社会化方面

生产社会化主要表现为在专业化分工基础上的协作、可持续发展和提高人类的发展能力。

1. 分工协作的演进

生产中专业化分工越细化，出成果的协作面也就越广，也就是不断提高了生产的社会化程度。

（1）产业分工不断加深。在一产、二产、三产之中，又不断产生新的行业。如服务业中，1966年美国经济学家 H.Greenfield 提出生产性服务业概念。制造业由产品分工向产品内分工发展。在产品分工时代，工厂一般采取全能生产方式。如福

---

[1]《政治经济学教科书（修订第三版）》，人民出版社，1959，第200页。
[2]《政治经济学教科书（修订第三版）》，人民出版社，1959，第204页。
[3]《政治经济学教科书（修订第三版）》，人民出版社，1959，第208页。

特汽车公司在20世纪30年代初还是一头进原料,一头出汽车;甚至在原料供应上也是尽量自己干,如自己生产钢材,自己养羊,生产汽车上用的毛料。以后实行专业化生产,而且专业化生产的范围不断扩大到辅助生产、毛坯生产、零部件生产、一些工序、一些职能等领域,企业的经营范围集中于自己最擅长的核心业务,并从而产生产业链、供应链、价值链等概念。

(2)专业化生产的目的是为了提高生产效率、降低成本和有利于创新。于是专业化分工又从一国范围走向全球范围。例如,1963年美国实行"生产分享项目"(production sharing scheme),鼓励缺乏比较优势的加工环节转移到海外。20世纪60年代末其他发达国家大都实行了类似政策,从而推动很多制造业产品组装等工序发生国际转移。现在一个国家经济的发展已离不开与全球产业分工的发展,如用"雁行模式"描述20世纪下半叶东亚经济依次腾飞的景象。

(3)企业由在市场中单打独斗,向地区集聚化,企业之间联盟化、网络化等方向发展,并且也是突破一国范围,在全球进行。

(4)经济的发展,由主要依靠市场调节,向市场调节、政府调节并重方向发展;由一国国内调节,向本国调节和国际组织如世界贸易组织等调节方向发展。

(5)科技的发展。这在提高第二产业生产社会化程度方面最为明显。但在第一、第三产业方面也越来越明显。以信息化在第一产业中的作用为例,如:海洋作业中的台风预警;农地作业中对田间土壤进行抽样化验,输入电脑,计算出各地块适宜的施肥量和播种量,然后装有与电脑系统相连的全球卫星系统的拖拉机和播种机自动识别不同地块并自动控制施肥量和播种量。同时,科技创新本身也日益以大学、企业、研究机构为核心,以政府、金融机构、中介组织等为辅助的协同的方式进行。

2. 可持续发展

(1)关注人的卫生安全。如美国国会于1906年通过《纯净食品与药品法》,对食品和药品在加工和运输过程中的卫生条件制定了严格的要求。

(2)转变生产和消费方式,实现可持续发展的新经济发展模式。核心内容是:提高资源利用率,使用清洁能源,保护环境,把生产社会化的内容扩大到善待自然和代际兼顾。其发展过程是:1972年,由科学家、经济学家和企业家组成的民间学术组织——罗马俱乐部发表了《增长的极限》研究报告，首次向世界发出警告："如果让世界人口、工业化、污染、粮食生产和资源消耗方面现在的趋势继续下去，这个行星上的增长极限有朝一日将在今后一百年中发生。"1980年国际自然保护同盟（IUCN）制定的《世界自然资源保护大纲》（The world Conservation Strategy）文件中首次提出可持续发展概念。1983年11月联合国成立了以挪威首相布伦特兰（G.H.Brundland）夫人为主席的世界环境与发展委员会（WEDC），经过四年的工作，于1987年向联合国提交了题为《我们共同的未来》（Our Common Future）的研究报告，首先正式提出可持续发展的定义和基本理论，并得到国际社会广泛认同和响应。WEDC关于可持续发展的定义分为广义与狭义两种。广义的定义为："持续发展战略旨在促进人类之间以及人类与自然之间的和谐"；狭义的定义为："持续发展是既满足当代人的需要，又不对后代人满足其需要的能力构成危害的发展"。实现可持续发展的重要途径和方式是侧重点有所不同的循环经济、绿色经济和低碳经济。循环经济的早期萌芽是1965年5月10日，美国经济学家鲍尔丁提出"宇宙飞船理论"。英国环境经济学家大卫·皮尔斯和图奈（Pearce D.W. & Turner R.K.）在1990年出版的《自然资源和环境经济学》一书中首次提出这一术语；并在20世纪90年代末，日、美、德等国积极实践。循环经济的主要内容是"减量化、再利用、资源化"。"减量化"是指从源头减少进入生产和消费过程中物质和能源流量；"再利用"是指延长产品的生命周期；"资源化"是指废弃物再次变成资源。循环经济的目标是，通过"减量化、再利用、资源化"，以尽可能少的资源消耗和环境成本进行人类的经济活动，并使社会经济系统与自然生态系统相和谐。绿色经济是英国经济学家Pierce在1989年出版的《绿色经济蓝皮书》中首先提出的概念，是指人们在社会经济活动中通过正确处理人与自然、人与人之间的关系，高效、文明地实现对自然资源的永续利用，使生态环境持续改善、生活质量持续提高的一种经济发展模式。低碳经济概念是2003年英国白皮书《我们未来的能源——创建低碳经济》中率先提出，其核心是能源的高效利用、清洁能源开发及使用，并不断追求绿色GDP。

3. 提高人类的发展能力

（1）通信和运输技术的发展，提高了人际交往的广度和速度；产品、服务等创新,提高了人类生活水平和人文意境。特别是智能自动化作业水平越来越高产品的发展,大大扩展了人类的活动领域,使人类能够日益涉猎宇宙、深海、沙漠、极地等过去很少甚至从未活动过的高真空、微重力、高压、高寒、高温等领域。如2011年11月发射成功的耗资25亿美元、采用核动力驱动的好奇号火星探测器;准备2014年接替1990年送入太空的哈勃望远镜的、耗资45亿美元的詹姆斯·韦伯太空望远镜等。

(2)制造技术沿着手工操作、机械化、数控化、智能化轨迹发展,一方面使生产活动能够日益实现高速度、高精度、高一致性,另一方面又使人类能够在高真空、高清洁度、高温、深冷、高危险性条件下进行作业。制造技术既是人类改造自然,也是保护环境、实现循环经济、可持续发展的手段。自动化制造技术的发展,不但使人类从单调、繁重的体力劳动中解放出来,而且使体力劳动脑力化,基本消除体力劳动和脑力劳动的差别,进一步缩短劳动时间,为实现人的多方面的发展创造条件。

(二)突破生产资料私人占有,向社会化方向发展方面。

生产资料占有向社会化方向发展,主要表现在资本社会化和利润分配社会化上的发展。

1. 资本社会化的发展

(1)最主要的是股份制的发展。股份制,正如马克思所说的,"它是在资本主义体系本身的基础上对资本主义的私人产业的扬弃;它越是扩大,越是侵入新的生产部门,它就越会消灭私人产业。"[1]现在一些著名大公司的股东数量,常以数万、数十万甚至数百万计,如成立于1885年的美国电话电报公司在21世纪初拆分之前有300多万股东,90%以上股东是一般老百姓;一些著名的家族企业,家族占有的股票的比例也在不断减少,以现在家族企业色彩仍比较浓厚的少数企业之一福特汽车公司为例,福特家族占有的股票比例也已降到50%以下。到20世纪末,美国已有一半家庭拥有股票;而养老基金、互助基金、保险公司、慈善团体等社会化的机构投资者则拥有40%以上股票。

---

[1] 马克思:《资本论》第三卷,人民出版社,1975,第496页。

（2）资本所有权和经营管理权分离。企业生产规模日益扩大和科学技术的迅速发展，使资本家不能再凭个人的习惯、经验和主观判断来经营管理企业，而需要从企业内部或市场选拔通晓业务的有才能的人管理企业，从而产生对法人财产拥有经营权和管理权的经理阶层。1941年提出"经理革命"一词，就是用来描述两权分离的公司中经理获得越来越大控制权的现象。并且从20世纪50年代开始，随着管理层股权薪酬制度等的发展，他们也开始获得企业的所有权，而且份额越来越大。

（3）职工持股。20世纪70年代发达资本主义国家许多企业推行职工持股计划。企业职工持有本企业的股份，包括企业管理层的股权薪酬制度。还出现了职工股份所有制。职工股份所有制又有两种形式，一是职工买下企业部分股票，这与对外发行股票没有什么区别；二是职工买下本企业的全部股票，使私人企业变成一种具有合作社性质的企业。美国国会从1974年开始还通过了一系列法案，鼓励推行职工股份所有制。

（4）1932年提出公司治理理论，并不断完善公司治理机制。公司治理的核心是合理配置股东会、董事会、经理之间的权力，特别是设立和公司没有任何股权关系的独立董事，以防止其中任何一方，特别是大股东，牟取和强化自己的控制权和利益诉求。

（5）企业进行生产所需资本的多样化。生产资料是一种物质资本。而现代企业进行生产活动，不能仅有物质资本，还需要人力资本、知识资本、社会资本、自然资本等。后四种资本都具有社会化性质。例如，拥有知识资本的员工，在生产过程中起着关键性作用，他们不但能够有稳定的高额的薪资待遇，而且往往有一定程度的决策参与权。企业融资渠道：留存收益、金融机构贷款、发行债券、发行股票等也标志着资本走向社会化。值得一提的是，1946年美国研究开发公司成立而出现的风险投资，即以股权方式参与企业的投资，同时参与企业的经营管理，在企业发展成熟后，通过退出转让企业的股权，继而进行新一轮投资运作。这使有巨大竞争潜力的企业，在技术、资金、管理等几个方面协力结合下，得以建立和发展起来，其中特别对高科技中小企业的发展，并进而对科学技术成果转化为现实生产力和形成产业的创业过程起到了非常积极的作用。

2. 利润分配社会化的发展

（1）企业经营的目标由唯一为股东实现利润，发展为1963年提出、1984年以后得到完善发展的考虑利益相关者的利益，和与此相联系地考虑社会责任。利益相关者包括股东、债权人、雇员、消费者、供应商、政府部门、本地居民、当地社区、媒体以及后代人、自然环境、非人类物种等。企业社会责任包括对股东、员工、消费者、政府、社区、资源环境、公益和慈善事业等的责任。企业社会责任首次提出是在1924年。进入20世纪80年代以后，发达国家企业界在追求利润的同时，开始关注企业的社会责任。1997年，美国和欧洲一些国家联合推出"企业社会责任的国际标准"。2002年，联合国正式发布了《联合国全球协约》。至此，企业要担负起社会责任已成为广泛共识。2010年11月1日，国际标准化组织（ISO）正式发布了为组织社会责任活动提供相关指南的一项国际标准ISO26000《社会责任指南》，供各国自愿采用。

（2）通过三次分配优化社会收入分配。第一次分配由市场按照"效率原则"进行分配，社会财富以薪酬、利润和利息形式分配给生产要素的所有者。但是企业的薪酬现在也在社会化。例如，2008年金融危机爆发后，金融机构高管薪酬成为投资者和监管部门关注焦点问题之一。2010年7月美国总统奥巴马签署的《多德—弗兰克华尔街改革和消费者保护法案》，要求披露所有员工总薪酬的中位数与首席执行官的年度总薪酬之比，对上市公司基于错误财务信息发放的高管薪酬，美国证监会拥有追索权等。第二次分配由政府按照"公平原则"通过税收和财政支出进行再分配。例如，目前美国联邦政府80%的税收来自个人所得税、薪酬税等直接税，并实行超额累进制。第三次分配由非政府组织，主要是慈善组织或公益基金会、富翁们将其财富依据"道德原则"通过募集自愿捐赠和资助活动回报社会。

（3）建立和完善社会保障制度。德国是世界上第一个实行现代社会保险制度的国家。1883年，德国首相俾斯麦颁布《疾病保险法》，而后又在1884和1889年相继出台了《工作保险法》《养老、残疾和残废保险法》。英国最早可追溯到1601年的《济贫法》；1908年颁布《养老金法》，开始实行由税收资助不付保险费的最低养老保险金；1941年成立社会保险和相关服务部际协调委员会，1942年该委员会向丘吉尔政府递交了首次使用"福利国家"的《社会保险与相关服务》报告,即著名的《贝弗里奇报告》。在该报告的基础上,英国进行了一系列立法,构建福利国家制度体系。1948年,英国工党政府宣布建成了"从摇篮到坟墓"的福利国家。在随后的二十多年里,西方资本主义国家也纷纷实施普遍的福利政策,推行覆盖全民化的社会保障制度,当然它们的模式也是各有特色。

(4)把居住权作为公民权利的重要组成部分,有的国家甚至明确把公民享有住房的权利写入本国的宪法。西方资本主义国家虽然主张自由竞争、市场调节,但在住宅建设上普遍实行政府干预,实行财政资助,确保整体上住房供需的平衡。基本原则是由政府承担住房市场价格与居民支付能力之间的差距,解决部分居民对住房支付能力不足的问题。按照世界银行的标准,发达资本主义国家房价收入比(每户居民的家庭购房总价与家庭年收入之比)在1.8—5.5倍之间。

现在,资本主义发达国家中社会的贫富结构已基本形成橄榄型,即富人和穷人占少数,中产阶级占多数。这些中产阶级中很大一部分人都持有股票等资产。如美国居民的金融资产中,股票、基金和投资于资本市场的养老金合在一起,达到了近70%的比例。2010年,资本主义发达国家中,反映社会财富分配差距程度的基尼系数,除美国超过0.4的警戒线(0.408)外,一般都在0.2—0.4的合理范围之内,如日本为0.249,德国0.283,法国0.327,英国0.36。

三、结束语

推进经济发展的因素很多,上面只是就马克思主义者对资本主义基本矛盾的两个"社会化"方面来说。尽管资本主义两个"社会化"在不断地发展,但是否就可以不再有经济危机出现,当然也是否定的。因为经济危机的产生,也同样有很多因素。就经济危机本身来说,就有各种不同的表现形式。例如马克思主义认为有平均约为十年的因固定资产大规模更新引起的危机周期;西方经济学家则有所谓长度为三年左右的主要因企业库存波动引起的基钦短周期、十年左右的主要因投资波动引起的朱格拉中周期、五十年左右的主要由科技因素引起的康德拉季耶夫长周期等。就避免和解决经济危机的途径来说,有市场调节和政府调节,而且资本主义发达国家在综合运用这两种调节手段上尽管也积累了丰富的经验，但仍然没有解决两者都会出现失灵的情况。究其原因，除两个"社会化"反映的政治制度外，还有科学和技术的发展问题，特别是人类的知识水平还没有从"必然王国"进入到"自由王国"，还没有完全掌握经济发展的规律，还需要在发展过程中解决不断出现的新的问题。例如，这次美国次贷危机和欧洲债务危机的一个特点是好事背后产生的问题，并且因而使问题的积累时间较长，以致超过一定临界点后突然爆发。至于随着两个"社会化"的发展，在资本主义的胎胞里酝酿着的、为资本主义后的社会形态所准备的物质存在条件何时、采取何种形式脱胎而出，还需假以时日。

在经济上相对于资本主义发达国家来说，中国是一个后进的社会主义国家。恩格斯说过："实际的社会主义是在于对资本主义生产方式各个方面的正确认识。"[1] 因此，跟踪和研究资本主义两个"社会化"所取得的成就，包括为解决2008年其所发生的经济危机所采取的新的对策，都会有所裨益的。

（原载于《经济研究导刊》，2015年第12期）

---

[1]《马克思恩格斯选集》第二卷，人民出版社，1972，第550页。

科学发现、技术发明、竞争力创新之路的几点看法

中国正在从经济大国走向经济强国——关键在于中央反复指出的自主创新,特别是原始性自主创新(下面说的自主创新,主要指原始性自主创新)。从发展经济上看,不但要着力于科学发现、技术发明,更要着力于以企业为主体的竞争力创新。

一、李约瑟难题之我见

"五四"新文化运动时提出,传统的中华文明中缺少民主和科学两个基因。无独有偶,研究中国科技史的英国学者李约瑟(Josiph Needham 1900—1995),著有《中国科学技术史》(7卷34分册)等提出了现代科学为什么没有产生在中国的"李约瑟难题"。由于这是一个难题,所以至今还没有一个满意的答案。笔者认为,科学的产生和一个民族或地区的文化源流有关。当然这也不是一个完善的看法,仅供探讨。

(一)科学的产生和一个民族或地区的文化源头有关

香港中文大学中国文化研究所名誉高级研究员陈方正在《中国文化》2009年秋季号发表了一篇题为《在科学与宗教之间》的文章,提出西方科学渊源的看法,很有启发。有关的主要内容摘录如下。

西方科学的渊源头绪很多，主要脉络可以用两个人和一本书作为代表。这两个人是毕达哥拉斯（Pythagoras）和柏拉图（Plato），一本书是《几何原本》（Elements）。

毕达哥拉斯……创立了一个神秘教派，它通过特殊的教义，将宗教意识与宇宙奥妙的探索（亦即今日所谓科学研究）这两者牢牢结合起来，从而对理论科学特别是数学，产生了强大的推动作用。这教派一度非常强大，但没有多久就被反对者所消灭。然而，它的思想却由星散到希腊各地的教徒传播开来，最后传授给雅典城邦里面一位最有才华的贵族子弟，那就是柏拉图。在毕达哥拉斯教派的影响下，他创办了"学院"（The Academy），广招弟子，大力提倡数学研究，这大约是公元前400—公元前340年的事情，正当孟子的时代。后来学院中的数学研究获得突破性进展，重要成果编纂成书，那就是公元前300年[欧几理德（Euclid）汇集]出现的《几何原本》，它成为其后二千年间西方所有理论科学的基础。

毕氏教派……有个非常特殊的观念：冥想以及数学和宇宙奥秘的探究可以导致永生，这就将宗教修炼与科学探索从根本上结合起来了。

对于毕派来说，数并不仅仅是计算、推理工具，而且还是神秘、有生命、有性格的事物。例如，他们认为：偶数和无限、多元、阴性等观念相关，它代表浑沌（chaos）和邪恶，奇数则和限度、单一、阳性等观念有关，它代表秩序和优良；"10"是"完整数"因为它是由1、2、3、4相加而成，而这四者是构成几何形体以及音阶比例的基础。所以，他们的数目观念也带有原始崇拜色彩，这就是所谓数目神秘主义（Number Mysticism）。从对于数目的敬畏、崇拜出发，他们作出了各种猜测和探索。但最后又超越这个阶段，促成了严格论证的数学的萌芽。

以数目为认识世界的关键这一根本观念，……导致了西方科学的第一个大突破，最后成为现代科学的基础。说到底，现代科学的精神就是"将大自然数学化"。

这篇文章提出："以数目为认识世界的关键这一根本观念，……导致了西方科学的第一个大突破,最后成为现代科学的基础",实质是在于探索事物形成的原因——为什么如此?而中国文化之源是《易经》提出的"八卦"学说,只是陈述事物特点是什么,并以事物中的"天地"为源头,推及人伦关系。如梁启超根据《易经》,制定清华大学的"校训"——自强不息、厚德载物。先描述"天"的特点是"天行健",推出"君子"应该"自强不息";"地"的特点是"地势坤"(王弼注:"地形不顺,其势顺"。又,一般对"坤"的解释是"顺从",地顺从天。)推出"君子"应"厚德载物"。没有探讨为什么"天行健""地势坤",从而也就没有提供在中国发展现代科学的基因。从产生"科学"的文化源头这一方面来说,可以说是"失之毫厘,差之千里",这是历史发展的偶然性还是必然性?但是,却使人感到,科学的产生和一个民族或地区的文化源头有关。

(二)科学的产生和一个民族或地区的文化主流有关

中华民族几千年来,岂无创新的人?但是在崇尚"儒术"的情况下,笔者认为在中国传统文化中,崇古守旧的思想占了主流。如孔子提出的"周监于二代,郁郁乎文哉!吾从周。""三年无改于父之道,可谓孝矣。"等等;而变法革新者,如商鞅、王安石、张居正、康梁等,没有好下场,也严重阻碍了创新。这种作为文化主流的崇古守旧思想,一直延续到清朝末年。举一个晚清时期发生在宁波市郊区一个小村庄的事,很有典型意义。1884年,日本汉学家、维新人士冈千仞访问这个名为黄山村的王氏家族,接待冈氏的均为举人、曾任知县等的文士。

冈千仞在其《观光纪游》7月25日的日记中记载:

砚云(注:邑庠生。同治癸酉举于乡考,以知县用,加五品衔)见余数举洋事,痛论烟毒,遂曰:"李中堂开招商、机器二局,经费百万,蠹国财,耗国力,无一所成,大失民心。"余曰:"洋人制机器,驶舟车,资纺织,尽力农桑国本,凡百工业,其日致富饶,趋强盛,雄视宇内,实机器之由。而今中堂开二局,用力于此,将收彼长为我用,此真尽力国本者。"砚云愤然,曰:"机器岂圣人之所言乎?此徒率国人,去质实趋机巧尔。"余曰:"唐虞璇玑玉衡,周公指南车,孔明木牛流马,无一非机器。圣人制耒耜,垦田亩;制机杼,织布帛;制锯斧,营宫室。其开物成务，无一不由机器。今也，洋人讲工艺，开机器，殆集中土圣人所制作而大成者。尧舜与人为善，而子摈为去质实趋机巧，何也？"砚云变色，曰："英法豺狼，岂可以人理论乎？"……砚云有奇气，文笔纵横，实为难得之才，而言及外事，顽然执迷，一至此极，殆不可解者。是事不止砚云为独然。

  这一事例说明，使用机器与反对使用机器都可以从中国历史上找到根据。守旧者可以说："机器岂圣人之所言乎？此徒率国人，去质实趋机巧尔。"维新者可以说："今也，洋人讲工艺，开机器，殆集中土圣人所制作而大成者。"显然，晚清时期，守旧力量大于维新的力量，这不但是洋务运动失败的社会基础，更是当时中国落后于西方的根源所在。

  具体地说，主要有三个文化因素影响最大：一是中国信奉模糊哲学。虽然也讲"格物致知"，但主要讲"道可道非常道""好读书不求甚解"。问事物发生的原因，最后往往归之于"天"，而且"天机不可泄露"。反映在日常生活中，就是"差不多"就行。二是中国信奉实用主义哲学。用一个中科院院士的话来说，就是中国历来提倡的是"学以致用"而不是"学以致知"（2006年6月6日《人民日报》）。在这种哲学思想指导下，缺乏追求事物发生根本原因的精神。三是思想一统。创新要有"独立之精神，自由之思想"（陈寅恪为纪念王国维所写碑文）。思想一统就扼杀了创新。反映在日常生活中就是主张"三听话"，小时听家里大人的话，上学后听教师的话，工作后听上司的话。而中国二千年来奉行的统一思想又是"儒术"。"儒术"是教人搞政治的，即治国、平天下。而要治国、平天下就要做官，提倡"学而优则仕"。把科学技术看作是"奇技淫巧"。搞科技的，是一个"没出息"的人。

  当然，现在中国已进入工业化中后期，上述基于农业时期的文化因素，已失去其产生的土壤，但还要注意这些文化因素不自觉地流露出来。

二、企业家是竞争力的创新者

（一）企业家是竞争力的创新者

  从经济角度来说，可以把创新体系分为三种：一是科学上的创新，称发现，创新者称科学家。二是技术上的创新,称发明,创新者称发明家。三是企业竞争力上的创新,称竞争力创新或技术创新,创新者称企业家。

技术发明有两个源头,实践经验和科学研究。现在,后者越来越成为主要方面。技术开发有两种情况:技术原理的开发和产品(技术载体)的开发。科学上的发现、技术原理上的发明是从未知中求知;而产品开发则是从已知中求新,也就是产品开发是按照设定的功能要求,对现有有关技术进行选择、集成、匹配而成。当然,各有"巧妙不同",成果也有差异。以最复杂的一种产品阿波罗登月计划来说,该项目负责人也说,阿波罗登月计划采用的都是已有技术。何泽慧,92岁时,记者采访她,谈到"两弹一星",她也说,没什么,都是抄别人的。[1]

企业竞争力创新是推动经济发展的主要力量,其中一个主要内容是把技术发明的成果商业化。三种创新体系的关系是:科学研究、技术开发是竞争力创新的源泉;竞争力创新是科学研究、技术开发的经济归宿,老百姓感知的创新主要来自从市场上买到的新产品。当然,在竞争力创新过程也会有科技活动,甚至有重大的发现和发明(见下面的案例)。但还要看到,企业竞争力创新,不限于技术发明成果的商业化。这个概念来自美籍奥地利经济学熊彼特(Joseph Alios Schumpeter 1883—1950)的创新理论。熊彼特于1912年在其《经济发展理论》一书中首先提出创新理论。熊彼特理论指出,创新就是建立一种新的生产函数,即实现生产要素与生产条件的一种新的组合。包括:(1)引入一种新的产品或提供一种产品的新的质量;(2)引进新技术,即采用一种新的生产方式;(3)开辟一个新的市场;(4)采用新的原材料或控制原材料的供应来源;(5)实行一种新的企业组织形式,如建立一种垄断地位或打破一种垄断地位[2]。概括地说,就是将新的知识和技术用于生产经营之中,以创造新的经济价值。为了将熊彼特提出的这一种创新,与科学发现和技术发明区分开来,所以笔者称之为竞争力创新。也就是说,技术上的发明只有实际应用于经济活动后,才成为竞争力上的创新,成为企业家。例如,阿波罗登月

---

[1] 《清华校友通讯》第64辑,第147页。
[2] 1994年科学出版社出版的由宋健主编的《现代科学技术基础知识》的表述为:(1)引入一种新产品或提供一种产品的新质量;(2)采用一种新的生产方法;(3)开辟一个新的市场;(4)获得一种原料或半成品的供给来源;(5)实行一种新的企业组织形式。(第458页)

计划是政府行为,而美国月球捷运公司利用航天技术去月球上采矿,则是企业家行为。因此,技术发明者不一定是企业家,只有敢冒风险,把新的发明引入经济活动之中的才是企业家。当然有一些技术发明者也是企业家,如比尔·盖茨。现将三种创新及其关系列表于下。

创新体系	成果	主要工作者
科学研究	科学发现	科学家
技术开发	技术发明	技术专家
经济发展	竞争力创新	企业家

由于经济的微观基础是企业,所以我们要高度重视企业家的作用。一个经济强国,表现在各个方面,其中一个重要的标志就是要有一大批杰出的有竞争力的企业。美国的经济如果没有通用、福特、通用电气、波音、IBM、微软、苹果、可口可乐等一大批著名的企业是不可能执今天世界经济牛耳的。同时,今天世界上的经济竞争表面上看是国与国之间竞争,实质上也是企业之间的竞争。例如,汽车工业,不是美国、欧洲、日本之间竞争,而是通用、福特、丰田、本田、大众、戴姆勒、雷诺、菲亚特、现代等企业之间竞争;飞机工业是波音、空中客车之间竞争等等。而企业间的竞争,实质是企业管理者之间的竞争。每一个企业都有管理者。显然,有两类管理者,一类是有创新精神的管理者,也就是企业家。他们不但能够洞察市场的新需要,而且更重要的是能够创造市场的新需求,为消费者提供价廉物美的新产品、新服务,把一个国家或社会的经济发展不断提高到一个又一个新阶段。同时,也使他的企业能够获得超额利润,把企业做大做强。另一类是普通的管理者,按常规走路,只能获得平均利润,甚至低于平均利润。但他们对维持一个国家或社会经济的平稳运转,也是功不可没的。简言之,科学的发展靠科学家,技术的发展靠技术专家,经济的发展靠企业家。从这个意义上说,国有企业的改革,说到底,就是要把国有企业的管理者,从"官员"转变为"企业家"。

(二)企业家竞争力创新与企业兴衰案例

理论是对现实的高度概括,着眼于普遍性。但案例却可以提供具体的直观的感性认识，起到举一反三的作用。下面分成功、失败和不进则退三种情况，来看企业家竞争力创新与企业兴衰的关系。

1. 成功的例子

（1）福特汽车公司的 T 型车和流水作业大批量生产方式（1910—1922 年）

20 世纪初，美国汽车工业是面向富裕阶层的，汽车属"奢华型"产品，价格昂贵。1905—1906 年，福特公司生产的汽车，最便宜的是 1000 美元，最贵的是 2000 美元。福特当时设想，要设计、制造一种农民也买得起的汽车。农民可乘它去集市，也可以拆开来用于锯木、汲水、驱动农机等。1908 年，这样的汽车——T 型车诞生了。

当时美国的汽车面临马车时代留下来的有着很深轮印的路面的难题。内地大批土地找不到一条像样的公路。在洛基山脉各州道路险峻莫测。在密西西比河谷的农业区，又是狭隘坎坷、旱季尘土飞扬、雨雪后泥泞难行的土路。根据上述情况，T 型车设计得结构简单但坚固结实、经久耐用、轻盈便利。底盘较高，可以像踩高跷那样通过乱石遍布或沼泽的路面。由于结构简单，任何一个外行人只要耐心就可以很快学会驾驶。价格便宜，每辆 850 美元，普通人买得起，农民也真的需要这种车。因此，T 型车一推出来就受到广泛欢迎，销量迅速跃居各类汽车之首。

福特公司还十分重视销售工作。到 1912 年已建立起来了一支有 7000 人的销售队伍，几乎国内每千人以上的小镇至少有一个福特经销店。这种神速地建立起来的庞大的全国销售网，使福特汽车公司远远地跑在其他竞争者前头。

同时，福特根据现代管理之父泰勒的按节拍生产的理论，通过设计、制造几千台专用设备，用了 12 年时间创造了流水作业大批量生产方式。在 1925 年 10 月 30 日，日产汽车 9109 辆，平均每 10 秒 1 辆。汽车售价也由 850 美元降到 290 美元。T 型车自 1908 年诞生到 1927 年停产，共销出 1500 万辆。最高年产量是 1923 年的 210 万辆。在其最后十年里，产量占美国汽车工业的一半。累计销售总额 70 亿美元，纯收入 6.1 亿美元。70 亿美元，对比美国 1921 年工业总产值为 472.48 亿美元，这就是一个很大的数字了。

福特汽车成为大众消费品、汽车工业成为发展美国工业的一个支柱产业。同时福特的生产方式也成为划时代的创举，迅速越出厂界、国界、行业界，成为单一品种、标准化生产广泛采用的生产方式,为今天高度发达的工业生产奠定了基础,并加速了世界工业化的进程。美国庆祝建国 200 周年时,选出 20 个推动美国历史进步的伟人,福特名列第十。

(2)丰田汽车公司的精益生产方式(1953—1962 年)

丰田生产方式的核心是准时制(Just in Time),从 1953 年开始研究、局部试点到 1962 年在全公司范围内全面实现,共用了 9 年时间。根据丰田生产方式的创造者大野耐一在其《丰田生产方式》一书中的自述,这一生产方式的产生和发展是受到他在美国参观超级市场(自选商场)的启发。他把超级市场看作是生产线上的前一道工序,顾客是后一道工序。顾客这后一道工序与超级市场这前一道工序的关系是:在必要的时候买必要数量的必要商品(相当于零件)。前一道工序要补充后一道工序取走的那一部分商品。因此,准时制的核心也就是将需要的零部件,在需要的时刻,按需要的数量供给下一道工序。这样,这种生产方式既可以实行多品种、小批量生产,又可以最大限度地减少在制品和库存量。现在丰田汽车公司这种"准时制"已可精确到按秒计算,库存量为 2 小时(有时达到零库存)。

丰田公司在开始推行准时制时,主要是在快速更换工装的技术上下功夫。例如在 1946—1955 年期间,在丰田现场更换大型压床的模具需要 2—3 个小时,而到 1966—1975 年缩短到 3 分钟以下。正因为这种生产方式对柔性化技术装备有着本能的要求,美、英等国发明的数控机床、工业机器人、柔性制造系统等也就先在丰田汽车公司等日本汽车工业中大量应用。

丰田生产方式的产生,也有其历史背景。第二次世界大战后,在工业发达国家,随着科技和经济的迅速发展,居民收入的提高,在消费上产生了多样化或个性化的要求,汽车首屈一指,汽车工业也成为一种要求多品种、小批量生产的典型行业。

丰田生产方式是在 1973 年秋天发生世界性石油冲击后引起注意的。由于石油价格暴涨,很多公司由于经济萧条处于非常苦恼的时期,丰田汽车公司虽然收益有所减少,但仍保持了大于其他公司的盈利,引起了社会上的注意。石油冲击后,丰田进入低速增长时期,但 1974—1977 年丰田公司的盈利却与年俱增,扩大了它同其他公司的距离,于是丰田生产方式更加受到了重视。也同福特生产方式一样,随即迅速越出厂界、国界、行业界线,获得广泛推广。美国麻省理工学院"国家汽车计划"用了5年时间,对美国、日本和欧洲14个国家的汽车工业进行了详细研究后,于1990年得出的结论是:日本生产的汽车成本最低,而日本汽车公司中又以丰田汽车公司的汽车最好、最便宜。"国家汽车计划"的专家们,对这一生产方式作了科学的理论总结,并把它命名为"精益生产方式"。他们认为,如果各工业国家普遍采用这种生产方式,世界将要变样。

(3)日本索尼公司对美国半导体技术的引进、创新

半导体技术是1948年美国贝尔实验室三位学者发明的。20世纪50年代初,他们又发明了半导体收音机,但因成品率太低,成本和价格太高,进不了市场。1952年,当时只有120人的索尼公司创始人盛田昭夫到美国考察,认为半导体技术有很大的发展前景,并于1953年引进了该项技术。贝尔实验室告诉索尼公司,想把晶体管用于消费品,唯一有希望制造的东西是助听器。但索尼公司认为助听器销量有限,想制造人人都能使用的收音机,为此必须研制出一种当时还没有的、为收音机所用的高频晶体管,并提高成品率。贝尔实验室最初的晶体管是一块两边熔合铟的锗板,是阳极—阴极—阳极结构。由于负电子比正电子移动速度快,要获得高频率,要改成阴极—阳极—阴极结构。铟做不到这一点。通过试验采用大量掺磷的办法,并获得成功。贝尔实验室也为此一惊,实际上这是重新发明晶体管。而且在研制过程中,由于发现二极管隧道效应,其研究人员江崎玲于奈还获得了1973年的诺贝尔物理学奖。继物美价廉半导体收音机获得成功后,又制成半导体电视机、录音机、录像机、洗衣机等多种产品,使索尼公司成为家电业的大公司,也使日本成为世界家电生产大国。

2. 失败的例子

马自达公司于20世纪50年代引进德国发明的转子发动机技术,花了很大力气攻克了密封等技术难关,但由于这种发动机在低速时燃料经济性差,不但没有得到广泛应用,反而使该公司在1974年陷入一场严重危机,为了渡过因此引起的难关,向福特汽车公司转让了它的三分之一股份。这个例子,说明创新是具有不确定性或风险的。

3. 不进则退的例子

(1)胜家公司退出缝纫机生产

分期付款的借贷消费是从缝纫机开始的。缝纫机是第一个进入美国家庭的工业产品,在 19 世纪 50 年代,当时,一台缝纫机要 65—150 美元,而普通家庭的年收入只有 500 美元左右。因此,只有少数有钱家庭才能买得起。1856 年,胜家(I.M.Singer)公司市场营销总监 Edward Clark 想出一招:"我们为什么不让美国家庭先用上缝纫机,然后分期付款呢?"首付款 5 美元,以后每月再付 1 至 5 美元,付完为止。该公司到 1876 年,共销售 26 万多台缝纫机,远超过所有其他缝纫机公司的总和。胜家公司是美国首家国际性公司,如上所述,它所生产的"胜家"缝纫机曾是风靡世界的名牌产品,1940 年,世界每三部缝纫机中,就有两部是"胜家"牌。但是胜家公司由于对其传统产品过于信赖,无视世界大市场的变化,直到 1985 年胜家出厂的仍是 19 世纪设计的产品,而同期,其竞争者已纷纷开发出适应世界潮流的新产品。因此,1986 年,该公司宣布不再生产它赖以成名的缝纫机了。

(2)福特汽车公司的挫折

到了 20 世纪 20 年代中期,美国的经济有了很大的发展。马车时代的路面已经消失。随之而来的是坚硬的碎石路面。消费者的收入也增加了,对汽车开始讲究速度,追求"时髦"。买主们要求有漂亮的涂色、四轮的制动、减震器、变速器、低压大轮胎和流线型车体。而构造简单、粗陋呆板,千车一式的 T 型车已跟不上当时市场发展的需要。但是福特对此视而不见,坚持按原样生产,连黑色也不许改变。而与此同时,通用汽车公司的新思想却十分活跃,时刻注视着市场上的变化,设计出远比 T 型车先进的雪佛兰车。价格虽比 T 型车高些,但顾客可以接受。这样,雪佛兰车的销量终于在 1926 年超过了 T 型车。T 型车销量陡降,迫使福特于 1927 年 5 月停产。虽然,A 型车经过 16 个月紧张工作诞生了,但已造成重大损失:一是由于停产一年多,使通用汽车公司夺去福特的大量市场份额。从此以后,福特汽车公司在美国的地位降为通用汽车公司之后的第二位,直到现在也没有夺回第一把交椅。二是 T 型车全部停产后,仅在底特律就解雇了 6 万工人,为福特公司提供零部件、材料的厂商、推销 T 型车的商人等也被卷入解雇旋涡之中。据纽约《世界报》在 1927 年 9 月估计,涉及 50 万人左右。由于一位企业家对市场变化的情况熟视无睹,终于导致汽车工业绝无仅有的一次最大规模的停滞,确是一个深刻的教训。

（3）柯达公司的折戟

1975年柯达公司工程师史蒂文·萨松发明了世界上第一台低分辨率的黑白数码相机，并把数码照片传到了电视上（此后还拥有这方面1000项左右的专利）。他把这种技术介绍给柯达公司领导层，却被告知先不要告诉别人。这是由于柯达公司陶醉于传统胶片市场上的辉煌成就和担心推广数码技术会对胶片业务产生直接竞争，从而缺乏远见，未予重视。2000年数码技术大行其道，柯达公司意识到数码摄影的重要性，急起直追，但为时已晚。2002年数字产品只占其总收入的25%，而其竞争对手富士已达到了60%，公司陷入困境，以致在2012年1月19日申请破产保护。

（4）索尼公司发生亏损

这个曾经创造过辉煌业绩的电子业巨头，却在2008年之后连续4年亏损，总亏损额累计达113亿美元，其中2011财年（截至2012年3月底）亏损64亿美元，创成立以来最高亏损额。究其原因，并非索尼公司缺乏创新意识和长远战略眼光。早在2003年，时任该公司董事长的出井伸之在接受媒体采访时就说，未来电子产品发展方向就是数字化。而是由于创新能力不足，推出的新产品的功能不敌苹果公司的iPad、iPhone而受挫。

（三）企业家在竞争力创新中具有的一些特质

为什么一些企业家能够取得突出的成就，如案例中所说的那样？必定是这些企业家具备了一些常人所不具备的特质。为什么一些成功的企业家又会遭受挫折？必定是这些企业家缺少了某些应具备的特质。因此，探讨企业家在竞争力创新中具有的特质，有一定的现实意义。

1. 市场竞争观点

企业家奋斗博弈的领域是市场。市场的特点是充满竞争。竞争的核心是能提供或创造市场需要的产品和服务。以下提出的一些特质都是围绕这一点展开的。

2. 战略眼光

主要有两点：一是高瞻远瞩的超前思维，如福特的让农民也买得起汽车，丰田的多品种、小批量精益生产，索尼的把半导体技术用于生产人人都使用的收音机等。二是不安于已取得的成就，毫不松懈地审时度势。福特 T 型车和胜家缝纫机的停产，就是安于已取得的成就，不再审时度势；特别是柯达公司，有很强的创新能力，率先开发出数码照相机，但是由于公司领导缺乏战略眼光，陷入危机，深为可惜。

3. 坚强意志

主要有两点：一是敢攀高峰，如索尼公司在只有 120 人，其中大学生 40 人的情况下，敢于一反贝尔阳极 — 阴极 — 阳极的晶体管结构，开发用于收音机的阴极 — 阳极 — 阴极结构的晶体管。二是坚持不懈，如福特用 12 年时间创造出流水作业生产方式，丰田用 9 年时间创造精益生产方式，坐得起"十年冷板凳"。

4. 对新事物的敏感性

主要有两点：一是洞察力，如福特对泰勒的按节拍生产的理论、盛田昭夫对半导体技术应用前景的洞察力。二是举一反三，如大野耐一对美国自选商场机制的领悟。马自达虽然在开发转子发动机上失败了，但是在对新事物的敏感性上仍是可嘉的。"胜败乃兵家常事""不能以成败论英雄"。当前，世界正从工业化走向智能化，并且正在孕育新一轮科技革命，新事物层出不穷，更需要加强对新事物的敏感性。

5. 创新能力

主要有四点：一是创新的主要内容，也就是熊彼特提出的五个方面。二是在竞争力创新和资金投入之间形成良性循环，即通过投入资金支持创新，又通过创新促进资金增值，使竞争力创新和资金增值互为放大器。三是重视人才的识别和培养，特别是人才的识别，因为"千里马常有，而伯乐不常有"。四是领先时不骄傲，落后时不气馁。因为，时而领先、时而落后是常态。

6. 社会化和全球化观点

主要包括：（1）股份化；（2）协作意识。如制造上的专业化与协作、创新上的产学研结合等；（3）重视相关者的利益。利益相关者，包括股东、员工、供应商、销售商、顾客、合作伙伴、政府、社区等；（4）重视企业的社会责任。特别在劳工条件、环境保护、慈善事业等方面；（5）信息收集。

三、小结 —— 创新之道

自主创新是对引进和模仿而言。引进和模仿的是前人已成功的事物，基本上没有不确定性或风险，而自主创新则是走前人没有走过的路，存在成功与失败两种可能性。

前面陈述的是创新的类型、竞争力创新案例、企业家创新的特质等，没有论及如何自主创新。而如何自主创新的问题，或创新之道，却是一个难以言说的隐性知识问题。

从上面所举的案例中，提供了两种自主创新的途径。一是提出问题、解决问题。问题解决了就成功，解决不了，就失败。如索尼公司，希望将晶体管用于收音机上，为此需要解决高频晶体管和降低废品率问题，他们通过试验，用掺磷的方法解决了这两个问题，取得了成功。爱迪生发明给人类带来光明的电灯泡更是一个典型。电灯泡通过灯丝发热发光。因此问题就在于找到能长时间使用的耐热材料。先试金属材料，试了1600多种后，发现白金丝寿命最长，但太贵，不能用。转向植物纤维，发现炭化后的竹丝，寿命可长达1000多小时，又从几千种竹子中找到产于日本的一种竹子最好，获得成功。继续精益求精，又用一种化学纤维代替竹丝，最后定于钨丝，使寿命不断提高，完全成功。而马自达公司在开发转子发动机问题上，解决了密封等问题，但碰到了低速时燃料经济性差的问题。这个问题，在目前还不能解决，也就失败了。二是悟性。如大野耐一从自选商场的运作方法中想出准时制。学术界有一种所谓头脑碰撞的观点，产生新的思想火花或灵感，也是悟性的感应。

这两种途径，一个共同的特点，就是创新者有"独立之精神，自由之思想"。因此，在我国进入自主创新时期，更需要大力弘扬"独立之精神，自由之思想"。事实上，早在2011年6月27日，时任国务院总理温家宝在伦敦英国皇家学会的演讲中，已提出了这一观点。他说："我们要创造更加良好的政治环境和更加自由的学术氛围，让人们追求真理、崇尚理性、尊重科学，探索自然的奥秘、社会的法则和人生的真谛。做学问、搞科研，尤其需要倡导'独立之精神，自由之思想'。正因为有了充分的学术自由，像牛顿这样在人类历史上具有伟大影响的科学家，才能思想奔腾、才华迸发,敢于思考前人从未思考过的问题,敢于踏进前人从未涉足的领域。不久前,我同中国科学家交流时提出,要大力营造敢于创造、敢冒风险、敢于批判和宽容失败的环境,鼓励自由探索,提倡学术争鸣。"

最后,还需要强调传承在自主创新中的作用。传承实质是知识的积累和优秀作风的延续。在传承中,好的长者和教师,都会鼓励后辈要有"独立之精神,自由之思想"。这种平台,在中国的农业社会中,是聚集在一个地方的家族、散处各地的书院以及个人拜师学艺形成的门派等,所谓"书香门第""世家子弟"等。春秋战国时代诸子百家的产生及其流传是如此;一些行业,如中医、书法、绘画、戏剧、杂技、手工业等高手的产生也是如此。进入工业社会后,这种平台就转移到大学、研究单位、企业、报刊、社团、民间组织等。如北京大学、清华大学等名校就是如此。西方世界也是如此。如闻名世界的出诺贝尔奖获得者最多的三大实验室:卡文迪什实验室、卢瑟福实验室、贝尔实验室,前两者在大学,后者在企业。卢瑟福实验室就很典型。1908年获诺贝尔奖的卢瑟福居然培养出14个诺贝尔奖获得者,其中一个学生玻尔竟又培养出7个诺贝尔奖获得者。这些平台都是在历史的长河中慢慢地形成起来的,而且,摧毁容易,建立不易。

(原载于《中外企业家》,2017年2月刊)

试析社会现代化与保障个人权利

自从确立"主权在民"并开始逐步付诸实践之后,传统社会开始迈向现代社会。那么,现代社会的"现代化"内涵是什么?

人类社会,不论是传统社会还是现代社会都有对社会发展的理想向往。两者之间的一个本质的区别,就在于后者能够在"主权在民"的基础上,逐步实现人类对社会发展的理想向往。

那么,人类对社会发展理想向往的内涵又是什么?它有不同的视角,如个人视角、国家视角等。视角不同,社会现代化包含的具体内涵也不同,当然其中也有相互交集的地方。如从国家的视角出发,对现代化社会的向往是:一个民主的社会、富强并富有幸福感的社会、文化和科技高度发达的社会、清廉公正的社会、文明和谐的社会、环境美好的社会等。从个人的视角出发,对现代化社会的理想向往则是能够保障个人正当的权利。保障个人正当权利越充分,社会现代化程度也就越高。在我国,2004年人权入宪,并且对完善人权的各个方面都制定了一系列方针政策。下面,在这一方面,就若干具体问题提出一些不完整的、粗浅的看法,供进一步讨论。

一、前人的论述和初步归纳

个人要保障的正当权利是什么?

在我国,最常说的是立德、立功、立言,以致很多人把名字取为"立三"或"三立"。下面举一些历代先贤的精辟论述。屈原:"路漫漫其修远兮,吾将上下而求索。"源自《大学》的：格物、致知、诚意、正心、修身、齐家、治国、平天下；源自《礼记》的：(士)可杀而不可辱也；《论语》："三军可夺帅也，匹夫不可夺志也"；源自《论语》和《孟子》的：杀身成仁，舍生取义；《论语》还有："天下有道则见，无道则隐。"类似的《孟子》有："得志，泽加于民；不得志，修身见于世。穷则独善其身，达则兼善天下。"范仲淹："先天下之忧而忧，后天下之乐而乐。"张载："为天地立心，为生民立命，为往圣继绝学，为万世开太平。"郑子产："苟利社稷，死生以之。"顾炎武："天下兴亡，匹夫有责。"等等。

根据上述不完备的中国先贤的论述，笔者认为，需要保障的个人正当权利，可以归纳为以下四个方面：一是保障个人生命的权利；二是发展个人才智的权利；三是保护个人产权的权利；四是支持个人参与公共事务的权利。下面就这四个方面作一些陈述。

二、保障个人生命的权利

这方面对现代化社会的要求包括：一是免于饥饿和贫穷。为此，要大力促进经济的发展，特别是贫困地区的脱贫，体现"发展是硬道理"，并建立健全防灾救灾体系和社会保障体系。二是提高医疗保障水平和积极提高医药卫生的科技水平。三是治理环境污染和提高保护环境的水平。四是消除战争发生的机制和建立在战争中保护平民的机制。五是消除人类历史上发生过的、至今尚存在的群体性灭绝事件。六是去人治，立法治。也就是我国正在积极地进行的法治社会的建设。

三、发展个人才智的权利

这方面对现代化社会的要求是：

1. 消除社会阶层等阻隔

发展个人才智的最大阻碍是社会的阶层阻隔。传统社会最突出的一个特点就是存在难以逾越的阶层阻隔。举一个例子，在江浙局部地区，存在一种叫堕民的贱民阶层，这是笔者小时所亲见亲历。这个贱民阶层起自明朝初年（来历众说纷纭）。

清朝雍正年间曾下令解除堕民之籍，但真正得到解决却是在改革开放拆迁他们集中居住的地方之后。对堕民约定成俗的禁令有十条：一禁入学读书，二禁进入仕途，三禁从事工商，四禁耕种田地，五禁与平民婚配，六禁高声说话，七禁昂首阔步，八禁聚众集议，九禁夜间喧哗，十禁成群结队。从中可以看到这种阶层阻隔严重到何种程度。当然，在中国的传统社会中，存在最持久的是"士农工商"四大阶层，其对人的发展的阻碍，虽然没有像对堕民阶层那样突出，但也很明显，如工、商两个阶层，不能做官。在中国传统社会中，也产生过冲破阶层阻隔的杰出的机制，如自隋代开始实行的科举制，它打破了门第观念，为下层社会的人流向上层社会提供了一个重要的渠道。当然也有局限性，如女人和工商子弟不得参加科举等。我国现在理论上已没有阶层阻隔了，但受历史的影响，现实中，打破等级制、官本位，畅通社会下层向上层流动的渠道，防止阶层固化，仍需要不懈的努力。

除阶层阻隔外，还有：种（民）族阻隔、性别阻隔、交通阻隔等，这里不再细说。

2. 提供成才和展现才智的道路

人各有能。人能成才，既有天赋的因素，也有后天的社会因素。在后天的社会因素中，主要有：一是环境因素，"孟母三迁""近朱者赤、近墨者黑"等突出的就是一个人成才道路上的环境因素。二是家族和家庭因素，也就是世代的家教熏陶和传承。三是自学成才，包括实践中自我锻炼，加高人指点。四是名师传承。五是学校教育。六是同行之间的研讨、切磋和争鸣。这些，都需要现代社会创设良好环境，积极提供帮助。其中，需要特别重视的方面包括：

一是在普及学校学习的同时，还要畅通自学和传承等成才的道路。自晚清废除主要依靠自学和无固定形式拜师成才的科举制，兴办西式学校以来，自学和传承成才的道路还依旧存在。如中医，中国自有中医以来，不是自学成才，就是师徒传承，而且名医辈出。新中国成立前后，北京还有施今墨等四大名医，他们甚至敢与西医叫板，比谁能更快地治好疑难病症。过去的中医都是靠自学和师承。历来的一个说法是："不为良相，即为良医"。这就是说，传统的文人都能自学成中医。因此，培养中医的途径是很宽广的。而且在中医治病中，很多疾病无需那样多的检查，可以大量节约治疗费用。2016年通过的中医药法规定，"师承"也可获中医医师资格，又开通了这条路。其他方面也存在很多没有高等学历的著名的大师级人物成长之路，值得我们借鉴、继承，如：华罗庚（数学大师）、张大千（国画家）、齐白石（国画家）、钱穆（国学大师）、沈从文（西南联大中文系教授、文学家）、聂耳（音乐家）、张寿镛（清末举人、财政部次长、光华大学校长）等。

　　二是尊重个性、发扬个性，鼓励独立思考。人的行动都是本于个人的思维。人世间的一切创新，也都首先产生于个人的思想创新。因此，个人的思想创新是人类社会发展之源。同时，人，不但各有其能，而且各有其志，或各有所好。唯其如此，才能使社会在各个方面都得以进步，并且不断开辟出新的发展领域。今天，提出"大众创业、万众创新"正是体现了这一社会进步的规律。

　　三是有完善的声誉和激励机制。目的是使人的善行能够得到社会的肯定，恶行得到惩罚。并且要按三百六十行各自的特点，建立各有特色的声誉和激励机制。如教授、院士等学术领域的人，也要不成文地套上一个行政级别，处级、局级、部级等。其实，这不是一种尊重人的做法，甚至可能还是一种贬低人的尊严的做法。因为，它表达的是"万般皆下品，唯有做官高"的封建思想。试想，给爱因斯坦一个部级甚至副国级待遇，能表示他在科学事业上所做出的贡献吗？因此，还是让科学家归科学这一行，而不要把科学家比附政治家的级别，并且永远居于政治家之下。对其他各行，也是如此。

四、保护个人产权的权利

　　保护个人产权，包括经济上的财产权和知识产权。前者是市场经济的基础，后者是发展科技的基础。我国宪法已确立了保障公民人身权利和财产权利的原则。2016年中共中央、国务院印发了《关于完善产权保护制度依法保护产权的意见》，这是完善产权保护制度的纲领性文件，必将开创我国产权保护工作的新局面。这里结合个人感受，谈三点意见：

　　一是在保护个人产权时，还要消除各种歧视。如我们现在正在消除的户籍歧视、所有制歧视、出生歧视、身份歧视、性别歧视等。但都需要不懈的努力。

　　二是保护知识产权是为了调动人们创新的积极性。创新包括原始创新与革新。两者的区别在于"新"从何来？从"创"而来，也就是在某个领域提出新原理、新思想,"无中生有",即是原始创新。从"革"而来,也就是"推陈出新""博采众长",不断改进,即是革新。例如,在计算器领域,算盘是十进制,计算机是二进制,后者属于原始创新。集成电路,本身是创新,用在计算机上,对计算机来说是革新。在我国已经成为经济大国的情况下,要着力提倡原始创新。目的是为了推动我国真正走向创新大国,对人类做出新贡献。

三是对古迹,特别是一些有特色的家传资产的保护,要更严格些,因为解放后毁得太多了,不能再毁了。解放初期,对于国家古迹、家族资产等等,说拆就拆,令人心痛。现在开始重视了,特别提到要保存古村落,非常好。但是,在城镇化中,仍然时常听说一些拆古建筑或有历史意义建筑,并引起纠纷的事。据说,欧洲有一个量化的标准,即把超过二百年历史的建筑列为保护的文物。希望我国能够尽快制定出一个量化的保护标准。

五、支持个人参与公共事务的权利

这里所指的公共事务,不仅是参政议政,还包括社会上各方面的事。

人各有志,在参与公共事务的意愿上,也是各不相同。有的忧国忧民,信奉"天下兴亡,匹夫有责";有的淡泊名利,明哲保身,"万事不关心",甚至信奉"安能摧眉折腰事权贵"等。概言之,在中国传统文化中,历来存在"入世"和"出世"两种哲学,并且很多人,两者都有,只是随着个人境遇和年龄不同,所占比重不同而已。但是,社会总是向着政府、民间组织和个人共同参与管理国家和社会的方向发展。即使在中国古代,主流也是支持和同情关心国家大事的人士的,如"贾谊上书忧汉室,长沙谪去古今怜"。一个社会中,奉行"入世"哲学的人越多,表明这个社会的现代化程度越高,国家"共和"的程度越高。这也是我国现在正在进行的治理现代化的方向。

(原载于《中外企业家》,2017年第10期)

GDP 增速下降是经济发展的必然，是好事

引言

笔者在《从一些实际现象探讨经济与政治的关系》一文中曾提出："如果以工业化程度为标准，可以把国家分成后工业化阶段、工业化基本实现阶段、工业化起飞阶段三种类型，在政治稳定的国家中，在经济周期景气时期，他们的国内生产总值的发展速度大体分别为：3%、6%、9%各加减1%。"也就是说，GDP 是随经济发展程度的提升而逐步降低的。但这是一个非常粗略的说法，而且没有分析其原因。当时，我国 GDP 的增长速度是 9% 加减 1% 左右，现在已下降到 6% 加减 1% 左右。会不会下降到现在经济发达国家的 3% 加减 1% 左右？笔者认为这是一个必然的趋势，而且是好事。当然，这是从长期的发展趋势来看，因为从短期来看，一个国家 GDP 的增长速度经常是波动的，甚至是大起大落的。因此，以下仅是粗略的趋势性的定性分析。

一、工业化起飞阶段快速发展的主要因素

有人认为，经济发展速度和经济体量有关，体量小时，速度快；体量大了，增速不可避免要放缓，这也是一种客观的分析。下面从另一角度，即经济发展的因素上进行分析。

促进经济发展的因素很多，从经济本身来说，主要和要素投入（资本、劳动、技术）及其产出效率有关。工业化起飞阶段，之所以能快速发展，主要和依靠要素大

量的低成本投入,与低成本获得技术进步有关。

具体到我国来说,主要得益于以经济建设为中心的战略和改革开放政策,以及适逢和善于利用新一轮经济全球化的机遇。新一轮经济全球化的主要特征是,国家之间的分工由产业和产品的分工进入产品中不同的经营环节,如研究、设计、制造、销售、售后服务;不同的制造环节,如毛坯、零部件、装配间分工。在这样新的分工体系中,首先是发达国家的跨国公司,把其中的低端部分,转移到成本低的国家和地区进行。我国充分发挥低成本优势,迅速发展为世界制造工厂。

具体地说,主要因素有:

1. 充分发挥大量低成本的廉价劳动力的力量,主要是农民工。截至2016年底,农民工总量达2.8亿人。根据2013年《人民日报》报道,外出农民工月均收入,2008年为1340元,2009年为1417元,2010年为1690元,2011年为2049元,2012年为2290元。虽然每年都有增长,但总的来说还是很低的。当然,对农民工来说,仍高于其在农村的收入。

2. 高积累率。2003—2014年的十二年间投资率由2003年的40.9%增长到48.3%,之后略有下降。近十二年来,投资对GDP增长的平均贡献率为52.4%,平均拉动GDP增长5.4%。特别是,为应对美国次贷危机引起的金融危机,我国于2008年推出4万亿元投资的强刺激措施,2009年投资对GDP的贡献率达到87.6%,拉动GDP增长8.1%。资金高度转化为资本的主要途径是:

(1)低消费率。高投资必然会反映在对消费的挤压上。我国最终消费的比例一直处于下降中,到2005年,消费只占全部最终使用的39.7767%,而居民消费的份额更低,仅28.5570%。2007年后再也没有超过50%。

(2)高税收。以税收收入占GDP比重衡量的宏观税负水平,自1996年为9.75%之后持续上升,2012年之后,基本维持在18.8%左右的水平上;与此相应,自1996年起,中国税收收入增长率持续高于同期的GDP增长率。不过,随着经济的发展,两者的发展趋势开始逐步接近。同时,在财政支出中用于经济建设的比重高,用于社会文教的比重低。1978年,前者占总支出的64.08%,后者占13.10%,不过,发展的趋势也是,前者逐步下降,后者逐步上升。如2006年,前者占总支出下降至26.56%,后者上升至26.83%。当然,由于经济体制的改革,多种所有制并举,经济建设的投资,也由财政支出一个渠道,向财政支出、民间投资、外商投资等多种渠道并举。

(3)举债。如到2016年6月底,我国的总债务与GDP的比率已从2006年的155%上升到260%,债务总额从49万亿元上升到182万亿元。

(4)土地财政。自2003年以来,土地出让的收入,成为地方政府最主要的收入来源。以2011年为例,全国土地出让收入3.1万亿元,占当年地方财政收入的比重60%。如果将土地出让相关的其他税费收入也纳入土地财政的范畴,地方财政对土地财政的依赖程度更高。

(5)发行货币。截至2016年末,中国的M2和GDP分别为155万亿元和74万亿元人民币,美国分别为13万亿美元和18万亿美元。中国的货币发行量是比较大的。货币发行量大的后果是通货膨胀,通货膨胀的作用相当于征税。

3. 低资源和能源价格,资源和能源的利用率也较低。如中国在2009年超过美国成为世界第一大能源消费国,而同年中国的GDP为4.99万亿美元,是美国GDP14.42万亿美元的34.6%。又如制造业中的基础制造工艺,铸造、锻造、热处理的吨能耗分别比国际先进水平高60%、70%和47%。

4. 在经济发展和环境保护的平衡上,偏向放松环境保护。据有关研究结论,中国环境污染的经济代价已经占到年均GDP的8%—15%。又据2016年环境绩效指数(EPI)显示,中国户外空气质量位于最末的第180位,室内空气质量排名第116位,综合空气质量指标排名倒数第二(179位)。空气污染导致中国损失了10%的GDP。环境污染导致GDP的损失意味着节省了这笔治理污染的费用,降低了工厂的生产成本。

5. 接受外商直接投资(FDI)。国家外汇管理局编制的中国投资头寸表数据显示,2016年9月中国直接投资负债净头寸已达29610亿美元,成为全球最大外商直接投资流入国。

6. 大力发展出口。利用低价格优势,大力发展劳动密集型产品出口和两头在外的加工贸易等,出口额和贸易顺差持续增加。举一个典型例子,苹果手机90%在中国加工,批发价为500美元的苹果手机,苹果公司获得161美元,全球经销商获得160美元,零配件供应商获得17.25美元,中国获得6.5美元。2014年,中国智能手机出货量 4.207 亿部，全球第一。这个例子说明，虽然中国处于产业链的低端，单位产品中所得少，但由于生产的总量大，总的所得也就很大。自 1990 年起，除 1993 年外，持续实现贸易顺差。2014—2016 年，出口额分别为 14.39 万亿元、14.12 万亿元、13.85 万亿元；贸易顺差分别为 2.35 万亿元、3.68 万亿元、3.35 万亿元。

7. 通过引进或模仿国外先进技术，提高技术水平。主要途径：一是引进先进生产线和购买先进设备；二是吸引外资及其外溢的先进技术水平和管理水平。前者始于 20 世纪 50 年代苏联援助的 156 项建设，后者始于改革开放后。由于引进和模仿的国外先进技术，基本上都是行之有效的成熟的技术，无需支出高昂的科研费用和冒失败的风险，也是低成本。

8. 国内市场大，生产规模大，工业门类齐全，城镇化发展迅速，重视基础设施建设并逐步完善。这些也都促进生产成本的降低，是促进经济快速发展的重要因素。

9. 加入世界贸易组织，与其他国家签订自由投资贸易协定，降低国际贸易成本。

综上所述，在工业化起飞阶段，我国老百姓勤劳节俭，以较高的积累投入经济建设；尽力吸收国外资金；发展量大面广的、在国内外大量销售的低成本产品；在全国大力发展基础设施、房地产、家电、汽车等支柱产业，实现高速增长。当然也难免会在某些方面有所牺牲。如，重资本、轻劳动，会拉大贫富差距（根据国家统计局公布的数据，中国居民可支配收入的基尼系数，2008 年达到最高为 0.491，以后缓慢下降，2016 年为 0.465，仍高于 0.4 的警戒线）；重经济发展、轻环境保护，会恶化环境；重引进和模仿先进技术、轻自主创新，会影响产业转型升级；重粗放、轻集约，会过度消耗资源；重政府主导，轻市场机制，会影响效率等。但从总体来看，抓住了经济发展的主要方面，这些牺牲毕竟处于次要地位。现在我国已处于工业化中后期。特别是，在 2010 年我国成为世界第二大经济体后，就不能再继续这种难以持久的不平衡的发展了，经济发展进入新常态或转型期。

二、经济发展到一定程度，GDP 增速必然下降的因素

GDP 高速增长的结果是经济的快速发展。经济发展，一方面，市场机制和政

府宏观调控能力不断完善,产业结构和资源配置越来越合理,人的素质、技术水平、管理水平等越来越高,以及城镇化、城乡一体化等因素,都促进经济效率和全要素生产率越来越提高。另一方面,也有一种内在的力量,使经济的发展的目标由侧重追求高速发展,转向侧重提高全体人民的福祉水平、知识水平和修养水平,实现共同富裕和文明,提升国家综合实力,为人类做贡献;同时,推动经济发展的决定性动力——技术进步,也由侧重引进、模仿,转向侧重科技的原始性自主创新。这些也是经济发展进入转型期的重要内涵,而这些因素都会促使 GDP 增速下降。具体表现为:

1. 农村基本上已经没有剩余劳动力可以向工业部门转移,也就是发生了"刘易斯拐点",从而推动工资成本上升。虽然中国是否已发生了"刘易斯拐点",或在哪年发生的,有不同意见,但这是迟早会发生的。根据国家统计局公布的《2016 年农民工监测调查报告》,农民工月收入已达到 3274 元,和 2008 年相比,无疑有了很大提高。其他职业收入的增速更高于农民工收入的增速。

2. 生育率降低,人口增长趋缓,甚至减少,导致劳动力短缺。其中很重要的一个因素是,随着经济的发展,儿女生育和培养成本大幅提高,使生育意愿降低。与少子化同时存在的还有老龄化。如日本,截至 2015 年 10 月 1 日,65 岁以上老年人口占总人口 26.7%。意味着 2.3 个劳动力(15—64 岁)要负担一位老年人。

3. 消费率提高,积累率降低。现在经济发达国家的消费率约为 70%。消费率的提高也意味着消费水平升级,需要科技创新的支持。

4. 新增积累资金中用于教育、医疗、扶贫、社会保障等支出的比重加大,用于经济建设的比重相对减少。发达国家社会福利开支占 GDP20%—35%。经济发达国家的财政支出中,经济建设支出在 5%—10%,社会服务的支出都在 50% 以上。当然,发达国家的建设主要依靠私人投资。中国发展趋势也与此相同。如 2013 年中国财政资金中社会保障和福利的支出比 2005 年上升了 18 个百分点。

5. 实现绿水青山、人与自然和谐相处的环境。为此,用于治理环境污染和保护环境费用的占比大幅提高。

6. 企业留存利润,由于加大了环境治理、劳工保护、公益事业等社会责任的支出,减少了再投资的比例,包括一些先富起来的人,设立以服务于社会公益事业的基金会等。

7. 在"一部分人先富起来"时期，资本投向产出效率高的东部地区的城市，拉大了城乡之间、地区之间的差距。进入"共同富裕"时期，实行均衡发展过程中，需要把资本投向产出效率较低的东北、中西部和乡村，降低了资本的产出率。

8. 随着对外直接投资的增长，抵消外商来华投资。根据国家统计局和外汇管理局发布的数据，中国对外直接投资，从2002—2015年，在流量上，从27亿美元增加到1456.7亿美元；在存量上，从299亿美元增加到10978.6亿美元。2015年，中国首次跃居全球第二大对外直接投资国，并且对外直接投资首次超过外商来华投资，实现资本账户直接投资项下资本净输出。

9. 随着低成本的优势逐渐丧失，发达国家的"再工业化"和中国进一步开放市场等因素，进出口贸易的顺差，可能趋于减少。

10. 国民经济的产业结构中，效率较低的第三产业部门比重不断提高，并超过效率较高的第二产业部门。

11. 增加国防支出。国家的富和强是连在一起的。中国2010—2016年期间，国防费用占GDP的比重约在1.3%，不但与美国4%和俄罗斯4%—5%相比，而且和国际上通行标准相比，都存在增加的余地。

12. 随着经济发展水平的提高，促进经济增长的资本、劳动、技术的三因素中，越来越侧重于在科学研究基础上的技术创新。经济发达国家这一因素为70%以上（也有资料说是85%—90%）。事实是，发展中国家随着技术水平逐渐和发达国家趋平，再要提高技术水平，也势必要转向原始性自主创新。经济合作与发展组织国家（OECD）研究与发展（R&D）的费用占产值的比重，高技术产业在7%以上，中高技术产业2%—7%，中低技术产业0.5%—1%，低技术产业0.5%以下。然而科技创新虽然是第一生产力，但从成功率的角度看，却是低效率的生产力。也就是科学研究、技术发明直至产业化，每个环节的支出都很大，但成功率却很低。据斯坦福国际研究所统计，R&D项目在技术上能最终完成的约40%；而在技术上获得成功的项目中约有45%没能开发出产品；已经商品化的项目中，约有60%在经济上不能获利。如此算来，能在经济上获利的项目只有14.52%。又有资料显示，2007年，我国从事科技活动人员为454.4万人，科技成果登记数为34170项，平均每133

人才有 1 项科技成果；按科技人员从事科技活动四十年计算，平均 3 个以上科技人员耗尽毕生精力才出 1 项科技成果，产出水平很低。同时科技革命又有其本身的发展规律，如有一个 50—60 年的康德拉季耶夫长波理论，前 25—30 年为繁荣期，后 25—30 年为衰退期。目前就处于这一轮长周期的下降波阶段，即前一轮以信息技术为主导的科技革命导致的经济繁荣已消退，新一轮以智能化等为主导的科技革命刚开始，尚未在经济上大面积发挥作用。总之，科技创新，投入大，不确定性或风险性也大，效率低。其他方面的重大的原始性创新也是如此，如福特的流水作业大批量生产方式用了十二年时间，丰田的精益生产方式用了九年时间。

13. 援助其他国家，增加国际公共产品支出。如 2015 年，联合国规定发达国家每年至少将其 GDP 的 0.7% 用于对外援助。中国虽不是发达国家，也已开始对外援助。最近的例子，就是 2017 年 5 月 14 日，在"一带一路"国际合作高峰论坛上，习近平宣布："向丝路基金新增基金 1000 亿元人民币，鼓励金融机构开展人民币海外基金业务，规模预计约 3000 亿人民币。中国国家开发银行、进出口银行将分别提供 2500 亿元和 1300 亿元等值人民币贷款用于支持'一带一路'基础设施建设、产能、金融合作。"

上述列举的降低 GDP 增速的因素，并不完全，有些提法也可能不很确切。但就这些导致 GDP 增速降低的因素而论，反映的是经济发展的目的更侧重于提高全体人民福祉水平，是好事。当然，在中等收入走向高收入阶段时，需要注意避免陷入"中等收入陷阱"。其中的关键还在于，经济发展确实能惠及全体国民，缩小贫富差距，以及科技上确实能有自主性原始创新。而在进入高收入之后，随着社会保障水平的提高，又要注意防止养"懒人"。

以上，只是一个趋势性的分析，未作定时、定量分析。而且定时、定量的分析也是一个非常复杂的问题。不过，研究发展水平与 GDP 增速的关系，是一个值得深入研究的课题。本文只是抛砖引玉而已。

（原载于《经济研究导刊》，2018 年第 1 期）

第六编 亲历抗美援朝

我的老伴潘淑英,是原中国人民志愿军23兵团65军的老战士。近些年,她写了几篇回忆朝鲜战场的文章,现选择2017年发表的一篇,编入本书。

亲历抗美援朝

◎ 潘淑英

1950年至1953年,中国人民志愿军在长达三年多的抗美援朝战争里,英勇顽强,浴血奋战,不怕牺牲,打败了骄横霸道,但装备精良、武器先进、实力强大的以美国为首的"联合国军",奠定了中国的世界地位,中国人民真正地站起来了。我作为参加抗美援朝的一名女兵,亲历和见证了这一历史。

入朝千里夜行军

1950年10月,我所在的部队——中国人民解放军陆军第65军,自宁夏银川

潘淑英1949年入伍时照片(左)和参加抗美援朝时照片(右)

出发，经陕西咸阳，转至山东滕县，主要任务是做好入朝参战的一切准备。

1951年2月6日春节后，战士们纷纷报名入朝参战。我当时是军文工团被批准第一批入朝的五名女同志之一（其他四位是张景云、竹青、刘强、吴征远）。我是一名新兵，年龄最小，未经历过战争，决心以老兵为榜样，向老兵学习，在战场上锻炼和提高自己。第一件事就是学会打背包，搞好自己的行装。按战时要求，每个人的行装是：一个背包，包括铺盖、棉大衣、备用鞋、衣服等；一个挎包、军用水壶、饭碗、水杯、雨衣等；还有一袋炒面、一袋压缩饼干、四颗手榴弹，共计三十斤左右。除此以外，还配备铁锹、铁镐等必备工具，最重要还有一支三八式步枪。

1951年2月23日，我们接到命令，由辽宁本溪开赴丹东渡鸭绿江。丹东这时已完全弥漫着战争气氛，鸭绿江上所有的桥梁都被炸毁。下午3时许，我们陆续从浮桥上过江到达朝鲜，开始了千里夜行军。

由于敌机严密封锁，一踏上朝鲜国土，我们一直小跑急行军，天黑时到达朝鲜边境城市——新义州。这座城市已被炸成一片废墟，没有灯光，一片漆黑，只闻到浓郁刺鼻的硝烟味，听到撕心裂肺的哭叫声。敌机不时在空中盘旋轰炸、扫射，突然从空中闪过一颗明亮的信号弹，我才看清这座城市的真面目，几乎没有一座完整的房屋，脚下是一堆堆的瓦砾。站在我身边的吕占魁副团长拉着我靠在一堵残垣断壁的墙脚下，问我："害怕吗？"我顺口回答说："不害怕。"其实，我内心是非常惊恐的，以前没有经历过战争，不知道战争是啥样子，也未曾见过敌机轰炸，现在亲身体会到战争的可怕。吕副团长对我说："不要怕，飞机扫射时蹲在墙脚下，这样就比较安全些。"敌机渐渐远去，前面传来口令："拉开距离，继续前进。"

"夜行军"是我军对敌人的空中优势采取的策略和战术。我们白天一般进洞隐蔽，晚上行军。我们第一次夜行军，全程八十里，天亮以前到达预定的目的地。当时宿营地是一个偏僻的山村，位于半山坡上，树多叶茂，比较隐蔽。一夜行军大家又累又困，放下背包就地休息，不少人的脚上都打了泡，疼痛难忍。这时，协理员王金恩过来关照大家，要求每个人都要用热水泡脚，然后到指定的地点休息。大家互相帮助，用针刺破血泡放水，然后在血泡上穿上一根头发，以免血泡再长出来。当我们拿上自己的东西准备去休息时，一位朝鲜大娘突然跑过来抱着我大声哭起来，我不知道怎么回事，又听不懂她的话。待翻译小李来后才明白，这位朝鲜大娘说，她的女儿和我一样大,昨天被敌机炸死了。大家都为她难过,并安慰她说:"阿妈妮,我们都是您的儿女。我们坚决抗击侵略者,为您报仇。"

晚饭后,夕阳西下,我们背上行装,又踏上新的里程。翻过一山又一山,走了一夜的山路,可是天亮之前,并没有到达宿营地。据说是向导带错了路。

面前是一片很大的河滩地,没有任何遮挡。接到命令,要快速前进。但那时已经来不及了,大约有三架敌机从山南面飞过来轰炸。我们相互关照,立即趴在眼前的一条小水沟里。眼看着敌机在我们周围不断扫射,溅起的泥水形成了一个个半圆。我和吴征远紧挨在一起,怕暴露目标,不敢动。敌机绕了几圈后离去,我们松了一口气,很想把身上的湿衣服脱下来晒晒干。可没一会儿,敌机又过来轰炸、扫射。就这样,我们趴在小水沟里和敌机周旋。敌机像发现了什么,离去再来,再轰炸、扫射,再离去。这天敌机来来回回不下五次。

周旋了一天,好在敌机并没有确切发现我们。直到黄昏时,我们才起身整队,准备出发。但令人痛心的是,翻译小李在这次轰炸中牺牲了,他才17岁,刚入朝没几天,就失去了年轻的生命。"生命是如此的渺小",让我对残酷的战争有了新的认识。

第二次遭遇敌机轰炸时,又出现了同样的问题。刚走出大山,前面也是一个开阔地带,面临一条公路,在公路的一边,有几个小村庄。我们快速前进,想赶到村里隐蔽起来。一个中年妇女告诉我们,靠山那边有防空洞,但那时已经来不及了,几架敌机呼啸而来。我们五位女同志就进入一间草屋,但竹青又很快跑了出去,我与张景云、刘强、吴征远四人,则紧靠在屋子的一边。这时,王金恩协理员见情况不妙,怕暴露目标,大声命令"不准乱跑!"。这时,敌机一个俯冲下来,咔嚓一声巨响,把我们的屋顶掀出了一个大洞。由于我们四个人紧紧挤在屋子的另一角,躲过这一劫,真是惊险。敌机一阵狂轰滥炸后离去,战友竹青被炸弹迸出的碎片蹭破了一小块头皮,但庆幸我们都安然无恙。

经过敌机几次轰炸,我们经受了历练。尽管敌人的飞机铺天盖地,有时十几架,有时几十架,我们见多了,也就习惯了,不像开始时那样紧张害怕。有的同志开玩笑说,他们就像是"卸货"车那样,装满了炸弹,不管有没有目标,胡乱炸一顿,扔完了炸弹,就回去交差。因为朝鲜山高林密,地形对我们很有利,我们每个人都用树枝和树叶编成一个大的防空帽戴在头上。遇上飞机来袭，往地上一蹲，很像山坡上生长的草丛和小灌木，敌机很难分辨真假。所以，敌人的空中优势，看起来很吓人，但只要我们有针对性的防御，就没有那么可怕。

相比之下，难办的是连阴下雨天和没有月亮的夜晚，一片漆黑，伸手不见五指，走在田间小路，田埂很窄，经常深一脚、浅一脚，滑倒摔跤，一身泥水，还提心吊胆怕跟不上队伍。后来，大家集思广益，想出了办法，把洗脸的白毛巾，系在胳膊上，这样大家可以看着前面的白点跟着走，不至于偏离路线，还可以和前面的同志紧密联系。

俗话说，上山容易下山难，我们都有切身体会。上山时，虽然脚下很滑，但双手还可以选择抓力的地方。下山时，上下肢体很难配合，不仅速度慢，而且把握不住支撑点，很容易往下溜，轻则崴脚，重则磕伤，时有发生。由于我们几个互相关心照顾，没有顺坡翻滚下去，否则后果不堪设想。

赶上雨季，身上几天都是潮湿的，大多数防空洞也非常潮湿，洞内地上虽铺有稻草，但草下是泥水，我们只好把雨布一铺，倒头就睡。

有时候，我们也住老百姓的房子，朝鲜老百姓对我们都很热情友好。但我们发现不管是每个村庄，还是每个家庭，除了老人、妇女和孩子，基本上看不到青壮年，甚至连女青年都上前线去了。剩下的老幼孤寡，他们的生活都很艰苦。记得有一次，我们到一个叫大河宪里的地方，很偏僻。我和张景云到一个老乡家，一对年轻夫妇，那位大哥气息奄奄，病得不轻；那位大嫂怀抱着一个婴儿，一脸愁容。当我们坐下时，那位大嫂从厨房端来一碗煮熟的橡子粒，让我们吃。我没有吃过这种东西，顺手拿了一粒放在嘴里，又苦又涩，很难吃。可见老百姓已经断了粮食，才以此度日。

连续行军七八天后，部队选择合适的村寨，晚上住在老百姓家里休息，白天则躲在深山里防空。大山里，有松树，还有很多栗子树，没有人烟，有时寂静得有点可怕。一些吸烟的男同志，大都把入朝时带的烟抽完了，他们在山上采集一些自己认为较好的树叶，晒干后，捻成粉末，用纸卷起来当烟抽。他们还风趣地比较，看谁的"烟"味道好。我在一旁看着他们，有时也问："不抽不行吗？"他们回答说："这得请你们女同志理解了，抽这个还有其他作用呢！"一些男同志一躺在地上就睡着了。我说:"我怕蛇,可不敢睡,蛇无声无息,会咬你一口。"他们说:"甭害怕了,蛇最怕烟,有我们抽烟的,蛇是不会来的。"

历时二十几天,经过一路艰辛,我们到达了目的地——大坪,结束了千里夜行军。我们在大坪集中整训,准备迎接新的战斗任务。

亲历第五次战役

在大坪整训一个多月,准备迎接第五次战役。战前,部队要求每个人轻装上阵。当时,天气逐渐转暖,我们把棉衣、毛衣等一些不必要的东西集中起来,坚壁在一个山洞里,等战争结束后再取。

夜渡临津江

4月22日,第五次战役总攻开始。我所在的第65军的任务是跨过临津江,向南进攻,直奔汉城。江对岸,敌人重兵防守,筑有坚固的防御工事,飞机、大炮昼夜严密封锁。

部队渡江的时间是在23日深夜。渡江之前,领导向大家介绍了临津江的情况,以便每个人做好思想准备。当我们来到江边时,气氛陡然紧张,敌机在空中盘旋、轰炸、扫射,照明弹忽明忽暗,摇曳在上空。领导立即把会水的和不会水的,分成若干组。当我走到江中时,水已漫过我的膝盖,感到脚底下是软软的。吕占魁副团长和另一位同志扶着我的左右胳膊,往前走了几步,脚下像没了底一样,江水到了我的胸部,我有点摇晃起来。吕副团长连说了两声"别抬脚",可我的两腿很不听话似的已漂在了水面上,他们两人只好把我拖到了对岸边。江堤上满是烂泥,我使劲往上爬,突然照明弹一亮,我发现眼前有一具尸体,下半身在烂泥里,上半身斜躺着。我一只手抓那尸体的胳膊,虽然有点惊吓,但不顾一切爬到了岸上。岸上一片漆黑,脚下磕磕绊绊,我绊倒了就爬起来再跑,前面的张景云不时地招呼我要我"跟上"。

就这样,我们在黑暗中一前一后地前进。我一面走,一面回想临津江中的尸体,江堤上与我们擦身而过的尸体,江岸上把我们绊倒的尸体,战争就是这么残酷,这就是战争的真实场面！

战场形势突变

过了江就是敌占区。原以为突破临津江会遭到敌人的强烈抵抗，但实际却是敌军全线撤退。据后来了解，这是因为敌人已掌握我军粮食、弹药等供应只能维持一周左右的情况，因此重点放在切断我军运输线上，等待我军弹尽粮绝、人员疲惫之际，集中力量向我军反扑。

后来果然如此，就在我军胜利前进的时候，敌人突然切断了我军的运输线，造成部队后勤补给困难，出现了缺弹缺粮的困局。部队连续战斗几天几夜，极度疲劳。4月29日，奉命停止战役攻势，撤至议政府以北，进行补整，准备再战。

当时我们的想法是只想前进，不想后退。但战争在一瞬之间，就会出现千变万化的情况。敌人发现我军停止攻势，集结整补，不让我们喘息。在我军补给困难的情况下，敌人又出动大量兵力和飞机、坦克、大炮，向我军反扑。我军改变战斗策略，采取积极防御、机动穿插等作战方式，与敌人展开了激烈的阵地争夺战。广大指战员依然斗志昂扬，勇敢机智坚守阵地。不仅有效地打击歼灭敌人，而且成功地完成了掩护我军主力部队后撤休整的任务。

南朝鲜地形较平，村庄较大，房屋整齐，基本上没有遭受大的破坏。一日深夜，我们来到一个村庄，走进了一幢很大的房子，好像是一个厂房或是作坊之类。房内有一条东西向的通道。协理员王金恩让我们在通道上就地休息。男同志睡在西头，女同志睡在东头。由于大家一天没有吃东西，也走累了，男同志先躺下，我们五个女同志挨次挤在一起很快睡着了。

采摘野菜充饥

第二天，我们到一个村子里，想找老乡买点粮食，但村子里的老乡都跑光了。领导让我们每人拿一根棍子，在地下敲打，看有没有埋藏的粮食，结果一无所获。我们只好转到一片稻田边，那里有很多我们熟悉的野菜，就采摘野菜充饥。

进攻性的大仗停了，但小仗还在继续不断地打。我们到刚打过仗的地方去打扫战场，没有发现粮食，只是找到了一些敌人逃跑时扔下的罐头之类的东西。大家感兴趣的是一种长方形的小铁盒,里面有一种乳白色的固体物,是一种化学燃料,火柴一点就着,不冒烟,一盒可以烧一茶缸开水。我们觉得这东西科学、实用,于是就用它来煮野菜,大家也吃得很开心。

一次危险的行军

有一天傍晚行军,我们找了一个南朝鲜的向导带路,由于南朝鲜向导担心自身安危,结果险些把我们带上了"绝路"。到了山上,没路了,往下一看,是一个深不见底的大峡谷,三面山高林密。经与向导沟通和仔细勘察,发现半山腰还有一条小路,真是老天爷有眼!

这晚天气特别晴朗,月光十分明亮,也没有敌人干扰,夜晚也很寂静。领导让向导在前面带路,我们面对着峭壁,手握着手,脚挨着脚,一步一步在半山腰的树林中艰难移动,时刻牢记"手要抓牢,脚要踩稳"。大约用了两个小时,才走到下坡处。休息时,由于不小心,我一挪步,脚踩滑了岩石上的青苔,一条腿顺势而下,我一声惊呼,站在前面的吕副团长眼疾手快,迅雷般地伸手把我拉了上来。每当想起此事,我心里还是相当后怕。在时隔三十多年后北京的一次聚会上,我向吕副团长再次表示感谢:"那次过大峡谷,要不是你把我拽上来,我就掉下去没命了。"战友间的生死情谊,是难以用一两句言语表达的。

处在敌人后方,活着撤下来

黄昏时候,我们来到一处看起来是敌机刚轰炸过的地方。这是一个丘陵地带,北边地势较高,有一排挖好的防空洞和掩蔽体,中间是一片稻田,有几个燃烧弹还在燃烧着。命令下达,今晚就在这里宿营。大家找好防空洞,抓紧吃饭、休息。

第二天清晨七点左右,天大亮,我走出防空洞,觉得有点异样,只看到几个人,非常寂静。我问站在前面的仇瑞桐同志:"人都去哪里了?"他说:"昨晚紧急撤退,都撤退了。敌人的坦克已经开过去了。"再一听枪声的方向,才明白我们当时的位置已处在敌人后方。身边只有三名同志,除了仇瑞桐,还有张景云、田尚。张景云发现对面的一条公路上还停着一架敌人的直升机。她指给我看,并告诉我还有几个美国佬来回走动。我一看,离我们最多也只有二百米的距离。我意识到我们得赶快离开此地，否则有被俘虏的危险。仇瑞桐和田尚又找来了几个遗留人员，大家商量，从我们所在地的位置和方向来看，分析判断出北山那边可能有我们的部队。于是我们决定立即向北山转移、撤退。

果然，我们在撤到北山的一个河滩转弯处，发现那里已经聚集了很多自己部队：有后勤的汽车运输队，有刚补充来的新兵，还有撤退下来的零散人员。当时人山人海，好像都在找自己的部队和路线。一辆运输车上的熟悉同志向我和田尚打招呼，要我们随车去拉物资。由于方向一致我们就上了车，一路道路凹凸不平，车颠簸摇晃，行驶得很艰难。车突然被一大片废墟挡住了去路。我们下车察看，发现东侧地势较高，长满了野草，在一堆堆沙土中斜立着一个"铁原车站"的牌子。这是我们曾经到过的地方，但如今却被炮弹炸得面目全非，西侧是一片二三米直径的大炸弹坑，估计至少有两千磅的炸弹炸的。人可以从坑间的小路穿行，汽车只能绕行。令人惊奇的是大坑中还幸存几间房屋，屋内住着一对白发苍苍的老人，炕上放着两个小火炉，一个火炉上的铁锅里煮着一点豆芽，另一个火炉上烤着一片咸鱼干，中间是一个小饭桌。两个老人对我们说，他们的家人都被炸死了。话音一落，两位老人便起身在屋里转圈跳起祭舞，而且边跳边唱，凄凉的歌声，催人泪下。我们怀着沉重的心情，告别老人，走出了大坑。

汽车载着我们直奔运输线。运输线所在位置三面环山，主路就在高山林密的悬崖下面，虽然比较隐蔽，但由于敌机连续狂轰滥炸，致使路面破坏严重。一辆辆伪装好的汽车无法开动。尽管有大量的后勤队伍和工兵都在那里集中全力抢修，但沿路的河滩上，堆满了被炸毁的汽车、被河水冲下来的大石头以及被敌机从山顶上炸下来的树木和乱石泥土等，真是举步维艰。有人提议，能不能另开一条路。听抢修的工兵讲，这种山连山的地形，靠我们的铁锹和铁镐根本无法开通，只能依靠自然条件，想办法疏通。

面对此情此景，我回想起战场上经常出现的志愿军战士吃炒面配雪的场景，出现弹尽粮绝的战斗场面以及战士们缺水、忍冻、挨饿的场景，深切地感到后勤运输战线上的艰苦重任，一点也不亚于一线战士和敌人面对面斗争的艰难。在这样困难的情况下，我们总算活着回来并找到了自己的队伍，真是不幸中的万幸！

抗美援朝第五次战役后,65军召开英模代表大会后组织各种学英模活动。图为我志愿军与朝鲜人民军、朝鲜代表一起举行座谈会时,听孤胆英雄一级功臣徐申做报告。站着报告发言者为英雄徐申,坐在椅凳最右侧第一位记录者为潘淑英

保卫开城

1951年7月,美国军队遭到我军先后五次战役的沉重打击,不得不与中朝代表进行和平谈判。但美方开始并无诚意,采取拖延和破坏政策。美国飞机多次非法侵入开城中立区上空,悍然轰炸我谈判代表团驻地。9月,我所在65军进驻开城以南地区,担负保卫开城的光荣任务。我们文工团随部队进驻开城。

下连队当辅导员

1952年二三月间,领导让我到开城前线583团做连辅导员。该连位于开城以南的白马山。主要任务是为保卫开城构筑地下工事——建筑一条打不垮、炸不烂的地下长城。

连队的战士,绝大多数是五次战役后补充来的新兵。多为十八九岁的四川人,没上过学,不识字,但他们个个性格活泼可爱,这可能是四川人的天性。

我问他们:"需要我为大家做些什么?"他们几乎异口同声地表达了愿望:"帮给家乡的父母和亲人写信。"我感到,思念亲人是人之常情,更何况又是到了远离

1952年停战期间,65军文工团在开城中立区慰问时的部分成员合影。前排左一为潘淑英

家乡的异国战场上。我回答战士:"我会完全满足你们每个人的要求的。从现在开始,你们说,我来写,我会把你们要给亲人说的话,都给写上。"战士们十分高兴,构筑地下工事热情高涨。

由于每天开山挖洞劳动强度大,战士们衣服、手套磨损很快,破了,我就为他们缝补,还给他们送水。总之,凡是我能做的,尽量主动去做。工间休息时,我抓紧时间,教他们唱歌、识字,活跃气氛。饭后休息时,我和他们坐在一起聊天、说笑。他们则是有什么话都对我说,没有一点陌生的感觉。总之,我们相处得很好。

有一天发生了一件事,让我现在都记忆深刻。因为工地上没有厕所,并且只有我一个女同志,工地坑道大门又在山下,如厕很不方便。一天内急时我就到山上面的树林里。没想到,突然间两发炮弹从我头顶上呼啸飞过,轰隆一声,随着炮弹的气流,树林被震得哗哗摇动。我头上的帽子也被强大的气流吹到地上翻滚。我赶紧拿起帽子下山。这时,看见电话员正在接线,连长、指导员也到坑道外问是怎么回事。电话员说,炮弹把电话线炸断了。连长问是不是暴露目标了?我马上说:"可能是我到山上后发生的。"连长歉意地对我说:"忘了告诉你,这山下面是条河,河对岸就是敌人的阵地,双方距离很近。山上是不能去的。好在这次没有伤着人。"我觉得很内疚,如果是因为我暴露目标,导致敌人炮弹炸伤或炸死了战士,我将一辈子都不得心安。

为伤员紧急输血

停战协定签字后,为了巩固和维护得来不易的和平,部队组织与各方进行多种形式的联谊、慰问活动。但战争造成的各种战场隐患尚未完全清除。

一天周末,军直机关在开城附近的一个防空洞里举行晚会,突然开来一辆吉普车,车上两位工作人员,进入会场后,就宣布:"政治部的李明、文工团的潘淑英,是B型血,请马上到外面上车,去医院为伤员输血。"

上了车才知道,这位伤员是在拆除被美军埋在地下的地雷时,炸伤了肺部。

司机开足马力急速前进,很快就到了医院。我们一进急救室,李明同志马上脱下外衣,伸出胳膊,让医生抽血。李明同志体质瘦弱,抽血中出现了头晕,医生马上中止,让我继续。我的身体好,抽血很顺利。医生说:"B型血的人很少。"我就对医生说:"我没有任何反应,你可以多抽一些。"

医生拔下针管后,对伤员说:"现在为你输血的是政治部李明同志、文工团潘淑英同志。"伤员用很微弱的声音,连声说了几声"谢谢"。听到伤员微弱的声音,我的心里感到非常难过。我和李明走到伤员床前,安慰他,祝福他早日康复。

走出医院后,坐在车上,还一路想着伤员的伤势,心情沉重,但愿我们这点血,能够挽救他的生命。

1952年9月志愿军65军召开英模会议,会后慰问团成员与我军开城前沿阵地战士播音员及朝鲜族工作人员合影。前排左四为潘淑英

1953年朝鲜完全停战后文工团合影。右三为潘淑英

目睹交换战俘现场

1953年7月27日,停战协定在板门店正式签字。三年多的朝鲜战争宣告结束。接下来的工作就是双方交换战俘。

按协定规定的交换人数比例,每日进行一次交换工作。

我方的被俘人员,由美方负责,从开城东南的汶水,乘汽车来到板门店交换现场。美方的被俘人员,由我方负责,也是乘汽车来到板门店交换现场。

在此期间,文工团派靭兰和我等五名同志去过两三次现场,主要任务是观摩体验。我记得,到了交换战俘的时刻,有两辆美方的大卡车开进了现场。注目一看,让我们惊呆了:这哪里像被俘的军人,简直连讨饭的叫花子都不如。他们四五十人站在一辆大卡车上,手里拿着"热爱祖国,祖国万岁"的血书,呼喊着打倒美帝反动派的口号。有不少人没有穿上衣,光着膀子;裤子没有一条是完整的,破烂不堪,几乎成了条状;还有伤残的、生病的。我们被俘人员惨遭如此虐待,还讲什么人权,连一点起码的人道主义都没有!再看看,我们是怎样对待美方战俘的。当我方两辆客车开进交换现场时,我们看到的是另一幅景象。那些美方被俘人员,坐在车里,穿着全新的蓝制服,个个满脸笑容,一点也不垂头丧气,一看就是受到我们优待。通过现场实地对照,真是"黑白"两重天。

英勇的中国人民志愿军,在极其艰苦的条件下,经过三年抗美援朝战争,打

2000年10月22日潘淑英参加纪念志愿军抗美援朝出国作战50周年座谈会

得以美国为首的"联合国军"不得不坐到谈判桌前,使全世界都知道中国人民军队是不可战胜的!志愿军为我军打出了军威,为祖国争得了荣誉,写下了历史上光辉的一页!

参加抗美援朝的经历,是我这一辈子永远难忘的记忆!

2000年11月8日潘淑英回到朝鲜开城志愿军陵园拜谒瞻仰牺牲的烈士

(原载于《兵工人老照片故事》,兵器工业出版社,2017年版)